Aixa de la Cruz

As herdeiras

Tradução Marina Waquil

© 2023 by DBA Editora
© 2022 by Aixa de la Cruz
Através de acordo entre The Ella Sher Literary Agency e
Villas-Boas & Moss Agência Literária

1ª edição

TRADUÇÃO
Marina Waquil

PREPARAÇÃO
Débora Donadel

REVISÃO
Mário Coutinho
Laura Folgueira

ASSISTENTE EDITORIAL
Gabriela Mekhitarian

DIAGRAMAÇÃO
Letícia Pestana

CAPA
Isabela Vdd / Anna's

Impresso no Brasil/*Printed in Brazil*

Todos os direitos reservados à DBA Editora.
Alameda Franca, 1185, cj 31
01422-001 — São Paulo — SP
www.dbaeditora.com.br

Dados Internacionais de Catalogação na Publicação (CIP)
(Câmara Brasileira do Livro, SP, Brasil)

———————————

La Cruz, Aixa de

As herdeiras / Aixa de la Cruz;
tradução Marina Leivas Waquil. 1. ed. — São Paulo: DBA Editora, 2023.

Título original: Las herederas

ISBN 978-65-5826-058-5

1. Ficção espanhola I. Título.

CDD-863   23-150080

———————————

Índices para catálogo sistemático:
1. Ficção : Literatura espanhola 863
Aline Graziele Benitez - Bibliotecária - CRB-1/3129

Para minha avó e para minha mãe,
que me ensinaram a transformar as vozes em voz.

Mas o que acontece, doutor,
é que tenho algum mal
causado pelo amor
e pelo pensamento da resistência,
então, deixe pra lá;
isto é apenas nosso som natural.
Antonio Gamoneda

Eu administro meu abismo,
saiam dele de uma vez por todas.
Parem de me curar.
Sara R. Gallardo

I
FARMACOLOGIA FAMILIAR

I

Caixas, caixinhas, porta-joias, porta-comprimidos, urnas, estojos, vasos. Esta casa que agora pertence a elas abriga um museu de recipientes. De marfim, de madeira de pinho, de ébano, de barro, de porcelana, de vidro, de papel acetinado para fazer origami. Nora revista um por um, vasculhando de cima a baixo e da esquerda para a direita cada superfície da sala, e quase sempre tateia o nada, ou lenços de papel, ou moedas e pilhas usadas, mas de vez em quando grita bingo! e guarda um Valium no bolso traseiro da calça, que, depois de uma hora de varredura, começa a ficar apertado. Sua boca está pastosa de tanto mastigar poeira velha e ela gostaria de fazer uma pausa para tomar uma cerveja, mas não pode parar, não pode parar; está no meio de uma corrida contra o tempo e não pode, não pode perder. Escuta os passos nervosos da irmã no andar de cima e sabe que, quando as diligentes mãos policiais de Olivia terminarem de revistar os quartos e o banheiro grande, ela voltará ao andar de baixo e confiscará o que tiver sobrado. Então Nora, em meio às suas férias não remuneradas, está de novo na corrida, trabalhando sob pressão, enfrentando um deadline... Presa no turbilhão compulsivo que engoliu sua vida adulta, caramba. Você é o que você faz. Uma infância inteira competindo e perdendo para Olivia a preparou para ser uma boa mártir do jornalismo freelance, e agora o jornalismo freelance a arremessa, tomada pela anfetamina e imbatível, de volta à arena original para encerrar o ciclo. Cheirou uma carreira assim que chegou, para aguentar a intensidade exaustiva da reunião familiar, e outra menor, uma dose de reforço, depois que a irmã decretou a abertura desta gincana com um comentário tão preciso quanto excêntrico: "Temos que seguir o rastro das drogas". Parece que alguém anda assistindo a muitas dessas séries de televisão em que os antidrogas são heróis e gente como eu é lixo, pensa, e se diverte imaginando a cara que Olivia faria se soubesse que ela está competindo dopada. Você está sempre trapaceando, diria a ela, e algo ainda pior. Mas não há doping que faça milagres, minha irmã. Gostaria de explicar que o doping às vezes é uma diferença positiva, alguns segundos de vantagem para os corredores que chegam à linha de partida lesionados, e outras vezes é simplesmente uma exigência disfarçada da própria competição. Porque o corpo tem limites que ignoram os ideais de progresso e superação. Porque nossas fibras não foram concebidas para vencer etapas de mountain bike, sempre um pouco mais rápido que a geração anterior, nem há como responder cinquenta e-mails, fazer quatro entrevistas por telefone e duas por WhatsApp, escrever cinco mil palavras, manter as redes sociais ativas, atualizar o currículo, tomar banho, vestir-se e maquiar-se para assistir à apresentação desse novo suplemento cultural onde talvez, se você sorrir bastante, fará contato com pessoas que podem vir a te pedir mais cinco mil palavras para amanhã, e, depois de tudo isso, finalizar o dia dormindo seis horas.

O doping não faz milagre, não, e a verdade é que, neste momento, ela agradeceria uma ajudinha. Mas sua prima Erica, que está jogando paciência no chão com o baralho de cartas da avó, não parece interessada em sua busca.

— Ei, você, por que não levanta a bunda daí e confere as gavetas da escrivaninha?

Erica nem sequer se levanta para responder. Pega as cartas dispostas em círculo no tapete e as coloca de volta no maço, embaralhando-o.

— Acho que você já tem comprimidos suficientes para dormir por um ano.

A verdade é que tem o suficiente para apenas um mês, mas não diz isso, porque essa não é a questão.

— Vamos, Erica, você sabe que não é por isso.

E não é. Não é ganância o que a motiva. A questão é que não quer que Olivia fique com todo o estoque para devolvê-lo à farmácia como manda o protocolo, como deve ser feito, como deve ser. Afinal, este é o tesouro de sua avó. O trabalho de uma vida toda. Mas parece que só uma viciada entende outra viciada. O cuidado com que espalham as migalhas, sempre ocultas e sempre à mão, nos melhores esconderijos; os resquícios do presente organizados para a escassez que o futuro poderia trazer. Isso tem algo de brincadeira infantil, porque as crianças, assim como os viciados, adoram acumular pelo simples prazer de ter muito só porque não querem ter pouco. Aprendeu isso com o pequeno Peter, que ainda está lá, no jardim, coletando folhas secas no reboque de seu trator de plástico e separando em pequenas pilhas os frutos lançados pelas diferentes variedades de coníferas que o rodeiam. Procura o menino de vez em quando através das janelas porque sabe que sua mãe, que está ao lado dele, não o vê. Desde que chegou, Lis está com os olhos turvos e perplexos, fixos em qualquer lugar, em nenhum lugar. Para Nora, parece um desses gatos que ficam parados no meio de um corredor miando para um fantasma. Não sabe o que a prima está usando, mas é óbvio que está drogada, tanto quanto ela mesma ou mais. A diferença é que seu consumo de psicofármacos não é motivo de alarme porque é receitado por um psiquiatra. Os detalhes de sua crise, que a afastou do próprio filho no último Natal, permanecem um mistério, mas Nora sabe que Lis pagou o preço: permitiu que a avaliassem – de um a nove, quanta vontade de se jogar pela janela você tem –, despersonalizassem e rotulassem. Em troca, recebeu sua receita. Nora está relutante em pedir uma. Só acredita no consumo autoprescrito e por isso dá tanto valor a esses comprimidos que sua avó deixou com a casa. Por enquanto, significam que, da próxima vez que precisar de benzodiazepínicos legais para controlar os efeitos colaterais da anfetamina ilegal que usa, não vai acabar no pronto-socorro. Não terá que inventar um quadro de ansiedade ou, cabisbaixa, humilhar-se diante do médico de plantão: desculpe, doutor, estou com muita vergonha, mas ontem tomei um remédio, não sei bem o que era, nunca fiz isso antes, mas você sabe, que bobagem, e agora meu peito dói e meu braço esquerdo formiga e estou com taquicardia e a verdade é que faz horas que só penso que vou morrer. Fez isso quatro vezes neste inverno e cada vez em um hospital diferente, alternando a previdência social com o seguro particular pago apenas para esse fim, para não criar suspeitas, mas em todas as quatro ela se sentiu de volta ao mesmo cenário da adolescência, assinando novamente aquele papel em que alegava fragilidade mental para que o ginecologista lhe concedesse como presente um aborto farmacológico. A mesma alienação, a mesma raiva. Então não me diga que é por vício, Erica:

— É para honrar a vontade dos mortos.

A prima gargalha porque não é possível levar a sério algo assim fora de um filme de TV, ela admite, e sua risada é puro óxido nitroso atravessando o ar, então Nora inala e depois se contorce, engasga e ri zurrando, e isso incomoda muito sua irmã Olivia, sempre tão hostil à felicidade alheia (a própria ela nem sabe o que é), que desce as escadas correndo para reprimir sua tolice.

— Espero que vocês não estejam dando uma de tontas com essa história dos comprimidos da vovó.

As duas se calam e se contêm com as bochechas inchadas e vermelhas. Olivia não é mãe delas (não é mãe de ninguém), mas as coloca no papel de filhas mais novas, primas selvagens do verão campestre que acabaram de derrubar a pilha de grãos debulhados, que beberam o bagaço de ervas ou soltaram o cachorro sem trancar as galinhas antes. Tem sido assim desde que elas se lembram: Erica e Nora contra Olivia e Lis. Primas que se gostam mais do que gostam das próprias irmãs. Irmãs erradas. Mutuamente incompreensíveis.

— Por favor, antes de roubar qualquer coisa, me mostrem. Pra que eu possa identificar. Por favor.

Agora Olivia soa lamentável, suplicante, e isso é demais para Nora. Dá um passo à frente e a confronta com os gestos de um animal que protege sua porção de carniça.

— Bom, não é como se a gente precisasse ter um diploma de medicina como você pra diferenciar Valium de ibuprofeno. E já vou avisando que aqui não há mais nada.

Com sua agressividade, Nora faz com que a irmã, tão pouco dada a levantar a voz, deixe-se levar pela inércia e adote o mesmo estilo de briga de galos com que a incita. Sem descer do primeiro degrau da escada, ostentando aquele pequeno pedestal que simboliza seu status de irmã mais velha e cidadã de sucesso, Olivia engole em seco e grita de volta.

— Mas você é idiota ou só finge que é? Idiota! Idiota! Idiota! Caramba, será que você não tem respeito por nada? Nem mesmo pelo que aconteceu com a vovó?

Nora definiria a irmã como uma dessas pessoas que, em funerais, censura o choro excessivo dos parentes distantes e incita o dos próximos que estejam tranquilos, usando a violência que julgar necessária. Porque a dor tem que ser sentida quando toca, onde toca e como toca. Sem prorrogações, sem anestesia e, claro, sem senso de humor. Nora não se surpreende, portanto, que a irmã jogue na cara delas sua dor, dando a entender que, como ela e Erica riem, estão menos afetadas pela perda; que são mais calejadas ou simplesmente sofrem menos. O que não consegue entender é a obsessão fiscal que a possuiu, essa necessidade de registrar e inventariar cada comprimido como se quisesse impor um diagnóstico ao cadáver, rotulado e medicalizado para além da morte. Será que ela tem medo de que haja fármacos perigosos ao nosso alcance?, se pergunta. Será que assume a tentação de seguir os passos da avó como essa inércia irresistível que atrai a bela adormecida para o fuso que vai espetá-la? O pensamento está ali, supõe; pulsando latente na cabecinha das quatro. Parece que um suicídio na família prova o que sempre se suspeita, que a loucura corre nos genes, que estamos biblicamente perdidas. No entanto, embora entenda a apreensão, Nora não a apoia. É pensamento mágico contra a materialidade que as esmaga. Se estamos loucas, defende, é porque nos enlouqueceram.

II

Erica busca a terra, sua proximidade, o calor intenso que sua proximidade libera em seu sacro – justo onde termina a coluna e começa aquela cauda de animal que não está mais lá, mas que já esteve; ali onde o corpo lembra um passado tigre e um passado réptil – e por isso encontrou seu espaço no chão da sala, sobre um mosaico de lajotas curvas, quebradas e irregulares, que atestam o número de vezes que, ao longo dos anos, as raízes das árvores tentaram entrar na casa. Celebra essas cicatrizes da alvenaria porque mostram que, no campo, não adianta se amuralhar. É absurdo tentar fazer com que a natureza respeite a diferença entre o que está dentro e o que está fora ou fingir que uma casa se ergue sobre algo que apenas a contém. Mas quase ninguém entende isso. Nem mesmo a avó, que entendia quase tudo, conseguiu transcender sua ilusão de membrana, essa trincheira interna que divide o que é humano do que não é. Dona Carmen, como o povo do vilarejo a chamava, gostava de se impor com os trabalhadores que desenganavam a vida das árvores com facões, e gostava das portas, das paredes, dos nichos e dos compartimentos secretos. Erica encontrou o baralho de cartas no lugar onde sempre brincavam de escondê-lo: no cofre oculto pelo espelho do hall, com o código 7 – 4 – 90, a data de seu nascimento, porque nem a mãe, nem a irmã, nem as primas têm respeito algum e manuseiam as cartas para jogar paciência, mas você, minha pequena viking, você sim entende que existem coisas sagradas e sabe como elas devem ser cuidadas.

E é verdade que Erica compreende o sagrado. Compreende ou intui, mas, sobretudo, procura. Todas as noites, na escuridão de sua cama, fecha os olhos e inala lenta e suavemente até o limite de sua capacidade torácica. Prende a respiração, conta até três e escolhe a parte do corpo que se desligará quando ela expirar. Agora os pés, decide, e enquanto seus pulmões perdem o ar, um formigamento de adormecimento se espalha por seus pés, em torno de seus calcanhares, finalmente desligando-os do resto de seu corpo. Músculo por músculo, região por região, ela conquista a leveza, uma leveza que lhe permite visualizar-se como um barco à deriva num rio de selva ou como uma pena que levita, e é assim, flutuando, que consegue vislumbrar o acesso às dimensões proibidas. Um umbral de luz nas margens da córnea, nuclear, crepitante. Sabe que ainda tem um longo caminho para atravessá-lo, pois sua cabeça nunca para completamente; é incrível a quantidade de níveis simultâneos em que a consciência opera. Quando consegue silenciar o fluxo do pensamento, as explorações do aqui e agora e antes e ontem, uma voz padronizada, descritiva, irrompe, irradiando suas ações. Você está respirando. Você está tentando esquecer que respira. Erica só consegue se livrar dela com grandes doses de concentração – sempre na fase pós-ovulatória e quase sempre depois de um longo jejum ou em lugares como este, onde a noite range – e, quando isso acontece, quando perde seu peso anatômico e também seu peso linguístico, em meio à cegueira, as imagens começam a brotar. Pontos de luz, sinuosos como os que o fogo faz e pouco sugestivos, ou representações icônicas muito precisas, rostos e objetos que não têm relação com ela e que parecem arrancados da vida de outras. São tão extraordinários que lhe custa deixá-los ir, mas para apreendê-los é preciso descrevê-los, e então retorna a voz que vai irradiando, voltam as palavras e volta com elas ao ponto de partida. Só se lembra, portanto, das visões que a fizeram fracassar, daquelas que interrompem o processo de dissolução para outros mundos. Viu ecossistemas em miniatura, jardins agrupados ou talvez neurônios que se interconectam e se expandem, o cotoco do antebraço de um homem, um vaso cheio de cobras, duas velhas que se beijam nos lábios, uma sombra com chifres e olhos como brasas – esta última experiência foi um pouco diferente, já que não estava meditando, e sim transando, mas com as pálpebras cerradas no fim das contas – e, finalmente, na noite passada, uma cascata de cartas, um baralho espanhol que se dissolvia na escuridão do fundo do seu olho e que hoje a levou a verificar o cofre da avó em busca de suas cartas da sorte. Ela se pergunta se teria feito isso de qualquer maneira, se a visão foi uma ordem ou um simples lembrete de algo que estava na ponta da língua, mas não há como saber. É estranho que ela não tenha revistado a casa assim que chegou como as primas estão fazendo, mas também é verdade que sempre se sente mais atraída pelo que está fora, e o vilarejo a recebeu com o laranja fluorescente das calêndulas. Ela chegou um dia antes das outras, sim, mas o passou coletando flores e preparando um secador e descascando galhos de sabugueiro. É que a avó lhe apresentou o universo das ervas, suas propriedades ativas, suas finalidades medicinais, cosméticas e até psicoativas, mas nunca lhe ensinou o significado das cartas. Mas agora, sentindo o dorso do baralho nas mãos, dobrando-o suavemente, ela se lembra dos gestos, da liturgia, e se deixa levar por eles.

Primeiro é preciso embaralhar com a mão direita enquanto se pensa no motivo da consulta. Quero falar com a minha avó. Quero saber se ela está bem. Se nós, que restamos, vamos ficar bem. Então deve cortar três baralhos e virá-los para revelar três cartas que darão as chaves da leitura. Um valete de paus, um dois de copas, um seis de ouros. Por fim, o baralho deve ser reagrupado, vinte cartas alternadas são descartadas e as restantes são colocadas em cinco fileiras de quatro, o que gera uma festa de figuras viradas e desviradas que fazem Erica sentir um pouco de angústia, uma sensação de nó na garganta, e muitas espadas, que não são boas, com poucos ouros, que, sim, são bons. Ela sabe que nas melhores previsões sempre aparecem vários ases juntos e este não é o caso, então pega as cartas descartadas e as embaralha novamente. Isso também fazia parte da idiossincrasia da avó: quando ela não gostava de uma resposta, reformulava a pergunta. Então, três baralhos. Três cartas. Um dois de copas, um valete de paus e um seis de ouros. Não é o mesmo que saiu antes? Repete a operação tentando evitar qualquer simetria inconsciente e para isso faz uma primeira pilha de apenas três cartas e outras duas que saem salientes como barrigas de grávida. Descobre então um dois de copas, um valete de paus e um três de espadas, e é graças a essa última carta, à variação realista que introduz, que precisa continuar jogando, porque se sente no vértice entre duas dimensões, a lógica e a fantástica, congelada no ar e sem saber de que lado cairá.

— Ei, você, por que não levanta a bunda daí e confere as gavetas da escrivaninha?

Erica entende e respeita a busca da prima, sua intuição sutilmente percebe que há uma mensagem criptografada no rastro dos tranquilizantes, mas agora não pode ajudá-la porque está absorta em seu próprio mistério. Se a avó decidiu se comunicar com Nora por meio de uma farmácia espalhada pela casa, faz todo o sentido que ela tenha enterrado sua mensagem para Erica no baralho que ela tem em mãos. Mas, para confirmar isso, ela vai ter que quebrar as regras. Em vez de voltar à rotina dos três baralhos, espalha as cartas como se fossem tinta, em um único movimento e em linha reta, e então vira, aleatoriamente, um dos quarenta versos. E lá está outra vez o dois de copas. Persistente, insistente. Tão indecifrável quanto inescapável. E sinistro, principalmente sinistro.

— A memória dos mortos — Nora balbucia sem muito sentido, e algo com ar explode em alguma cavidade do corpo de Erica. O estouro sai de sua boca com o som de uma gargalhada, embora também pudesse ter se traduzido em um grito ou em um berro, em qualquer expressão de pânico sem muito fôlego, de qualquer forma, porque o susto a deixou sem ar.

É evidente que a prima também está com medo – basta ver a tensão que se acumula em seus maxilares e a expressão contorcida em seu rosto –, e se deixa levar pelo riso de Erica, por essa tentativa de alívio que elas agora compartilham e que as projeta pela casa como psicofonias. Não demora muito para Olivia aparecer, também perturbada, mas por motivos diferentes. Olivia sempre tenta colocar ordem, porque é sua maneira de controlar o inexprimível, o que percebe e não entende. Olivia precisa entender tudo e, quando falha, grita.

— Idiota! Idiota! Idiota! Idiota!

A família é uma dimensão carregada, pensa Erica enquanto pega as cartas espalhadas no chão; um espaço sem ventilação. E talvez seja por isso que sua irmã Lis se recusa a entrar aqui com elas. Ela chegou horas atrás, mas suas malas ainda estão na rua, ao lado do carro, e seu almoço foi um piquenique com Pito no gramado do jardim. É óbvio que está adiando o momento de pisar no chão em que Erica repousa suas vértebras e seu dois de copas, agora sozinho, isolado do baralho. É óbvio que algo afasta Lis destas paredes, mas Erica não precisa saber os detalhes. Qualquer apreensão é compreensível porque a presença da avó é densa, e com ela há um total de cinco mulheres compartilhando o mesmo teto. Felizmente a casa é grande, e o campo e as colinas e o páramo lá em cima, vastos como vértices de antimatéria. Aqui há espaço para todas, Lis. Isso é o que gostaria de dizer a ela. Mas prefere respeitar seu tempo, pelo menos até o pôr do sol romper o céu com sua pirotecnia nuclear e o frio começar. Nesta zona de Castilla, mesmo em pleno verão, esfria quando anoitece, e então será necessário resgatar o menino, colocá-lo na cama e queimar alguns galhos de artemísia para dissipar a energia carregada, mas cada coisa no seu tempo. Por enquanto, sua atenção segue sequestrada por esse naipe que a olha como se as duas copas fossem olhos. E terá que fazer algo com isso. Pega o celular e fica em dúvida. É um tanto cômico recorrer à tecnologia para resolver um enigma desse tipo, mas a internet não é uma metáfora recorrente em suas reflexões sobre o além? Quando pensa em reencarnação, no paradoxo de nascermos virgens e ao mesmo tempo capazes de relembrar vidas anteriores, sempre imagina que a consciência que sobrevive ao corpo é uma espécie de backup que fica armazenado na nuvem; que, assim como há conteúdos que só existem em seu dispositivo e que morrerão com ele quando a bateria falhar ou quando você for roubada ou perder sua bolsa, há outros que permanecem incorpóreos, aguardando um novo suporte para que seu download seja feito. Portanto, o que ela está prestes a fazer não é totalmente idiota, ou é nisso que quer acreditar. Abre o navegador e digita uma busca rápida. Acessa um manual de interpretação do baralho espanhol que salva imediatamente nos favoritos porque oferece uma descrição sucinta e clara do significado de cada carta. O dois de copas está associado à criação; gravidez ou projetos vitais. Erica pode descartar a primeira possibilidade porque há meses não dorme com um homem, então a leitura só pode se referir aos seus planos de negócios, que a avó concorda que ela transforme esta casa em um meio de vida. Junta as mãos no peito, com os polegares sobre o coração, e olha para o céu, agradecida. Sabe que não será fácil convencer a irmã e as primas a não vender, muito menos a permitir que ela transforme este mausoléu de terrores familiares em um santuário aberto ao mundo, mas esse sinal a empurra para a frente e a projeta para um lugar que ainda não existe, mas que se encaixa em um padrão cheio de sentido.

III

A tarde avança com seus habituais parênteses de amnésia. A quetiapina é uma elipse entre o que veio antes e o que virá depois. Um vazio delimitado pelas costas de Peter. Sempre de costas para ela. A salvo do abraço e de qualquer sinal de apego. Lis escava a terra com um pau às cinco da tarde e empilha sementes de pinheiro às quinze para as oito. Não houve angústia nesse meio-tempo, e tampouco memória. O que acontece é com as outras. No interior da casa, por exemplo. Sua prima Nora aparece e desaparece atrás das janelas que dão para o jardim. Ela se move rapidamente, procurando algo, como se a realidade tivesse um avesso, algo além da aparência e do ruído. Mas o que vê é muito mais do que o que existe. Ela entendeu isso com os fármacos. O resto é poesia. Ou psicose. Mas não mais. Se tem medo de entrar, é porque antecipa a regressão, a lembrança traumática. Não o objeto cortina. Não o desenho de umas flores. O que aconteceu, que aconteceu com ela, e não com as outras. É a única coisa que conta. Isso e as costas de Peter, que, quando se virar e confrontá-la com seu rosto achatado, será seu Peter. Nem mais, nem menos. O que é dela. Bebê de sua linhagem, sangue de seu plasma. Como teria sido mais fácil dar à luz o bebê de outra, que foi o que lhe prometeram e acabou sendo o que ela mais queria. Lis, a única mulher que dispensava os guias sobre luto genético que eram distribuídos na sala de espera da clínica, resplandecente em sua vendetta contra o idêntico, sonhava em renovar sua estirpe. Bebê bastardo, sangue limpo. Não uma mãe, mas a incubadora de uma surpresa. Um Kinder Ovo!, gritava seu marido com um entusiasmo forçado, à beira do grito, e ela abria uma cerveja e brindava, embora o álcool estivesse na lista das substâncias proibidas e qualquer precaução fosse pouco para amortizar o desperdício em tratamentos futuristas. Todos a elogiaram. Como se comportou bem, que tranquilidade. O contrário de uma louca, não é mesmo? É que, muito antes de sequer conjurar o plano, já estava ciente de seus impedimentos anatômicos; ela os sentia desde criança, com a língua inchada de morder a dor a cada menstruação, então o diagnóstico só confirmou o que, de qualquer forma, não temia. Para ele foi mais difícil. O azar, quando vem em dobro, desperta superstições. Para um homem tudo é mais difícil. A infertilidade, a insônia, a dor de ouvido, os elásticos da fralda, que chatice. Embora isso tenha vindo mais tarde. A primeira coisa foi o contratempo, o incompreensível dardo da concepção. A sorte, quando vem em dobro, também desperta superstições, e, com o inatural do natural em seus corpos, só pode ter sido um milagre. Foi durante o período de descanso que lhes concederam na clínica depois dos três primeiros abortos. Lis, trituradora de tecidos virgens, pensava em si mesma como uma receptora de órgãos que rejeita sucessivos transplantes. Uma receptora gananciosa, privilegiada, que pega e regurgita o que outras mulheres se deixaram extirpar por um punhado de euros. É que a doação é altruísta, mas o altruísmo tem um prêmio!, explicavam as enfermeiras com o entusiasmo de um comercial de seguros. Tinha começado a se cansar daquilo e a beber e fumar escondida, como quem se rende sem pronunciar as palavras de rendição, e então, em uma noite de bebedeira da qual nenhum dos dois se lembraria, seus defeitos cromossômicos se fundiram. Não era o que esperavam. Nem sequer o que sonhavam. Mas, no fim, era. Duas linhas cor-de-rosa. Um grão de arroz. Um amendoim. Um menino perfeitamente saudável em uma família na qual os homens – o primo, o tio, o avô... – correm perigo no ambiente extrauterino. A salvo por enquanto. Sem frio, sem fome, sem a estridência das vozes dos pais, filtradas por uma surdina aquosa. Você não vai herdar a morte prematura do pai de Olivia e de Nora. Você não vai herdar o nariz da minha irmã Erica, ou a loucura da minha avó, ou o câncer que a deixou viúva tão jovem. Era assim que falava com sua barriga do tamanho de um melão cantaloupe, de uma melancia, de uma bola de basquete e um bebê prestes a explodir.

Leu que, se um feto crescesse durante os nove meses de gravidez na mesma proporção que nas primeiras semanas, atingiria o tamanho do sol. A vida intrauterina está fora deste tempo e espaço e é governada pelas regras do universo. Eu o peguei do cosmos. Átomo de luz, desastre radioativo em meu ventre, agora de pé junto à árvore com a segurança de uma árvore, mais alto do que o carrinho de mão em que deposita seus troféus e aparentando ser maior do que é por sua autonomia, seu desapego, sua rejeição a Lis. Bebê adulto. Bebê não bebê. E como sangue de seu plasma, sangue que odeia seu próprio sangue. Os psiquiatras nem sequer tentam convencê-la de que seu filho é normal; dizem que cada criança é única, que não o compare com outras. Mas aos nove meses ele já andava e aos onze, em seu primeiro dia de creche, jogou-se dos braços dela para entrar na aula como quem foge de um rio de lava. Do calor insuportável de uma mãe. Mede os centímetros que a separam de suas costas e calcula um metro e vinte. É sempre um metro e vinte. Repete esse experimento por apatia. Ela se afasta dois passos, e o menino, sem se virar para vê-la, recua, mas se ela se move para o lado, respeitando o quadrilátero invisível pelo qual eles dançam, Peter fica onde está. Sim, já lhe explicaram muitas vezes. A distância de resgate. Mas não. Não é uma correia invisível, é um perímetro de segurança. A trincheira que se abre ao redor de um cemitério de resíduos. Resta apenas discernir se é medo, raiva ou desprezo. Nomear a maldição, a origem, já que conhece muito bem seus efeitos e o momento em que os fulminou, separando-os pela raiz. Poderão persuadi-la a mudar de linguagem e em vez de maldição dizer psicose, mas ninguém vai convencê-la de que a criança sempre foi assim, desde o início. Não. Aqui. Antes. Nesta casa. Foi aqui onde tudo começou. Quando a avó ainda estava viva, mas não veio em seu socorro. Quando os fusíveis queimaram porque não se pode ligar o forno ao mesmo tempo que o aquecedor de água, mas sua irmã Erica não aprende. Quando seu filho deixou de ser seu filho. Pelo menos para ela. Em sua experiência subjetiva. Sublinha bem o subentendido, repete até assimilar, porque saúde mental é isso. A dúvida. Olhar para dentro antes de olhar para fora. Negar seus olhos. Mas não sua memória. E Lis ainda se lembra do que veio antes. Seu corpinho enrugado. Aquele pranto que parecia uma tosse e suas dobrinhas de leite azedo. Não lhe avisaram que teria esse cheiro de proteína morta. Mas o que lhe tinham prometido era verdade: a voracidade, a dependência, o desejo. Tudo o que desapareceu naquela noite. Lá dentro. No andar de cima. No quarto do sofá-cama. O das cortinas florais. Sete meses depois, numa reviravolta macabra, ela herdou um cômodo da casa. Será esse o quarto que lhe designaram? O quarto em que vão dormir? É óbvio que no jardim não pode ser. Essa manhã, ao chegar, pensou na ideia: uma noite de acampamento, uma aventura. Mas a tenda com a qual brincavam quando crianças não está no galpão. E, de qualquer forma, o que pensariam dela. Avisariam a seu marido que ela está se comportando de forma estranha, e ele decretaria que ela voltou a ser instável, perigosa, incapaz de cuidar de Peter, quando tudo o que Lis deseja é cuidar dele a qualquer preço. Desejaria cuidar dele mesmo que não fosse o mesmo que saiu de seu corpo com a bolsa ainda colada ao rosto como em uma cena de violência policial. Como em um suicídio. Desejaria cuidar dele ainda que não o desejasse. Que tipo de pessoa seria se não o fizesse. A que fracassa no único teste em que a falha não é trágica, mas monstruosa. Pelo menos para uma mulher. Para um homem tudo é mais fácil. Não a carne, mas o ideal. Não o carinho, mas o respeito. A voz de autoridade, à distância, sem largar o cigarro: Peter, não arranhe a sua mãe. E a criança entende uma ordem. É obediente. Peter, venha aqui com a mamãe, querido, está ficando frio. Ela o recebe de cócoras e com os braços estendidos, delimitando o espaço de um abraço, porque a esperança é a primeira coisa que se perde, mas a humilhação, sua ânsia, nunca acaba.

IV

Dezessete caixas de Lorax, trinta e sete embalagens de 10 miligramas de Valium e sessenta e quatro comprimidos espalhados que identifica como doses sublinguais de algum benzodiazepínico genérico. Encontrou o primeiro na gaveta de temperos enquanto fazia o inventário das reservas que restavam na casa, porque Olivia sabe que será ela que terá que cuidar das refeições e de toda a parte prática enquanto dividir um teto com a irmã e as primas; que limpará seus resíduos e fará as compras e cozinhará alternativas carnívoras e veganas para depois receber reprovações porque a casa cheira a gordura animal ou porque derramou água poluente com sabão na terra do jardim que ninguém cultiva. Ela vinha preparada para isso e para quase tudo. Um fim de semana. Um trâmite. Tomariam posse de sua herança e se despediriam até o jantar de família no final do ano. Nem mesmo se sentiu apreensiva ao redescobrir as pegadas domésticas da avó, ao passar pela cena do crime. A banheira de mármore verde continuava verde, com manchas de cal, mas sem truculências, como se nada além do tempo tivesse passado, e, por alguns minutos depois de sua chegada, enquanto arejava os quartos e inspecionava as prateleiras, sentiu pela primeira vez que o impacto estava longe, que finalmente podia pensar no que havia acontecido sem que isso deslocasse algo em seu corpo; o ciclo de renovação celular havia sido concluído.

Naqueles primeiros momentos, a casa cheirava e soava como os verões anteriores a qualquer luto. Nora e Erica sussurravam como crianças, como se houvesse adultos responsáveis à espreita da próxima travessura – seu próprio pai, talvez, escondido sob o divã da escada, ainda vivo, vivo, vivo – e, embora o corpo de Lis estivesse inchado, não gordo, mas cheio de ar, prestes a levantar voo como um balão de hélio que logo ficaria preso no campanário e as observaria de fora com sua indiferença plástica, sua presença a confortava tanto como quando ela ainda se parecia consigo mesma. Olivia tinha acabado de deixar sua mala no quarto duplo que sempre divide com a irmã e não quis guardar as roupas para lembrar que estava de passagem, mas de repente, enquanto manuseava potes de ervas aromáticas e mulheres irreconhecíveis agiam como as meninas das quais ela lembrava, pensou que estavam prontas para ficar. Foi um pensamento estranho, uma visão sem imagens, ou melhor, como se o instante se sobrepusesse a outro que ainda não havia acontecido, e nesse momento encontrou o comprimido. O primeiro. Tão pequeno que poderia ter sido confundido com um grumo de farinha seca. Depois desse, de repente todos os outros se tornaram visíveis, desajeitadamente escondidos entre lenços de papel e excessos decorativos desses que povoam casas em que muitas vidas foram vividas. Casas de velhos. Ela os coletou sem entender o que significavam, e ainda não entende, mas é que toda teoria é elaborada depois que evidências são acumuladas, e então se concentrou nisso, em coletar e classificar, separando o próprio do impróprio.

Agora, no andar de cima, carrega um saco plástico em cada mão. Em um ela guarda os remédios legais – ibuprofeno, antiácidos, medicação para reumatismo e o Sintrom que ela mesma prescreveu para uma cardiopatia congênita semelhante à que matou seu pai – e no outro, os psicotrópicos que não têm serventia, que não deveriam estar aqui. Depois que a avó cometeu suicídio, Olivia acessou o histórico de seu cartão eletrônico e viu que ela estava tomando cinco miligramas de Valium há pouco mais de um ano. Porque tinha dificuldade para dormir, disse seu médico de família, mas dona Carmen nunca havia mencionado sinais de depressão ou demência. No máximo, alguns descuidos e esquecimentos que relatava com indiferença, coisas da idade, ambos concordaram, *mas garanto que estou tão surpreso quanto vocês*. A autópsia também não resolveu o mistério. Em vez disso, apenas sublinhou o que havia de absurdo naquilo tudo. Antes de cortar os pulsos na banheira para flutuar em sua camisola florida como uma Ofélia de teatro escolar, a avó só havia tomado seus remédios para o coração, como se não quisesse morrer de outra coisa que não fosse seu próprio abridor de cartas, ou talvez porque teve uma última lembrança da neta, a cardiologista, a quem sempre obedecia, ou talvez por inércia, sem motivo, como fez o que veio a seguir. Era impossível saber e Olivia teve dificuldade em se conformar com a dúvida, que não combina com seu temperamento. Leu estudos e estatísticas sobre suicídio, aprendeu que a porcentagem de pessoas com mais de 65 anos que decidem por esse caminho é muito alta, que ninguém quer ser um empecilho, que a demência não ajuda. Conseguiu ficar em paz e deixar a falecida e as vivas em paz. Mas agora sabe que essa descoberta implica um retrocesso. Um retorno ao lugar inicial. E abre armários. Abre baús e escrivaninhas e esvazia até os dedais da caixa de costura em busca do que não entende. Varre o fundo dos móveis. Aumenta as provisões, que não valem mais do que alguns dias de hipnose, porque os benzodiazepínicos, ao contrário do ibuprofeno legalizado e sem receita, têm uma toxicidade tão baixa que ninguém consegue se matar com eles. O que ela pretendia, então, com este estoque? Morrer um pouco a cada dia? Relaxar? E onde os conseguiu? Por que armazenar? Olivia também está fazendo isso, seguindo seus passos, comprimido por comprimido, mas não sabe o que fazer com esse saco de lixo crescente, exceto deixá-lo crescer. Gostaria que houvesse alguém de quem exigir explicações, mas está sozinha diante do fantasma da banheira verde, que não se manifesta; sozinha com as primas, que ela deixou de conhecer há muito tempo, e sozinha com a irmã, que ela conhece demais. Sabe que esses passos apressados no andar de baixo são de Nora, que anda caçando as migalhas de Olivia, perseguindo Olivia, competindo como uma criança pra ver quem consegue mais doces no desfile do dia de Reis.[1] Está acostumada às infantilidades de Nora, a minimizá-las, mas desta vez o amor não é suficiente. Tudo bem que não haja ninguém de quem exigir explicações, ela pensa, mas há alguém com quem gritar, e isso já é alguma coisa. Então desce as escadas como se quisesse quebrar os degraus e se desliga de si mesma.

— Idiota!

1. Tradicional festa celebrada na Espanha no dia 5 de janeiro em que os Reis Magos, seus pajens e ajudantes desfilam em carros alegóricos e jogam doces para as crianças no percurso.

Que prazer soltar a coleira do cachorro e observá-lo de longe, fingindo impotência, cravando os dentes na carne de quem merece. Que inveja das feras e de suas mandíbulas, do corpo a corpo. Olivia aprendeu a curar e a cerzir, a delicada e feminina arte de costurar. Só abre os peitos que precisam de ajustes, e então trabalha duro para apagar os rastros da carnificina, como se pedisse desculpas por incomodar. Nunca abriu uma ferida com outra coisa que não fosse um bisturi nem com o desejo de que ficasse aberta como as veias de sua avó, com essa vocação definitiva, inimiga dos médicos, contrária à reconstrução.

— Idiota!

Xinga a irmã porque sabe que sempre se sentiu o par genético deficiente, a que vem depois em tudo. Nora nem sequer é jornalista por vocação própria. Era Olivia quem se cercava de livros e recitava na igreja do vilarejo os poemas de San Juan de la Cruz que sua avó lhe ensinava – de cor e em castelhano antigo, como ela ficava orgulhosa! – e fazia dobras nas páginas nas quais deixava um registro de suas temporadas de verão, para não se esquecer. Era ela quem ganhava concursos de redação na escola e queria ser escritora e mais velha, ambas as coisas com urgência. Mas, quando chegou a hora de escolher uma carreira, pensou que seu Prêmio Estudantil Extraordinário a obrigava a aspirar a algo difícil e optou pela medicina, pela especialização com a qual poderia ter salvado a vida do pai se tudo não tivesse acontecido fora de tempo. Nora herdou sua paixão pelas letras como herdava as roupas que iam ficando pequenas para Olivia.

— Idiota!

A acústica da casa está abafada e as imagens se movem ao ritmo de suas têmporas. Não sabe quantas vezes insulta sua irmã nem ouve suas réplicas. Chega um momento em que, sem mais delongas, fica satisfeita. Foi o suficiente. Já pode voltar ao trabalho. Então se vira e sobe as escadas, desta vez silenciosamente, assim como quando era uma garotinha saindo da cama no meio da noite para roubar um dos livros de adulto da biblioteca da avó – aquele que começava com uma cena sórdida: uma prostituta se encontra com outro trabalhador do sexo com quem transa para um cliente idoso, com uma bengala, escondido atrás de umas cortinas, e de repente o rapaz tenta sodomizá-la e ela recusa, isso não, é seu limite, e ele desiste e urina em seu rosto – ou para espiar os ângulos do corpo de sua prima Lis quando dormia seminua. Todas nós temos segredos que gostaríamos de levar para o túmulo, mas nem sempre encontramos um jeito de fazer isso, ela pensa e volta a olhar para o saco plástico cheio de benzodiazepínicos da pior maneira possível: com a impertinência de um detetive que pensa em como encontrar um jeito.

II
ACORDAR NESTA CASA

I

Nora acorda com o som de um carro sob sua janela. Olhando para fora, vê sua prima Erica conversando com o motorista, que não conhece. Que estranho, pensa. Uma visita surpresa neste vilarejo e na hora da missa? Um magrebino a bordo de um desses veículos que não podem mais circular nos centros urbanos? Bem, embora isso faça sentido, admite, porque é possível que não haja nenhum canto da Espanha em que a fumaça das emissões tóxicas que este escapamento expele seja mais invisível. Aqui não há restrições ou medo do apocalipse iminente, mas, sim, um bufê de herbicidas que roçam o pasto antes do plantio com uma ignição química que tinge os brotos de amarelo fosforescente. Aqui se vive à margem do perigo, porque mal há sinais do mundo exterior, os estranhos não se aventuram. Nem para fazer turismo. E menos ainda os migrantes. Será que esse homem é o novo namorado de Erica? Acha estranho que a prima não tenha contado nada sobre ele, e, se queria mantê-lo em segredo, esta visita não é exatamente discreta. Seu motor de desmanche pode ter passado despercebido, mas sua pele bronzeada, cuja cor não é de arar a terra, certamente não passou. No vilarejo, impera um racismo sem remorsos e sem filtros que Nora acha particularmente sinistro.

A velha da casa vermelha, que se chama Lavinia e desde que a avó morreu é a última mulher que resiste, sempre elogia a beleza de seu sobrinho Peter dizendo que ele é "quase loiro", e o "quase" sai com pena. Pena de que a perfeição não se aninhe nem nos corpinhos mais puros, supõe Nora. Supõe que, na missa de hoje, a velha rezará pelo menino e pelas mulheres que o acompanham; linhagem de dona Carmen, as coitadas; órfãs de tantas formas. E cairá sobre elas uma pressão atmosférica ainda mais pesada do que a que já suportam.

Há dois meses, quando descobriu que o contrato do aluguel estava para terminar e que não poderia arcar com o aumento de preço, Nora começou a imaginar uma vida fora do moedor de carne urbano, um refúgio idílico nesta casa que agora é em parte (um quarto) sua. Recordava com carinho os verões no vilarejo, os banhos de água gelada no reservatório, as amoras explosivas e sangrentas na árvore junto ao cemitério, os passeios de bicicleta... E pensou que encontraria um teto todo seu dentro dessas paredes. Com menos despesas, trabalharia menos e talvez finalmente ousasse escrever aquele livro sobre o impacto que o Optalidon teve nas mulheres dos anos 1980 e que está em seus planos há muito tempo, desde que sua avó lhe contou sobre sua própria dependência desse medicamento. Era um bom plano, a fuga para o campo, e ainda é o único que ela tem, mas não parece mais idílico. Agora que está aqui sem a avó – agora que o vilarejo perdeu sua bruxa, a dose de entropia que o tornava respirável –, tudo o que vê, desde os campos abertos até os fardos de palha empilhados, faz com que sinta raiva. Uma pulsão de limpeza étnica. Fantasia com uma gripe de verão ou uma onda de suicídios, um efeito Werther que decore com corpos enforcados as poucas árvores que não sucumbiram à concentração agrícola e faça desaparecer os ceifeiros que nunca respeitam a largura dos caminhos, e os velhos que saúdam levantando o cajado, e a sucata do alpendre de Severino e aquela Virgem imunda que passa de mão em mão e que é um rito, dizem, que reforça a comunidade: cuidar, todos juntos, de uma boneca de madeira para aprender a cuidar uns dos outros. Mas dona Carmen estava morta há uma semana quando o prefeito encontrou seu corpo, e só porque a tia Amaya pediu que ele fosse checar sua linha telefônica, que estava há dias ocupada. Caso contrário, teria se dissolvido na cal da banheira sem que ninguém se mexesse. Portanto, Nora não quer ouvir nem uma palavra sobre laços de vizinhança e amor ao próximo. Só sente rancor, que se espalhou como um vazamento tóxico sobre a paisagem de sua infância, arruinando-a completamente. Somente a demolição do passado e de suas testemunhas poderiam trazer uma reconciliação. Mas os velhos deste fim de mundo resistem tanto quanto as fachadas que os abrigam. A avó já demonstrou que aqui só se morre por determinação.

É preciso acentuar que é a Nora com ressaca, a Nora sóbria, que suspeita dessas coisas. A Nora com os depósitos de endorfina sem reservas e palpitações no coração e dedos frios, tão diferente da Nora eufórica ou maníaca que tem que se desligar com Valium porque, depois de muitas carreiras e muitas horas sem dormir, entra em um processo de zumbificação do qual é impossível sair sem ajuda: poderia seguir e seguir e seguir, com o cérebro meio desligado, contemplando um ponto fixo, por exemplo, ou checando o feed do Twitter sem parar em nenhuma manchete até morrer de exaustão. Ontem à noite estreou o estoque da avó depois de esgotar suas últimas reservas de metanfetamina e se prometeu não ir atrás de mais por um tempo. Precisa ficar limpa porque tem medo da tolerância que desenvolveu. Há um ano, um grama lhe durava uma semana e, na última vez, lhe durou um único dia. Sem falar dos efeitos colaterais – o formigamento que se espalha pelo braço esquerdo e a impede de cerrar o punho com força, os batimentos cardíacos acelerados, um motor danificado entre as costelas, a ideia obsessiva de que está prestes a morrer – ou do que aconteceu com Javi. Não. Ela não quer nem pensar nisso. O importante é que decidiu se dar uma trégua. Hoje começa seu programa de desintoxicação. Poderia ter jogado a droga no vaso sanitário, como fazem os viciados que estão prestes a deixar de ser viciados nos filmes, mas preferiu o constrangimento, o exagero, para não se esquecer dos efeitos colaterais. Agora, à beira de um ataque cardíaco, com uma dor de cabeça que parece antecipar um derrame e com essa saliva corrosiva que vai destruir seus dentes, é mais fácil dizer nunca mais, nunca mais. Concentra-se nas sequelas, no desconforto da ressaca, e tenta esquecer a euforia da noite anterior. Com sua farra de despedida, bebeu uma garrafa e meia de vinho sem que o álcool a deixasse letárgica, respondeu vinte e-mails, atualizou seu currículo no LinkedIn e, já na cama, começou a ler um ensaio de quatrocentas páginas sobre pós-trabalho, tomando notas para seu romance hipotético, e escreveu uma mensagem no Instagram em que "despia sua alma" (sic) para seus leitores, mas, felizmente, apagou-a imediatamente e nem se lembra mais do que dizia. Não sabe se é a metanfetamina que faz isso ou se isso é o que faz consigo mesma. Também não sabe se começou a usá-la para compensar algum desequilíbrio químico ou se sofre de um desequilíbrio químico por causa do uso. O que é óbvio é que algo está errado, que lhe falta uma peça da engrenagem e que a droga sabe se metamorfosear para tomar sua forma. É argamassa para um buraco metafísico. Um remendo perigoso.

Nora continua arejando sua síndrome de abstinência pela janela, atenta ao desenvolvimento da cena protagonizada por Erica e pelo motorista do carro vermelho. Estava achando intrigante, mas a tensão desaparece assim que o homem entrega a sua prima alguns pacotes com o símbolo da Amazon. Que frustração. Não pode acreditar. O entregador atravessou o páramo em um feriado para que sua prima pudesse receber alguma coisa estúpida: velas perfumadas?, incenso?, carne vegetal? Tem vontade de estralar os nós dos dedos contra a moldura da janela ou contra as sardas de Erica, mas em vez disso assobia para o entregador e levanta a blusa para mostrar os seios. É o que suas amigas faziam na maratona beneficente anual organizada pela escola para motivar os maratonistas que se aproximavam do quilômetro 42, e ela quer fazer o mesmo por ele, lembrá-lo de que há um objetivo em algum lugar, um destino no qual se pode descansar. Erica está de costas para ela e não a vê se desnudando, mas o homem sorri mostrando os dentes, liga o motor e buzina em despedida. Ele está indo embora feliz, ela pensa. Seu carro deixa um rastro de tudo o que há de errado no mundo, e Erica volta para dentro de casa, feliz com seus novos pacotes.

Sério, prima? Amazon? E não podia esperar até segunda-feira?

Nora fica chocada que ninguém mais se choque com as jornadas de segunda a segunda com disponibilidade contínua – porque é o que ela vive desde que perdeu seu lugar na folha de pagamento – e, em breve, de tanto que estão sendo normalizadas, nem mesmo ela poderá se queixar mais. Pelo menos você tem trabalho. Diferente de sua prima Erica, cuja luta pelos animais e pela crosta terrestre parece ter esgotado suas reservas de compaixão por seus semelhantes, Nora tem consciência de classe, ou de injustiça; a justiça óbvia. Sabe que não há necessidade de gerar demandas que não se possa assumir. O único trabalhador que ela incomodaria no fim de semana é seu traficante, mas porque ele não é um entregador qualquer: dirige um Porsche e nunca consumiu esses vídeos em inglês sobre os valores de uma empresa que se expande como uma espécie invasora. Rober pode ser incomodado porque pode se dar ao luxo de dizer não. Claro que para Nora ele nunca diz não. Por ela, tem certeza de que viria de carro até este buraco, e que divertido seria vê-lo manobrando entre os quarteirões, com aquele tecno hardcore que seus alto-falantes cospem e mostrando os músculos através das camisetas de lycra apertadas que sempre usa. Imagina as caras que os vizinhos fariam; que sonho. Mas não, não pode se entregar tão cedo, quando ainda nem suou todo o veneno da noite passada. É suficiente saber que a opção está aí, a apenas um telefonema de distância. Ela se contém e se contenta em escrever uma mensagem para Rober informando que não está mais na cidade. Tira uma foto da vista da janela – a igreja, o pomar, os campos de trigo recém-colhidos – e lhe envia por WhatsApp. Uma mudança de ar, escreve. Não sinta muito a minha falta. Conecta o telefone ao carregador e o esquece ali. Agora o que precisa é dar uma volta. Atividade mecânica. Do andar de baixo, vêm os sons de louça e as vozes de Erica e Peter em movimento. Respira fundo e fala consigo mesma. Vamos, fique neste momento, neste barulho. Lembre-se de que fome é sinal de alguma coisa. Desça as escadas. Dê oi. Divida o dia em trechos simples e os enfrente um por um. Averigue que coisa tão urgente Erica comprou na Amazon, essa idiota. Aproveite que está entre idiotas, em família, e que desta vez você não precisa enfrentar isso sozinha.

II

Erica deixa desarrumada a cama onde a avó dormia, as almofadas de penas viradas para cima no tapete e sua calcinha ao pé da tela da Assunção da Virgem Maria. Antes de sair, é verdade, murmura um pedido de desculpas na frente do espelho. Não quer perder os primeiros raios de luz do dia. Anda na ponta dos pés pelas tábuas acarpetadas mas rangentes, porque as outras ainda estão dormindo, embora do corredor não haja som de roncos ou edredons. Poderiam estar todas mortas, pensa, e descarta a ideia instantaneamente, sem querer deter-se em sua origem, embora a sinta naquela contratura que apareceu em suas costas e que ontem à noite, enquanto fazia sua rotina de relaxamento, sugeriu-lhe emitir a ordem de que seus pulmões se fechassem. Não era a primeira vez que, em estado de hipnose, focava sua atenção na dor e a dor lhe devolvia uma mensagem, mas nunca antes tinha mediado um pensamento que fosse contra ela mesma. Há algo nesta casa com que não contava, algo sombrio, uma voz latente como um telégrafo ditando ocorrências mórbidas, pensa, e é por isso que, antes de descer, abre ligeiramente a porta do quarto da irmã para confirmar que ela está bem.

Lis dorme sobre o tapete, abraçada a uma bola de lençóis que pressiona contra sua barriga, e Pito está ao seu lado no colchão sem estrado, seus braços cruzados e os olhos fixos no teto como se admirasse algo valioso, um adorno fúngico onde os outros só veem umidade. Erica estala a língua e o menino vira a cabeça lentamente.

— Rica-Rica!

— Vamos tomar café da manhã?

— Vamos, Rica!

Ele a chama de Rica e ela o chama de Pito. Rica foi a quinta palavra que ele aprendeu a dizer, depois de "não", "teta", "mamãe e "meu". Erica se gaba disso, como se fosse um mérito curricular. Seu sobrinho foi o primeiro bebê que ela embalou, o primeiro ser humano que viu crescer e mudar na velocidade do tempo, e o único sobre o qual ostenta um conhecimento específico, de pintor de retratos. Teria dificuldade de descrever seu próprio rosto com precisão, mas sabe que, quando fecha os olhos, os cílios e as maçãs do rosto de Pito formam curvas paralelas, suaves e simétricas como dunas. No inverno passado, durante as semanas em que Lis esteve fora de si, passaram muitos fins de semana juntos, compartilhando esse imenso presente em que as crianças vivem e ao qual qualquer pessoa que medita com alguma seriedade aspira. O fascínio por um pedaço de gelo sujo que derrete no asfalto; o olhar animista sobre o ambiente; olá, pedra; olá, sol; olá, margarida, e obrigado também; obrigado por tudo. Depois de muitas tardes no parque, a irmã voltou de onde quer que estivesse e disse a Erica que ela não era mais necessária. Então a chamaram para trabalhar em um complexo hoteleiro rural a poucos quilômetros daqui, e ela entregou a esse projeto todo seu apego que havia ficado órfão. Por mil euros por mês, não valeu a pena, e agora ela se encontra mentalmente exausta. Nunca tinha precisado tanto de férias ou de um reencontro com Pito. Três meses sem se verem. Sentiu sua falta de uma maneira profunda. E descobriu que o menino cresceu muito. Prestes a completar três anos, não é mais o exemplar de uma raça mutante, e sim uma miniatura de sua própria espécie. É pesado, mas, sob o pretexto de que os degraus são muito altos, leva-o nos braços até à cozinha para sentir o volume de seu corpinho sem músculos e aquele cheiro de mingau rançoso que sempre exala. Enquanto eles descem as escadas assim, agarrados, pensa que este é o momento mais íntimo que teve com outro ser humano em meses, e instantaneamente se sente envergonhada, como se houvesse algo perverso em associar o contato com a pele do sobrinho com outro tipo de contato, remoto e sexual, e então tropeça. Pula um degrau. Há um momento de pânico, mas pousam em segurança. Em nome das deusas, que susto! De novo esta casa. Com seus encanamentos de energia obscura, esta maldita casa lhe dá rasteiras e parasita seus pensamentos com ideias doentias. Também faz seu corpo coçar com picadas minúsculas como se a poeira tivesse mandíbulas. Ontem à noite teve dificuldade de dormir por causa da coceira, que veio e foi embora sem deixar urticárias ou eczemas; não são mosquitos ou pulgas. É outra coisa. Por isso é preciso limpar com urgência, e isso não significa aspirar o tapete dos quartos, disso Olivia cuidará. O que precisam limpar é o ar.

Entram na cozinha e ela deixa Pito em seu cadeirão. Dá um biscoito ao menino e lhe diz que já volta. Ele acena com a cabeça de modo sério, fazendo Erica rir. Ela adora essas suas peculiaridades. Que ele mal fale, mas ouça cada palavra que lhe é dita como se sua vida dependesse disso. Que pareça um personagem de faroeste, estoico, parcimonioso, calejado. Sempre teve uma predileção por homens calados, por aqueles que dominam a arte de sugerir que há mais do que aparentam. E, ao encontrar essa qualidade em seu sobrinho pequenino, entende que se trata de uma distorção óptica, projeções idealizadas por ela mesma. Por isso seus namoros duram o tempo que dura a farsa. O último, particularmente lacônico, levou nove meses para se provar oco, e ela ainda não se recuperou desse fracasso, do sentimento retrospectivo de tédio e do looping com que desde então repassou seu histórico amoroso. Há dez anos vem trocando de companheiros perfeitamente intercambiáveis, substituindo e sendo substituída sem a dor do luto, e atingiu o ponto de saturação. Talvez por isso se sinta tão voltada para a dimensão espiritual, tanto que precisa montar um projeto de vida em torno dela, a partir desse enclave, com o legado da avó. Se já procurou o sublime nos corpos dos outros, agora prefere encontrá-lo no que não é corpóreo.

Abre as portas nas duas extremidades da sala e se coloca no epicentro da corrente, descalça sobre o chão de lajotas, pronta para transformar oxigênio em carbono, frio em vapor, como o filtro de um sistema de ar-condicionado. Inspira com um tremor que expande suas vértebras e expira fazendo ruído com os lábios. Inspira o que as árvores e as plantas lhe oferecem, deixando a vida vegetal entrar na casa através de seus pulmões, e junta as mãos em uma oração para agradecer pelo presente. Sente o coração nos polegares, a ordem pouco a pouco sendo restaurada, a relutância dos últimos bloqueios e, em seguida, um grito. A voz da irmã.

— Peter! Peter!

Na cozinha, o menino começa a chorar e Erica corre para atendê-lo.

— Aqui embaixo! Estamos aqui embaixo!

Lis chega como se tivesse acabado de escapar de um pesadelo. Oleosa dos suores noturnos, os olhos afundados, dura. O que está acontecendo com ela? De onde está vindo? Pela primeira vez, Erica precisa entender o que está acontecendo no interior de sua irmã, porque não a reconhece e, o que é pior, está com medo dela. Sente o instinto de proteger Peter de sua própria mãe. Que ele não a veja assim. Que não se toquem. E se coloca entre os dois, com as mãos estendidas para receber Lis com um abraço que, na verdade, é uma camisa de força, uma restrição da qual a irmã se liberta imediatamente.

— Nunca mais faça isso comigo. Nunca mais façam isso comigo de novo, nenhum de vocês dois!

O menino, que estava tão tranquilo, começa a bater na mesa de sua cadeira alta pedindo torradas. Erica se esforça para se fazer ouvir em meio ao barulho.

— Mas, Lis, o que houve?

— Eu acordei e ele não estava lá! Ele não estava em lugar nenhum!

— Eu não queria te assustar, você estava dormindo...

— Como se ele tivesse sido engolido pela casa, por aquele quarto nojento.

— Mas do que você tá falando, Lis? Eu trouxe ele comigo pra que você pudesse descansar.

— Bom, mas você não pode fazer isso! O filho não é seu!

— Me desculpa, de verdade.

Lis começa a chorar e Erica se sente incapaz de se mover em direção a ela, como se tivesse acabado de se enraizar na lajota na qual recebeu os gritos. Olha para os próprios pés e não encontra sinais de germinação, mas vê algumas gotas rosadas que deixaram um rastro em suas coxas. Não esperava menstruar tão cedo, no vigésimo primeiro dia do ciclo, nem em outra cor que não a das papoulas, mas cada lua é única e não estamos mais na época de papoulas. Elas invadiram os campos de trigo no final do mês passado, pareciam gotas de sangue e se alimentam dela. É algo que os soldados napoleônicos descobriram quando viram que brotavam de forma invasiva nos campos de batalha, depois das mortes, e acontece porque preferem solos altamente nitrogenados. Miguel, seu chefe no complexo de turismo rural, contou-lhe essa história e ela ficou deslumbrada. Desde então, estuda livros de botânica, para aprender a dar nome ao misterioso, e livros de antropologia e etnobotânica, para aprender a vivê-lo e a narrá-lo. Nesta tarde, vai recolher o que tiver acumulado no copinho menstrual, dilui-lo num litro de água e regar as plantas do jardim com seu endométrio. Também vai colocar as pétalas das calêndulas para secar e vai descascar os ramos do sabugueiro para extrair o tutano macio que usa em seu remédio para queimaduras. Quer ensinar Pito a identificar e cozinhar as flores. Quer afastá-lo de Lis na medida do possível, com qualquer desculpa, o máximo que conseguir. Agora entende que está paralisada porque sua empatia se transferiu da irmã para o sobrinho, e percebe isso como uma espécie de traição. Por isso não é capaz de consolá-la ou de fazer o que seu instinto manda, que é ignorá-la para ajudar o filho. Nunca imaginou um contexto em que Lis pudesse deixar de ser o epicentro de seu afinco, mas o insólito é o natural, que tudo mude; de filha a mãe; de descendente a herdeira.

O som de uma buzina a resgata da paralisia. Deve ser o entregador do correio. Ontem à noite ela encomendou alguns potes de conservas e cera de abelha virgem para suas pomadas.

— Desculpa, querida, eu já volto. E levo o Pito para passear. E você descansa.

Lis se recompõe um pouco, apenas o suficiente para assentir, e Erica sai correndo da cozinha. Com os pés descalços, espalha as gotas de sangue no chão de lajotas. O corrimento rosa se torna marrom. Ninguém vai saber que não é barro.

III

No sonho, Peter segurava um machado sobre sua cabeça. Uma lábris de aço que brilhava com uma luz desconhecida, atordoante como a dor. Lis ansiava por essa luz. Ela ansiava pelo talho, pelo corte, pela amputação do membro infectado. Era um sonho pacífico porque não lembrava este quarto, que é seu verdadeiro pesadelo, mas, se agora acorda nele, é porque conseguiu adormecer nele antes. Os fármacos. Benditos sejam seus nomes publicitários e a alquimia. O transe em meio ao campo minado, apesar de tudo e à parte de tudo. Como se fosse uma boneca com um botão de liga/desliga. Mas o retorno ao corpo é sempre difícil. A tensão nas mandíbulas; pontadas do molar à pálpebra. A visão rasgada e essa emanação de usina termelétrica, um núcleo quente que precisa ser cercado por piscinas, mas nem um copo a seu alcance na mesa de cabeceira, nem uma mamadeira que não tenha vestígios de leite em pó. Porque o menino. Do menino não escapa nem nos sonhos. Tem duas caras. A da vigília e a do símbolo. O menino que significa outra coisa. Que é metáfora de algo. Mas do quê. O menino a encerrou aqui contra a sua vontade. Tem um talento inato para adivinhar as apreensões de sua mãe e torturá-la com o que sabe. Lis pensava que dormiriam no quarto da avó, aquele que nenhuma de suas primas gostaria de ocupar por medo dos abaulamentos no colchão, por medo de que seus ossos se encaixassem no molde. Seria um enorme favor que as faria muito felizes. Mas o menino se atirou no poço. Assim que entrou na casa, como se o quarto o estivesse puxando por uma corrente magnética. E se obstinou com sua paixão de criança. Aqui. Aqui. Aqui. *Pito vai mir aqui.* Todas acharam sua birra encantadora. Como dizer não a ele. Como negar algo tão simples a ele. Lis já estava treinada para as projeções, para o ensaio antes do show, e imaginou a cena em que confrontava Peter, levando a discussão às últimas consequências. Visualizou de fora, através dos olhos de suas espectadoras, e soube instantaneamente o que elas pensariam. Que só uma louca ficaria louca por algo assim. Não tinha escapatória. Ajustou a dose. Podia dobrar os comprimidos noturnos. Até mesmo triplicá-los. O que importava? Deixou que Erica cuidasse dele, que lhe pusesse o pijama e o colocasse para dormir em um pequeno colchão no chão. Lis esperava na porta. Quando o ritual terminou, entrou no escuro. Sem ver as cortinas. Sem ver seus desenhos de flores falsas. Sobre o chão de carpete e ácaros. A inconsciência se apoderou dela como uma maré noturna que engole. Mas acordou e aqui não há persianas. A luz não perdoa. Abre os olhos na cena do crime e tudo continua como estava naquela tarde. Só falta o som. O tecido batendo. Os pés descalços de Peter. Como ele conseguia fazer o chão ranger daquele jeito, com seus apenas doze quilos? Não tem explicação, mas a brincadeira era barulhenta. Uma corrida circular. O menino adentrava as cortinas pelo canto esquerdo e permanecia escondido por alguns segundos, exigindo o teatrinho, a dramatização de Lis.

— Cadê o Peter? Peter? Meu filho desapareceu! Será que devo chamar a polícia?

Incapaz de conter o riso, ele saía pela extremidade oposta e corria para os braços de sua mãe, que gritava de surpresa e alívio.

— Está aqui! Não roubaram ele de mim! Obrigada, meu Deus, obrigada!

Assim que terminava uma sequência, começava a seguinte, sem descanso, sem variação possível. Se lhe tivessem perguntado antes, antes que tudo desmoronasse, Lis teria dito que o pior da maternidade era aquilo, o tédio, que se tornava doloroso como se torna torturante a gota que cai persistentemente sobre um crânio. Mas o que ela sabia naquele momento sobre o que é ruim e o que pode ser ainda pior? Nada. O pânico era uma fase da brincadeira, uma paródia. Os olhos bem abertos, as palmas das mãos nas bochechas e um grito agudo, de falsa soprano, quando Peter se refugiava entre a cortina e a parede.

— Oh, não, ele desapareceu!

Naquela tarde Lis não estava feliz – não queria festas natalinas, mas uma tarde sozinha com um livro, ou uma festa de verdade para ir bem-vestida, de salto alto e na companhia de alguém mais estimulante que seu marido – e, no entanto, logo ansiaria por voltar para lá, para o tédio do previsível, porque a imaginação sempre romantiza o momento anterior ao choque, e o choque era iminente, estava prestes a emergir das cortinas, onde o menino estava demorando um pouco mais do que o previsto.

— Peter? Cadê o Peter? Será que o monstro do sótão o engoliu? Devo chamar os caça-fantasmas?

Desta vez ele não correu para seus braços. Emergiu cautelosamente, como se saísse de um provador vestindo uma roupa nova que suscita dúvidas, envergonhado. Lis imagina que, se soubesse falar, teria pedido sua opinião: o que você achou das minhas novas sobrancelhas, mãe? O que você acha dos ângulos marcados das minhas mandíbulas? E dessa expressão tão adulta? Fica bem em mim? Ela estava pronta para gritar, mas, no entanto, não gritou. A careta ensaiada, a surpresa de sempre, transformou-se em um gesto sincero. De puro terror. É algo que só o menino viu. Às vezes se pergunta se não foi isso o que realmente o colocou contra ela, a experiência de provocar algo selvagem e a consequente compulsão de repetir o truque de mágica. No fim das contas, as crianças procuram reações. Não qualitativas, mas intensas. Como um grito na primeira vez que puxam a toalha de mesa e a toalha de mesa não tem mais salvação. Se o grito é um prêmio, o terror e a loucura também poderiam ser. Isso explicaria seu comportamento. Que lhe peça um beijo e, em seguida, vire o rosto. Que se contorça quando o despe, como se o toque de suas mãos provocasse uma dor excruciante, e que exija a presença de Erica o tempo todo. Quando lhe oferece uma colherada de purê. Não. Rica. Quando ela o pega no colo para submergi-lo em um banho espumoso. Rica, Rica. Foram apenas quatro semanas de ausência, mas ele se comporta como se ela o tivesse dado para adoção assim que nasceu e agora voltasse exigindo os privilégios de uma maternidade nunca exercida. Ele a agride com o nome de sua irmã; procura aquela fração de segundo em que o dardo a desfigura. É só isso. Não invoca uma pessoa favorita. Invoca a alteração, o gesto que vem depois.

Lis temia o retorno a esse espaço, o reencontro com as cortinas, mas, embora o quarto seja o mesmo, a luz é prematura, diferente, e provoca um efeito queimado, sépia, que lembra o filtro usado nos filmes para indicar que uma cena é um flash-back. Irreal e, portanto, sem consequências. Não a colisão que temia. Apenas uma vaga lembrança do desastre. A constatação de que aconteceu, e que foi em outro tempo e possivelmente em outro plano de consciência pelo qual não transita mais. Sente vontade de comemorar a conquista e estende a mão para Peter. Procura a ternura de seu corpo adormecido, ainda incapaz de odiá-la, mas não a encontra. Vira-se para o colchão e o vê vazio. Maldito seja. O pânico estava em suspenso, latente, esperando a ativação adequada, e agora quer irromper. Lis faz um esforço físico para contê-lo. Porque sabe que o menino está escondido atrás das cortinas e que o objeto do jogo é ela. Desta vez não cairá na armadilha. Não recompensará seu jogo com a reação emocional que ele deseja, e o círculo será fechado de uma vez por todas. Toma ar. Este momento é crucial. Concentra-se ignorando o medo e ensaia um rosto neutro para enfrentar o que quer que saia das cortinas. Lembra-se das regras do mundo. A natureza gradual da mudança. As leis da física. A materialidade dos objetos e dos seres vivos.

— Peter, Peter...

Quanto mais longe do possível, mais se parecerá a um sonho infiltrado na vigília. Apenas isso. Um equívoco. Uma incompatibilidade química. Provavelmente genética, diz o psiquiatra. Uma dessas maldições que pulam das avós para as netas. Maldição não. Doença. Como o diabetes. Como o câncer. Nada que não se cure com o coquetel adequado de comprimidos. Quimioterapia contra visões, contra tristeza e pensamentos inadequados. Sem culpados ou culpas. É isso que significa que as causas sejam endógenas. Que algo estoure como um trombo em sua vida cheia de privilégios. A casa com jardim. O bebê tão desejado. Dinheiro de sobra para se dedicar exclusivamente a ele e uma atividade artística que se confundia com um hobby, que parecia simples abandonar. Ela o retomaria no futuro, quando ninguém precisasse dela.

— Peter, cadê você?

Mas não deve culpar-se. Essas coisas acontecem muito mais do que pensamos. O importante é que sua evolução tem sido boa. Resposta rápida à medicação e poucos efeitos colaterais. Porque a questão do peso não conta. Seria uma futilidade reclamar disso. Como uma grávida fazendo dieta. Que absurdo. Embora seja verdade que às vezes ela duvida da possibilidade de ser a mesma de antes com este corpo de agora. Com este corpo, se parece cada dia menos consigo mesma e mais com a própria mãe. Pega vestidos emprestados dela, fantasia-se como ela e se sente como ela. De qualquer forma, é um processo natural. Reconciliação por mimese. Por que Lis vai censurá-la agora se ela também perde a cabeça e se distancia e grita ditados populares – não reclame de barriga cheia, que tempestade em copo d'água, em boca fechada não entra mosca – e nunca tem força para brincar de pega-pega com o filho ou carregá-lo nos braços? A mãe sombria, exausta, dolorosa, que se expande como um leito de folhas mortas, impedindo a absorção de nutrientes. Pobre Peter. É normal que se esconda. É normal que procure abrigo debaixo de saias que não são as suas.

— Sai daí, pequeno. Estou vendo seus pés.

Não é verdade. Não se vê nada. Não se ouve nada. Nem um leve movimento, nem uma respiração. Ela o imagina prendendo a respiração até se machucar, sendo capaz de aguentar o teste de estresse até ficar azul, como fez outras vezes, e sabe que chegou a hora de intervir, mas não ousa, não consegue fazê-lo, nem mesmo por seu próprio filho. Ela pode oferecer-lhe sua cabeça, esperar docilmente pelo corte, mas não pode amputá-la ela mesma. O corpo tem mecanismos de autodefesa, protocolos de preservação, porque a vida não nos pertence, só pode ser iniciada de fora. O suicídio não mata o suicida, os comprimidos o matam, a gravidade, a ferida curável que se recusa a cicatrizar, as correntes de água, o mar adentro. Somente a criança pode ser morta por sua perseverança, porque não imagina o que isso implica. Ela sim, ela o visualiza inerte e oco, finalmente com seu rosto original, mas definitivamente inalcançável, para sempre longe de seu abraço. Então ignora o roteiro e grita.

— Peter, Peter, Peter!

Grita como se pudesse atravessá-lo à força, em um boca a boca à distância, e se esvazia com o grito. Seu corpo se contorce em uma arcada, dizendo que daqui em diante não há o que fazer, que só lhe resta expelir as vísceras. E então a resposta chega. Erica. Do andar de baixo.

— Estamos aqui!

Você não, mamãe. Rica.

Rica.

Rica e Pito. Como odeia esse apelido absurdo. Arrancaria a língua da irmã para não ter que ouvi-lo novamente. Arrancaria a língua dos dois para roubar para sempre o vocativo, a palavra que danifica o gesto, o poder que ostentam sobre ela. As cortinas oscilam suavemente, como se balançassem ao vento com as janelas ainda fechadas, e sabe que isso não é real. Porque o real não é sutil, é barulhento: o rompante da criança, que pede torradas. A corrida escadas abaixo. De novo o puro horror no rosto de Lis, o reforço positivo que o pequeno procura e mais um dia de fracassos e fraldas sujas e cotidiano sufocante. Não há saída de emergência sob a influência dos antipsicóticos, que a condenam ao tangível, ao fechado, aos pensamentos efêmeros. Não há saída até o anoitecer, pelo menos, e sonha novamente com o corte, em se libertar da camisa de força em que seu corpo se transformou.

IV

Abafado, latejante, pungente, dilacerante. Que vai e vem. Que queima. Que abre buracos. Olivia conhece todas as metáforas usadas para descrever a dor e, no entanto, quando está em sua companhia – porque a dor crônica a acompanha, é uma dimensão do corpo, um inquilino de longo prazo –, ela as esquece. Das metáforas e das palavras. A dor a deixa sem palavras porque antes a deixou em branco. Emily Dickinson já dizia: "Pain – Has an Element of Blank". Outras meditam ou fazem ioga. Ela tem suas enxaquecas. Não há maior esvaziamento do que este. Aproveite, Olivia. Feche os olhos e aperte os maxilares. Tente descrevê-la, porque se a dor afasta a linguagem, talvez a linguagem afaste a dor. Como é? Intensa. Insuportável. Uma perfuração no crânio. Como uma coroa de espinhos enfiada até as orelhas. Vai me deixar louca. Respire, respire, respire.

É tarde demais para tomar um analgésico. O ibuprofeno só funciona preventivamente, quando, algumas horas antes do início da enxaqueca, as bordas do seu campo de visão se enchem de estrelinhas e alertam para o que está a caminho. A enxaqueca com aura tem essa função premonitória, é o mecanismo que permite que você funcione no seu dia a dia, que exista à parte da dor, mas desta vez ela se sobrepôs ao sono.

Abriu os olhos no meio do bombardeio entre nociceptores, e a única coisa eficaz nesses casos é o zolmitriptano, que a deixa tão deslocada, tão inútil, que se proibiu de tomá-lo há muito tempo. Às vezes, o que cura o sintoma é pior do que o próprio sintoma. Por mais difícil que seja admitir, a medicina não tem respostas para tudo. Sabe o que está lhe acontecendo – uma dilatação dos vasos cerebrais –, mas não sabe por que isso está lhe acontecendo. Os primeiros especialistas que procurou na puberdade, quando os episódios começaram, apostaram nos desequilíbrios hormonais. Assim que sua menstruação descer e seu ciclo se estabilizar, você estará curada. Ela demorou tanto para menstruar – foi a última de suas amigas, prestes a completar quinze anos – que a hipótese parecia sólida. Sua estagnação reprodutiva, o corpo que se recusava a se tornar adulto, de mulher, servia para explicar outras coisas sobre si mesma. Seu desinteresse sexual, por exemplo. A ausência de desejo.

No colégio, nunca sabia para onde olhar. Folheava as revistas femininas que suas colegas compravam, os pôsteres de ídolos adolescentes sem camisa, e ficava tão entediada que voltava avidamente para seus livros de estudo. O olhar masculino também não funcionava. Às vezes, sentava-se ao lado da máquina de venda automática e observava os salgadinhos e os biscoitos de chocolate que seus colegas engoliam esperando que as jogadoras do time de handebol saíssem do vestiário com os cabelos molhados e vestígios de suor nas clavículas e tudo o que sentia era fome. Literalmente. Vontade de comer. Havia algo que não se encaixava, porque seu temperamento, no fundo, era romântico, moldado pelos romances oitocentistas que consumia e que a levavam a fantasiar com amores trágicos que se cravam no peito, falta de ar e desmaios entre as cordas apertadas de um espartilho. Podia apaixonar-se na ficção, mas os candidatos de carne e osso nunca conseguiam abalá-la. Apenas sua prima Lis provocava nela reações perceptíveis, um rubor quando se reencontravam no verão depois de todo um semestre sem se ver, o desejo de ser melhor na frente dela, um comportamento furtivo... E era, em todo caso, a consequência de uma lembrança. Porque Olivia se lembrava de desejá-la quando era criança, e agora que era um sujeito sem desejo, essa memória a fascinava. Ainda a fascina. É como se a prima guardasse a peça que faltava no quebra-cabeça, embora prefira não pensar em si mesma nesses termos, como algo incompleto ou fracassado. Enquanto as outras enlouqueciam, ela estudava para ser a melhor, e é. Não inveja os rompimentos dolorosos que Erica acumula, luto atrás de luto desnecessário, nem a insatisfação de sua irmã Nora, que vampiriza, espreme e substitui seus namorados e namoradas como se as pessoas fossem drogas às quais vai, finalmente, ficando tolerante. Olivia sabe que está em um degrau evolutivo mais alto, embora fosse mais fácil habitá-lo se não houvesse uma pressão social tão forte contra aqueles que decidem ficar à margem do comércio. Se cada vez que sua mãe ou suas tias lhe perguntassem como vão as coisas e ela contasse sobre o último congresso em que foi palestrante, ou sobre a máquina de ultrassom que acabou de comprar parcelada, não gerasse gestos de decepção.

Especialistas que atribuíam suas enxaquecas ao caos hormonal da adolescência começaram a falar sobre estresse quando ela ficou adulta. Você tem que aprender a relaxar, Olivia. Você vive com muita pressão. Você fica lendo até tarde no celular? Você tem que parar com isso também. Mas não fazia muito sentido que a etiologia do sintoma mudasse ao longo dos anos sem que o sintoma em si mudasse, então parou de procurar a opinião de especialistas. Resignou-se à dor e tentou compreendê-la, domá-la e antecipá-la. Demorou um pouco para descobrir que os analgésicos funcionavam se os tomasse ao primeiro sinal, sem esperar que a dor se tornasse incontrolável, e desenvolveu remédios caseiros que não eram totalmente eficazes, mas eram melhores do que morder os lábios. Compressas de camomila na testa. Massagens no pescoço. Duchas na cabeça com água gelada – agora ela sabe que isso faz muito sentido porque provoca uma contração dos vasos sanguíneos que desencadeiam seus episódios e, como a dor pode ser enlouquecedora, mergulha a cabeça na banheira em que sua avó se suicidou. É tão cedo que não tem medo de encontrar ninguém no corredor que separa os quartos, mas tem medo das implicações de prostrar-se e oferecer o pescoço a uma torneira que a última coisa que banhou foi um cadáver. Ninguém nunca mais usou este banheiro. Se as outras a vissem, pensariam que há algo mal resolvido ou mórbido nela. Será que estariam certas? Ela diz a si mesma que não, que é diferente. Seus joelhos repousam sobre a toalha com que a avó secava os pés. Encharca apenas a nuca e o topo da cabeça. Não consegue entrar na banheira, no sarcófago, no simulacro do útero materno do qual decidiu escapar. Porque só podia ser isso. Uma fuga para o futuro.

A avó acreditava em reencarnação, nas vidas passadas e nas que viriam. Explicou-lhe uma vez e não conseguiu convencê--la. Olivia tinha onze anos e seu pai tinha acabado de morrer. Sentia-se uma personagem daqueles romances tristes que devorava no escuro, em seu beliche: uma menina que se perde na floresta, uma órfã de Dickens, a jovem tutora abandonada em um orfanato insalubre onde suas amigas adoecem com tuberculose. E então dona Carmen se aproximou e lhe disse que a vida era como um videogame, que não havia necessidade de se entristecer porque outros passavam de uma fase em que alguns precisam jogar um pouco mais. Não era uma comparação ruim para uma garota, mas Olivia era mais leitora do que jogadora. Só conhecia videogames frívolos para Game Boy e se ofendeu que comparassem seu pai a um gorila ou a um encanador que pisoteia cascos de tartaruga. Desde então, os consolos religiosos nunca funcionaram com ela, mas, sim, com sua avó, que se sentia protegida por eles. Superou as sucessivas mortes do marido e do filho sem maiores alaridos do que aqueles causados por suas reuniões de espiritismo, aquelas noites em que mulheres de toda a província vinham para vê-la suspensa no ar com a ajuda de um par de dedinhos sob as axilas. Está levitando! Está levitando! Está em contato com os mortos! Olivia se lembra dos gritos das participantes, que também haviam perdido alguém, que fantasiavam com a morte porque a imaginavam como o fim do sofrimento. A avó as convencia de que não há finais abruptos, de que esta vida é a causa da próxima, de que nada permanece e algo sempre permanece, e isso as mudava. Por que acabou fazendo o contrário do que sempre havia pregado? Por que seus remédios espirituais se esgotaram e acabou recorrendo às drogas de laboratório? Não aos cogumelos mágicos, não às plantas dormideiras que cresciam ao lado da casa ou ao sumo das alfaces do campo que provocam sonhos lúcidos, não. Benzodiazepínicos prosaicos e tediosos que, sem receita médica, devem ter sido tão difíceis de conseguir quanto a raiz de uma mandrágora. Ou será que não foi assim? Como conseguiu espalhar drogas em cada canto desta casa? A verdade é que ela mal tinha parado para pensar nisso, mas, agora que está pensando, é possível que nos vilarejos haja menos vigilância, farmacêuticos que te conhecem a vida toda e não fazem perguntas ou vizinhas que compartilham o que entra em seus armários de remédios. Não é fácil acumular um estoque com base em descuidos e empréstimos ocasionais, mas também não descarta essa possibilidade. O que ela fará, assim que escapar da dor, será investigar tudo isso. É um ponto de partida como qualquer outro. Um primeiro passo para solucionar o crime, para encontrar o culpado, porque sabe que sempre há culpados. Até nos acidentes. Até nos suicídios.

Com a cabeça sob a água gelada, recuperou seu fluxo de consciência e sua capacidade de linguagem. O pensamento se sobrepõe à dor e a empurra para o fundo, como a base rítmica de uma música de várias camadas, mas não pode mais ficar assim, sob um frio entorpecente e com a cervical contraída. Fecha a torneira e se levanta com cuidado. Mesmo assim, o chão se move como um barco e ela se deixa cair para recuperar o equilíbrio. Como está sujo isto aqui. Há restos de sabão e pasta de dente em cada azulejo. Um pedaço de fio dental entre o rejunte. Como se a avó tivesse continuado a usar o banheiro depois de morta, depois que as vizinhas da cidade se ofereceram para limpar a bagunça, para esfregar o sangue que já havia endurecido no mármore. Foi um detalhe bonito, mas Olivia acha que cuidar da casa não é algo que deva ser delegado a terceiros, porque ninguém limpa o que é dos outros com o mesmo rigor que limpa o que é seu, e ela gosta de superfícies impecáveis, um brilho que não se compra ou pelo qual não se paga porque nasce do afeto, de pertencer ao que se está polindo. Teria gostado de limpar o sangue da avó. Olivia não teria ficado enojada. Teria feito um trabalho perfeito e ainda poderia fazê-lo se não estivesse incapacitada pela vertigem e pela enxaqueca. O chão balança como a superfície de um lago. Está imersa em água. Água suja. Com restos orgânicos. Não queria entrar na banheira, mas a banheira entrou nela para lembrá-la de onde ela está, de quem ela é, do que aconteceu entre essas paredes. Tudo o que ela não entende lateja como a dor em sua nuca e sente que, para entender tudo isso, basta fechar os olhos, deixando-se arrastar e dissolver no ralo que faz barulhos estranhos, guturais; a dilatação dos canos que esfriam na madrugada e voltam ao seu ser com os primeiros raios de luz. Quando era criança, a avó lhe dizia que havia um crocodilo vivendo no ralo e agora Olivia se pergunta se foi esse crocodilo que a comeu naquele dia, ou foi à noite? Não se pode viver sobre a jaula de um animal selvagem porque, mais cedo ou mais tarde, inevitavelmente, ele escapa. Vinga-se por seu cativeiro e as sobreviventes precisam vingar sua vingança. É o que Olivia tem de fazer agora. Ela vai cuidar disso. Vai em direção ao covil do monstro.

III
A COLINA INTEIRA É CICUTA

I

— Então a outra não foi?

— Não, mamãe, somos só nós.

— É que ela me disse, entende? Que queria muito ver o menino, que ia nos fazer uma visita.

— Não que eu saiba.

É a estação do amarelo. Há narcisos entre as amoras e buquês de erva-de-santiago e de erva-de-são-joão em quantidade suficiente para aliviar as dores menstruais e a depressão de todas as mulheres da região, e caules altos, com flores de quatro pétalas e toque sedoso, que o aplicativo de identificação de plantas lhe disse que são caledônias, ricas em alcaloides com propriedades analgésicas e sedativas, comumente usados contra verrugas. Mas, até onde Erica sabe, não há nada que desfaça os ressentimentos familiares, então ela tem que sofrê-los, ouvir as mesmas censuras pela enésima vez desde que se resolveu a questão da herança.

— Cuidado, hein, essa mulher quer tudo. Quando você vê, ela se planta aqui e começa a mexer nos móveis e se instala o verão inteiro. Dá pra imaginar?

Essa mulher não é outra senão sua tia Eugenia, mãe de Nora e Olivia, que ficou, sem ser de sangue, com a casa dos avós na cidade. Não era sua por lei, mas ela mora nessa casa há vinte anos, desde que os avós se aposentaram e se mudaram para o vilarejo, deixando-a vazia. Erica entende que aquela casa foi um presente, um presente em vida para o tio Enrique, que morreu em seguida, e também para sua esposa. E um presente não se discute, o que é dado não é retirado, e o que se ocupa se conserva. Mas sua mãe tem dificuldade em admitir isso. Para ela, o testamento da avó é a carta de suicídio que não se dignou a escrever, e nele só encontra motivos de insolência. Para ela, que pode se aposentar com o aluguel do imóvel que herdou, os imóveis são simbólicos, prova de amor como as margaridas que Pito colhe para suas duas tias e que, no último momento, decide dar apenas para Erica.

— Mãe, a gente conversa outra hora, estou com o menino e preciso prestar atenção nele, tá?

É a estação do amarelo, que vem depois do apogeu sangrento da papoula, mas também da dormideira, sua cobiçada irmã púrpura, remédio contra todos os males que nunca serão piores que o pior dos remédios. Em algumas semanas, perderá suas folhas e surgirão os frutos que a avó lhes dava para mastigar quando tinham dor de dente. Deixando secar o látex branco que eles exalam, obtém-se uma resina marrom que pode ser fumada como uma variante não refinada do ópio. Nunca experimentou, mas conhece a teoria. Não é necessário testar tudo o que se deseja aprender. Para ela, é suficiente tomar conhecimento do que a cerca, nomear a erva daninha para que deixe de ser erva daninha e se transforme na sala dos fundos de um herbanário onde nada é proibido: nem o aborto, nem as experiências psicotrópicas, nem mesmo o assassinato.

À medida que sobem a colina, a diversidade diminui e uma pequena planta sem flor, semelhante à salsa, toma conta das valas. Aqui a colina inteira é cicuta, e a cicuta a faz pensar em sua avó, que sempre lhes contava aquela história da morte de Sócrates. Como era mesmo? Alguma coisa com um flautista. Um flautista que o acompanhou em seus últimos minutos e a quem ele pediu que lhe ensinasse sua arte, apesar de já ter ingerido o veneno e saber que tudo estava prestes a acabar. Se a avó insistia tanto nessa história, devia explicar algo importante sobre ela, sobre sua curiosidade irredutível pelo desconhecido. Mas isso é algo que, aparentemente, esgotou-se ao final de sua vida. Deixou de se interessar por este plano, pelo que pode ser aprendido através do corpo, e não morreu como Sócrates, mas morreu porque quis. Erica se conforta com essa ideia e não entende a reação da mãe, que no enterro disse que aquele golpe tinha sido mais forte do que a morte do próprio irmão, que sofreu uma parada cardíaca aos quarenta anos. Como pode o voluntário ser pior que o acidental? E como ousam? Honrar a memória dos mortos implica respeitar suas decisões, mas, ao seu redor, ninguém parece respeitar muito a vontade da avó. Ainda nem espalharam suas cinzas, que seguem na urna mais barata oferecida pela funerária, esperando que sua mãe decida o que fazer com elas. É como se estivessem impondo aquele castigo medieval que privava os suicidas de um enterro sagrado.

A subida ao páramo é lenta porque Erica para a cada passo para identificar o que não conhece. Como um cão pastor, Pito avança circulando em torno da tia, que está alguns metros à frente. Vai e volta. Vai e volta. Brinca de abandoná-las para depois saborear o reencontro. Erica também brinca. O

PlantApp é surpreendentemente preciso. Queria experimentá-lo há muito tempo, mas teve que esperar que Nora lhe emprestasse seu iPhone porque a memória de seu celular não tem mais espaço. Agora não consegue parar de usá-lo. Fotografa qualquer mato, aperta um botão e os resultados de sua busca aparecem. Várias galerias de imagens para selecionar as que mais se assemelham a seu exemplar. Ao preencher a identificação, é só clicar no nome para chegar à sua página na Wikipedia, onde sempre há uma seção sobre usos medicinais. Sua capacidade de retenção é incrível. Em apenas vinte minutos, já memorizou uma dúzia de novas plantas, e isso não é comum. O comum é que sua cabeça seja um muro impermeável onde nada fica registrado. Assim que descobriu que estudar era reter, soube que nunca iria longe com os estudos; nem sequer conseguiu terminar o módulo de Educação Infantil em que se matriculou depois do ensino médio porque estava predisposta ao fracasso. Agora, entretanto, comporta-se como se, em vez de estar aprendendo algo novo, estivesse apenas lembrando de algo que já sabia. Não é apenas que tenha facilidade de absorver os dados, é que, entre a semelhança de talos imbricados que a paisagem oferece, sente que existem espécies que se destacam por um brilho sutil, aproxima-se delas e são sempre as que abrigam alcaloides ou toxinas poderosas. Já no páramo, sob as pás dos moinhos eólicos e no meio de um pousio por onde se espalhou a ervilha, vê uma planta que se distingue por si só, por seu metro e meio de caule e por suas enormes folhas alongadas, e o que sente, paralisada, é um desejo muito intenso, uma sensação de reencontro com algo que se amou e se perdeu há muito tempo e que surge de repente no meio de uma rua movimentada, quando menos se espera. Estramônio. A planta das bruxas. Leu sobre ela e, portanto, é possível que a tenha visto em um desenho, em um dos livros de botânica que pegou emprestado da biblioteca de seu chefe, mas não tem lembrança disso, então a sensação é estranha, excêntrica, como se estivesse acessando os registros de uma memória que não é sua. Usa o aplicativo apenas para confirmar o que já sabe, e um grito de euforia lhe escapa.

— Nora! Pito! Venham ver isso!

O menino vem correndo, mas, assim que vê a planta, dá um passo para trás, como se sentisse o perigo. A prima, distraída desde que saíram de casa, examina o espécime com um genuíno interesse, observando suas flores em forma de sino e seus frutos ovoides cheios de espetos que se camuflam entre as folhas.

— É assustador pra cacete — diz Nora baixinho, e o menino, sem assentir, permanece parado, mantendo distância. — É uma datura?

— Não, é estramônio. Sabe a história das vassouras das bruxas? Bem, dizem que elas faziam pomadas à base de plantas como esta e depois as aplicavam por via vaginal, impregnando os paus, como se fossem dildos.

— Estou falando da família das daturas. Se pertence a ela.

Erica olha para ela com espanto. Diria que a prima também está experimentando um eco, esse sentimento da familiaridade que não tem explicação. É como se já tivessem estado aqui, as duas juntas, curvando-se diante desta planta mágica em uma postura que remete a uma oração. Abre a página da enciclopédia e descobre que seu nome oficial é *Datura stramonium*.

Nora não deveria saber disso, mas sabe. Começa a enunciar propriedades químicas e curiosidades antropológicas com a segurança de uma professora.

— Se é uma datura, é parente da burundanga, sabe, aquela que, quando colocam na sua bebida, por mágica, te faz dizer sim para tudo. Na verdade, não é assim que funciona, mas a lenda urbana se espalhou por culpa da mídia, que repete as besteiras sem nem verificar. O que acontece é que a escopolamina, que é um dos principais alcaloides dessas plantas, causa amnésia. Você acorda sem lembrar do que fizeram com você, mas não é como se você tivesse agido como um zumbi. A CIA já comprovou. Pensavam que seria a droga perfeita pra interrogatório, mas não funcionou assim. Os detidos alucinavam, como se estivessem em outro lugar, e por isso era impossível que respondessem às perguntas, mas é só isso. O mito vem de longe, da magia vodu, entre outras. Estou te entediando?

— Não, de jeito nenhum, eu adoro esse assunto.

— Você sabe que no Haiti um zumbi não é um monstro comedor de cérebros, né? Está mais para uma marionete, alguém que caiu no feitiço de um bruxo, um Bokor, e apenas obedece às suas ordens.

— Sim, sei alguma coisa sobre isso.

— Bem, acontece que, nos anos 1970, encontraram no Haiti um homem que dizia ter sido um zumbi. Apareceu anos depois de um médico decretar sua morte e de ter sido enterrado por sua família, dizendo que um feiticeiro o havia tirado de seu túmulo para colocá-lo para trabalhar em uma plantação de cana-de-açúcar, sem vontade própria. O antropólogo Wade Davis supôs que ele tivesse sido vítima de uma droga, ou seja, que existisse algo como uma droga zumbificante, e sua primeira hipótese foi a escopolamina, mas nunca conseguiu provar. Ele encontrou o composto que teria feito o homem passar por morto, mas não achou uma droga capaz de mantê-lo subjugado por anos. É como se a submissão não fosse química, e sim cultural. Aquele homem acreditava em magia e se permitiu ser subjugado por aquilo em que acreditava. E, se você parar pra pensar, é curioso que as vítimas dessa suposta droga que anula a consciência sejam sempre mulheres ou pessoas negras. Que se tornem o que os exploradores querem que sejam: prostitutas e escravos.

Erica aplaude o discurso da prima e assim, com as mãos ocupadas com a percussão, consegue se distrair da vontade que vem sentindo de acariciar o estramônio. Leu que até as folhas são tóxicas ao toque, mas acha um desperdício encontrar um espécime tão fascinante e ir embora sem um pequeno lembrete para registrar o encontro; quando te oferecem algo, tão mesquinho quanto pegar muito é não pegar nada. Então, finalmente, vasculha a mochila de apetrechos infantis que leva nas costas e cobre as mãos com lenços umedecidos. O fruto sai com facilidade, como se estivesse pronto, mas é preciso manuseá-lo com cuidado para não ser picada por seu embrulho dissuasivo. Nora olha para ela com desdém.

— Depois do que eu te disse, você ainda quer provar?

— É pra minha coleção de sementes. Mas, se realmente fosse uma droga de dominação, daria às nossas irmãs, pra ver o que acontece.

A prima ri.

— O que você quer fazer com elas exatamente?

— Não sei, acho que as forçaria a assinar um documento em que nos cedem a casa da vovó ou juram que nunca vão vendê-la, por exemplo.

— Mas elas te disseram que querem vender?

Merda. Sou uma boca grande, Erica pensa e, com o susto, deixa o fruto cair no chão. Pito corre para pegá-lo e ela o detém a tempo de evitar que se espete com os espinhos. Mãe do céu. Sente um frio anestésico em suas bochechas e nas pontas dos dedos, como quando se esquiva de um golpe, um princípio de pânico. O menino pede colo e se aproxima de seu rosto de forma desconfortável. Ele a observa com a curiosidade asséptica com que examina os bichos que descobre pelo caminho, pouco antes de se aborrecer e esmagá-los para ouvir seu crepitar.

— Pito! Não toca nisso, faz dodói! — ela grita, mas na verdade gostaria de lhe pedir que não a olhe assim, como se ela tivesse mudado de categoria, de Rica a estranha, de ser a objeto.

— Pito olha! Pito olha planta!

O menino começa a chutá-la e, da cintura para cima, ele se enrijece e fica impossível pegá-lo. Se antes abraçava um corpo acolchoado, agora só encontra pontas, espetos, ossos. Precisa usar toda a força que tem para imobilizá-lo. Enfia os dedos sob suas axilas e manipula seus membros como se ele fosse um de seus bonecos de plástico duro. A memória associativa traz imagens de violência policial. Manifestações e despejos. Aqui, agora, ela é a polícia de choque. Pito nunca a tinha tratado assim, isto é, como só trata a mãe. Ela se sente nauseada e desiste. Deixa o menino no chão e ele foge correndo em direção à planta. Nora o interrompe.

— Nem pense nisso, diabo.

Por sorte, a prima exala uma raiva que intimida todas as faixas etárias. O menino recua e volta para junto de Erica. Continua bravo, mas se senta no chão e apoia a cabeça nos joelhos. De costas, mas em contato. Uma reconciliação pela metade.

— Maldita criança. Não é à toa que sua mãe está louca.

— Nora, por favor...

— Bom, você pode me explicar que história é essa de que vamos vender a casa?

Erica precisa se recompor, mudar de canal, mas a prima não lhe dá folga. Nem ela, nem as outras conseguem descansar. A convivência é uma gincana de conflito em conflito, de nó em nó. Ela sente náuseas que bombeiam a energia latejante de sua barriga para a parte superior da coluna, e deve ser estresse, ou sua menstruação, ela não tem certeza, mas seu corpo está estranho. Tenta não pensar nisso e se concentra no que tem que dizer. Foi burrice trazer o assunto tão abruptamente, mas queria falar com Nora antes de falar com as outras. Afinal, ela é a única que poderia inclinar a balança a seu favor, a votante indecisa e aquela que, diferente de Olivia e Lis, não herdou uma segunda residência, e sim um primeiro pedaço de terra firme onde pode se enraizar. É lógico que elas formem uma equipe, porque a casa representa algo diferente para elas, que não têm nada.

— Lis odeia este lugar. Você não sabe como foi difícil convencê-la a vir. É quase uma fobia. Então, embora não tenhamos falado sobre isso, tenho certeza de que ela vai querer vender.

Se a família fosse esse bastião de empatia e cuidados mútuos que tanto se exalta, nem a tia Eugênia seria uma aproveitadora que ficou com o que não era seu, nem elas teriam que brigar por isso, mas a família nada mais é do que um destino em que se cai de cara e, à medida que se envelhece, o espaço simbólico em que se procuram culpados. Estão tão sozinhas dentro quanto fora.

— Mas o marido dela é podre de rico! Pra que eles precisam de mais dinheiro?

— Isso não importa. Ela só quer se livrar da casa.

— E Olivia, como sempre, vai ficar do lado dela.

— Acho que devemos comprar a parte delas.

Nora ri.

— Sim, claro, amanhã vou ao banco ver que juros me oferecem.

— Não, olha, vamos pedir uma margem, que elas nos deem algum tempo pra economizar.

— Erica, pessoas como nós não economizam. Pessoas como nós pagam aluguel e, no máximo, herdam alguma coisa. Ponto.

Erica se lembra da mala pesada que Nora trouxe ontem, de como teve que ajudá-la a carregá-la escada acima, e se sente estúpida por não ter entendido antes.

— Você também quer ficar aqui, não é?

— Pretendo ficar aqui até que me expulsem.

Erica tinha compilado uma lista de argumentos para persuadir as primas. A memória em comum. Os verões da infância. O desejo da avó. Elas não sabem o que ela pensou antes de cortar os pulsos, mas deixou esta casa para as quatro, e isso deve significar alguma coisa. Claro que a leitura do testamento foi uma surpresa para todas. Ninguém esperava que dona Carmen fosse fazer uso desse terço de livre disposição que a lei estipula para que fossem suas netas, em vez de sua filha, que herdassem a casa em que viveu o último quarto de sua vida, mas, como seu valor de mercado é pequeno, não provocou hostilidades. A mãe de Erica concentrou sua raiva na cunhada, a mãe de Olivia e Nora, para não reconhecer que havia traição nisso também. Que a tinham enganado para que as jovens herdassem a terra arável enquanto ela se dedicava ao asfalto, a cobrar o aluguel. O armazém onde seus avós venderam conservas por quarenta anos agora abriga um Kentucky Fried Chicken – o terror de qualquer vegana; sim, seu corpo é um templo, mas ela também tem as mãos sujas pela consanguinidade – e rende um ganho mensal que seus donos nunca sonhariam em receber quando a exploravam de forma direta. É tudo uma bobagem, uma bobagem indecente, mas Erica acha que os privilégios, como os presentes, não são ruins em si; há maneiras dignas e indignas de ostentá-los.

— E se abrirmos um negócio?

— Um negócio de quê?

— Olha, enquanto eu ouvia você falar, pensei em rotas de etnobotânica. Cursos de identificação de plantas medicinais e psicoativas. Vi que estão na moda nos Pirineus catalães, e por que não aqui? Poderíamos nos instalar na casa e administrar algo pequeno. Sei lá. Oferecer retiros espirituais e de ioga, por exemplo, e enriquecer a experiência com passeios desse estilo. Diremos a Olivia e Lis que, se der certo, pagaremos um aluguel a elas e, se não der certo, vendemos. Você não acha que devemos fazer algo importante com o legado da vovó?

O tempo que Nora leva para responder é medido pelos moinhos eólicos do páramo, suas pás que sobem e descem, suas pás que, ao descer, parecem que vão desabar sobre suas cabeças. A cara da prima é a de quem espera o impacto. Erica procura Pito e aperta sua mão com tanta força que o menino se assusta e abraça suas coxas. Ele também percebe que este momento é crucial, que feridas estão se abrindo em suas mãos para que, ao apertá-las, o pacto seja de sangue.

— Vamos pensar nessa coisa de ioga — Nora finalmente conclui, e se afasta na direção oposta, segundo ela para tomar ar. Não sorriu, mas é possível que a rigidez de seus músculos faciais a impeça de fazê-lo. Erica, de qualquer forma, se dá por satisfeita. Começa a fantasiar sobre um futuro que, pela primeira vez, se projeta para além do médio prazo e transforma a paisagem vista de cima. Enxerga transformação onde agora há paralisia, uma casa de portas abertas, um formigueiro que ferve e limpa o solo de sementes e migalhas de pão. Não uma praga. Um ecossistema vivo.

Em sua imaginação, Pito brinca com outras crianças na praça do vilarejo. Em seu colo, porém, persiste em sua análise do rosto da tia como se fosse um cientista estudando o comportamento de uma espécie alienígena.

— De novo, Rica, de novo, susto, susto — ele pede, e Erica, tentando não se assustar, gesticula como se tivesse acabado de ver um fantasma.

II

Sim, faria bem a Nora passear pelas colinas, pisar no mato, admirar de cima o padrão traçado pelos limites das diferentes monoculturas e concentrar-se em proteger seu sobrinho dos perigos que espreitam, porque Erica é dispersa e imprudente e os caminhos rurais ficam piores a cada ano. Quando eram crianças, andavam por eles de bicicleta, mas agora é impossível que as rodas atravessem o cascalho e as pedras enormes que os tratores desenterram. Se Peter escorregar e cair nesta areia de formigueiro, vai queimar os joelhos. E também tem que mantê-lo longe das víboras, das colheitadeiras e da debulhadora volátil que, nesta família, deixa um homem caolho a cada geração. Ganharam um olho de vidro o bisavô Severino, o tio-avô Eustáquio e o sobrinho dele, que, além disso, morreu muito jovem de câncer, porque, dizem, se recusava a usar proteção quando fumigavam.

— Peter é o próximo. É preciso andar com cuidado.

Erica olha para ela espantada.

— Não gosto que você brinque com isso.

— Porque você é tão supersticiosa quanto a vovó. Anda, bate na madeira pra quebrar o azar.

— Basta cruzar os dedos, não?

— Eu sei lá.

Nora queria ter deixado o celular em casa, mas a prima pediu que ela o trouxesse para usar um aplicativo que identifica plantas silvestres e agora se arrepende de ter concordado com isso. Enquanto se afastam do vilarejo, ignora a vibração de várias mensagens de WhatsApp e, depois de um tempo, enquanto sobem a ladeira do aterro, recebe uma ligação. É Rober. Ela não quer, mas precisa atender; seu dealer é como um daqueles chefes que a subornam com trabalhos esporádicos. Sempre tem que aceitar por medo de que eles deixem de chamá-la quando ela mais precise.

— Vão indo na frente. Já alcanço vocês.

Peter e Erica vão até um arbusto de rosa-mosqueta e começam a colher os frutos mais vermelhos. Quando eram pequenas, chamavam de tapa-cu e os usavam para fazer colares e pulseiras que causavam uma certa coceira, mas pareciam pérolas frescas. Então veio a indústria cosmética, que popularizou o óleo de rosa-mosqueta, e agora ninguém mais se lembra de seu nome popular, como se tivessem vergonha dele. Nora ainda adora esse nome e quer dizê-lo em voz alta, dizê-lo a Rober, que não deve ter saído de um centro urbano desde a excursão a uma fazenda na pré-escola.

— O que você quer? Estou colhendo tapa-cu.

— O que é isso? Dá barato?

— É sério, estou ocupada. Já te disse por mensagem que vim pra cá fazer um retiro espiritual. Vou ficar fora por uns meses.

— Eu sei, eu sei. E é por isso que eu te liguei. Estou interessado no seu refúgio. A que distância fica da cidade?

— Não sei. Uns quarenta minutos de carro. Por quê?

— Tenho uma proposta financeira pra te fazer. Mas não pode ser por telefone. Posso te visitar amanhã?

— Não vai dar, Rober. Estou aqui com a minha família.

— Você vai gostar, cara. Você sabe que eu quero te dar uma força.

É verdade que Rober a considera uma amiga, e é verdade que, à sua maneira, sempre tenta ajudá-la. Desde que foi demitida da redação da revista on-line em que sobrevivia com um salário indecente, mas estável, ele tentou instruí-la no ofício de relatórios de seguros fraudulentos, com atropelamentos simulados e quedas espetaculares em vias públicas. Também se ofereceu para investir o dinheiro de sua indenização em "uma casa de meninas" que dois de seus colegas iam abrir. Bastava dar o adiantamento e atender um telefone de emergência – papel higiênico e camisinha fora de hora, nada sério, nada que pudesse ser considerado "trabalho" – para se aproximar do sonho aristocrático de receber para não fazer nada. Mas Nora não é boa atriz e muito menos a favor de explorar outras pessoas para que parem de explorá-la. Nora é a favor de opor seu próprio corpo. Talvez também sua própria casa? O quarto que herdou? Será que isso é possível?

— Você realmente não pode me adiantar nada agora?

Rober abaixa a voz e Nora se lembra de todas as bobagens que o viu fazer ao longo dos anos: as mensagens codificadas ("quantos estão no carro e a que velocidade?", "camisetas do Messi ou do Cristiano?", "reservo o menu de sessenta mangos?"), os trajetos de carro de semáforo em semáforo, as entregas escondidas no compartimento de pilhas de um walkman dos anos 1990... Ela se comove com sua ingenuidade, que ele ache que, se de fato grampearam seu telefone, essas estratégias ridículas vão salvá-lo da cadeia. Que passeie pela cidade em um conversível que leva para os circuitos de Fórmula 1, mas insista que os negócios sempre sejam feitos pessoalmente.

— Mil por mês — ele sussurra. — Para armazenar. E não me peça mais detalhes que eu não vou te dar.

— Porra, tá bem. Vou pensar sobre isso.

— Então nos vemos no domingo?

— Eu te disse que vou pensar.

Nora desliga o telefone e vai atrás de Erica e do menino. Durante a subida ao páramo, olha para o terreno que vai ficando abaixo e sente vertigem. As fileiras de plantações dançam e se erguem em sua direção ou é ela que está se inclinando? A paisagem se comprime até formar um código de barras e, em seguida, tudo volta ao seu lugar. Esses efeitos colaterais são novos. Está acostumada às alucinações auditivas, mas não às visuais. Era só o que faltava.

Erica a recebe com uma cara de preocupação.

— Você está bem?

— Não é nada. Estou de ressaca.

— Empresta o seu celular de novo, encontramos uma planta muito curiosa.

Nora seca o suor das têmporas e pensa no número que Rober lhe sussurrou. Mil euros. Mil euros que não são quaisquer mil euros. Líquido, sem declarar, sem impostos ou custos. Seria o melhor salário fixo que ela já teve.

— Olha, Pito! Essa flor amarela é a celidônia. Dizem que as andorinhas a usam para ajudar seus filhotes a abrirem as pálpebras. O que você acha?

Erica grita animada do chão, mas Nora não entende de plantas e, neste momento, não consegue fingir estar interessada em nada além de dinheiro. Dinheiro invisível. Dinheiro que não toma horas da vida. Dinheiro que lhe permitiria fugir da roda do hamster e finalmente, talvez, curar-se. Não é que ela queira minimizar os riscos; conhece as condenações por crimes contra a saúde pública, tem consciência de sua desproporção punitiva e do quanto os complexos penitenciários estão cheios de gente como ela, que buscava um atalho. Mas também imagina que há algo pior do que a prisão no final dessa onda de precariedade, competição e *biohacking*. Não pode parar, não pode parar, mas precisa. Afinal de contas, seu coração tem um limite. E seu cérebro tem um limite muito frágil. Muito mais do que imaginava. Descobriu isso há pouco tempo, durante o último pico de trabalho antes das férias – e sempre há picos, picos e vales, mas nunca platôs. Depois de várias noites sem dormir à base de anfetaminas no café da manhã, algo se rompeu em um desses lugares macios e escuros onde os destroços da memória se aninham. As vozes voltaram, e ela sabe que foi um aviso.

— E isso aqui é uma urtiga. Você deve ter muito cuidado com elas, Pito, porque têm agulhinhas escondidas que espetam e queimam, embora, em infusão, curem quase tudo. Você quer coletar um punhado e deixar secar em casa? Mas teríamos que usar luvas...

Nora não entende de plantas, mas sabe muito sobre as drogas inspiradas nelas. As anfetaminas, que estão na natureza na forma de efedrina, ensinaram a ela que com o corpo também se negocia, que é possível pegar emprestadas as horas de vigília do amanhã, embora a dívida seja sempre cobrada, mais cedo ou mais tarde e melhor mais cedo do que tarde, porque as sequelas, como os juros, não param de crescer.

— E isso é cicuta! Caramba, está por toda parte e eu pensando que era salsa.

Aquela noite na cidade, quando terminou sua última tarefa, tinha acabado de levar ao limite a capacidade de endividamento de seu corpo. Em seis dias, não dormira nem vinte horas e trabalhara cerca de cento e vinte. Mas o bom dos prazos impossíveis é que eles são mais bem pagos, então tinha direito a uma festa e, ainda por cima, podia bancá-la. Comprou excentricidades que nem sequer eram vegetarianas. Comprou o que tinha de mais caro no supermercado. Mexilhões, caranguejos, tamboril, garrafas de champanhe francês. E as compartilhou com sua colega de apartamento e a irmã mais nova dela, que estava de visita, com o prazer egoísta de um gângster que entretém crianças pobres no Natal. Era Natal nas vésperas do solstício de verão, uma festa de consumismo para se reconciliar com o sistema que a tinha torturado. Também estava estreando um par de sapatos de salto alto que, mais tarde, no auge de sua embriaguez, jogou pela janela para dançar livremente. No último minuto, já quase no fim da festa, chegou seu namorado. Nora não tinha se sentido mal até então, mas se inclinou para beijá-lo e se sentiu tonta, um lembrete do quão exausta estava. Seus ouvidos zumbiam e sua pele tinha um brilho amarelado. Chegou à cama com a ajuda de Javi e, sem nem mesmo se despir, deitou-se para finalmente descansar.

Mas não ia ser tão fácil. Seus batimentos cardíacos e os ecos da conversa na cozinha a distraíam. Minha festa sem mim. Queria entender o que estavam dizendo, mas quanto mais forçava seus ouvidos, mais distantes ficavam as vozes, que eventualmente se tornaram sussurros. Foi aí que começou o desconforto. Por que estavam falando assim? O que estavam escondendo? O tempo virou um chiclete. Entrava e saía de um estado de consciência semelhante ao de um sonho lúcido. Fechava os olhos por um segundo e os abria sem saber se havia dormido minutos ou horas, mas as vozes continuavam, e já não eram três, e sim duas. Uma grave e masculina, e outra aguda, de menina. Não entendia o que estava acontecendo. Que sua comemoração continuasse sem ela, ou que seu namorado de quarenta anos tivesse tanto o que conversar com a irmã adolescente de sua colega. Que ele não tivesse se deitado ao lado dela para lhe dizer que a ansiedade passaria, que sua taquicardia era leve, que não, que também não era desta vez que ia morrer.

Nora começou a chorar. Estava doente e estava sozinha. Pensou na mãe, com quem não falava há meses, e no que tantas vezes lhe repetiu enquanto crescia: que os homens só nos usam e que ninguém jamais a amaria como ela. O amor de sua mãe é tóxico, mas naquela noite ela teria corrido para ajudá-la com apenas um telefonema. Olivia também teria vindo. E que paradoxal. Seu coração à beira do colapso e uma irmã cardiologista ao alcance de uma ligação. Mas, por mais medo que a morte lhe desse, temia mais se expor à histeria da família e acabar como sua prima Lis, internada e submetida aos narcóticos legalizados. *Agora somos nós que vamos te drogar; você vai beber do seu próprio veneno.* Isso nunca. Antes disso encontrariam seu cadáver na porta de um pronto-socorro no qual não conseguiu entrar a tempo. A análise toxicológica revelaria um mistério semelhante ao de um suicídio; e novamente o trauma-velho-conhecido para as sobreviventes; outra morte que não leva a um luto, mas a um enredo policial.

Na escuridão de suas pálpebras fechadas, o rosto da avó apareceu claramente para Nora, e então ela desmaiou. Ao acordar, o ritmo dos sussurros do outro lado da porta havia mudado. Frases curtas. Silêncios. Som de roupas ou tecidos em atrito. Eletricidade estática. Ela se deu conta na hora do que estava acontecendo porque sabe muito mais sobre os homens do que sua mãe lhe avisou. Não só amam mal ou pouco, ou como um chefe que não paga; sabe também o que fazem com as meninas que beberam demais. Descobriu isso há muito tempo, em uma garagem nojenta onde faziam leituras de poesia. Com seus versos desajeitados em uma pasta do colégio. Os nervos no estômago, segurando a náusea, como antigamente.

Da cama, ficou atenta a todos os ruídos, confirmando seus temores, mas não conseguiu se levantar. Deixou que o que tinha que acontecer acontecesse, e essa sensação de estar abrigada e segura enquanto coisas ruins aconteciam lá fora finalmente a fez dormir. Acordou com Javi a seu lado. Ele roncava tranquilo com uma ereção que parecia um joystick. Ela sentiu muito nojo e se escapuliu sem fazer barulho. Calçou sapatos, saiu de casa e vagou pelas ruas do bairro até a hora do almoço. Quando chegou em casa, ele já tinha ido embora, e não voltou e nem o viu desde então.

— Você deu *ghosting* nele — sua colega de quarto lhe disse alguns dias depois, enquanto ignoravam o toque persistente do interfone.

— Não sei o que é isso.

— Um neologismo de merda sobre o qual me pediram para escrever por cinco centavos a palavra.

— Vem de *ghost*, imagino.

— Isso. Deixar alguém sem dar explicações. Se comportar como um fantasma.

Nora gostou daquilo, parecia apropriado, porque se sente incorpórea há muito tempo. Sua mente despejada em um computador e sua consciência quicando entre as margens do processador de texto. Com metanfetamina, é fácil focar na tela por horas e se esquecer de comer e beber. Esquecer que tem braços, pernas e punhos, e para que servem, do que são capazes. Na primeira noite em que dormiu a seu lado, Javi a acordou de um pesadelo porque ela estava se arranhando. Suas coxas estavam inchadas e tinha sangue sob suas unhas. Isso deve tê-lo excitado, porque eles transaram até adormecerem novamente. A partir daí, experimentaram coisas novas, coisas pelas quais Nora nunca tinha se interessado: tapas nas nádegas, técnicas de asfixia e bofetadas que no início a fizeram chorar, mas às quais logo se acostumou a gostar, como tantas outras coisas que faziam parte de sua rotina, desde a textura dos cremes noturnos até o sabor amargo da cerveja. Ele parecia o homem heterossexual mais satisfeito do Ocidente, e ela se lembrava de que tinha um corpo. A dor era uma força magnética que unia o espírito à substância. Enquanto o show durava, a dissociação estava corrigida. E então ficava com cicatrizes, relevos elegantes que lhe serviam de lembrete durante sua jornada de trabalho. Apesar de serem tempos de um ativismo que permeava tudo, não queria que a teoria feminista se metesse entre seus lençóis. Nunca questionou se queria estar com alguém que gostasse de fazer aquilo com ela ou o que significava fazer aquilo. Só se importava com o bálsamo. Os bálsamos.

— Olha, Nora! Isso sim é incrível. Encontramos estramônio!

Nora volta ao páramo e presta atenção na curva que a prima fotografa de vários ângulos. O arbusto mágico tem meio metro de altura, folhas grandes e pontiagudas como algumas plantas decorativas e flores brancas em forma de trombeta que parecem bastante inofensivas, mas que lhe lembram remotamente algo diferente.

— É uma datura? — pergunta intuitivamente.

— Não sei o que é uma datura.

— A família da qual a burundanga faz parte.

— Deixa eu ver na Wikipédia.

Erica digita rapidamente e em seguida confirma. Olha para a prima com espanto e talvez com alguma inveja, porque aqui a especialista é ela. Nora é rápida em se justificar. Não, não sabe dessas coisas, mas fez uma reportagem sobre drogas de estupro, focando o mito que circula em torno da burundanga, a flor de uma árvore que só cresce no Brasil, mas que compartilha um alcaloide, a escopolamina, com outras plantas da mesma família que são nativas da Europa.

— Tem efeitos narcóticos e causa amnésia anterógrada, mas não é a toxina zumbificante que a mídia nos vendia. Nem transforma a vítima em uma marionete, nem anula sua vontade ou seu juízo mais do que qualquer combinação de benzodiazepínicos e álcool. Esse é o coquetel clássico, a propósito, nas estatísticas de estupro induzido por drogas que pesquisei. Mas, claro, é melhor culpar uma planta com um nome exótico do que qualquer uma das grandes empresas farmacêuticas, você sabe.

A prima concorda e sorri com uma satisfação que não parece exatamente apropriada. É óbvio que não está pensando em abuso sexual, mas também não em plantas, ou não apenas nelas. Acontece que, assim como Rober, ela tem uma proposta financeira a fazer.

— Você não acha que poderíamos dar um uso a tudo isso? Enquanto eu ouvia você falar, me ocorreu... Por que não ficamos juntas aqui e começamos um pequeno negócio? Assim, evitamos que a casa seja vendida e...

— Quem falou em vender?

— Espera, escuta, talvez a gente possa convencê-las.

A prima começa a detalhar um plano de negócios absurdo, neo-hippie e falido. Mas, por mais desajeitada que seja, é óbvio que ela não está improvisando. Não teve uma luz repentina, veio com o discurso ensaiado de casa. Fala como se estivesse em uma daquelas apresentações que são ilustradas com PowerPoint e que seguem os conselhos para empreendedores difundidos por meio de palestras do TedTalk. Nora entende que não há escapatória. A herança é dividida, e será preciso dividi-la. Pesa muito na família que sua mãe tenha ficado com o apartamento da cidade que deveria ter sido dividido entre todas. Se parecer gananciosa, vão acusá-la de ser como ela, e não há comparação que a assuste mais. Sem opções, só pode sorrir. Sorrir contra sua vontade, com a tensão de um lifting malfeito, e despedir-se o quanto antes de um novo plano frustrado. Já é experiente em podar suas expectativas, mas ainda assim dói. Afinal, o melhor de seu exílio rural era que encerrava a fase de dividir apartamento, o empecilho de um período universitário que ameaçava durar até a velhice. Procurava intimidade, espaço, silêncio. E isso acabou. Ela se imagina convivendo com Erica e sente o cheiro dos incensos que a fazem espirrar.

Há almofadas coloridas espalhadas pela sala e estrangeiros que abarrotam o Caminho de Santiago vasculhando sua geladeira e atrapalhando seu consumo de produtos de ovos e lácteos. Sempre ouviu que a vontade humana é capaz de qualquer realização, que seu bem-estar depende de si mesma e que deve ir atrás de seus sonhos. Que não há obstáculos materiais para mentes verdadeiramente livres e que o leite de caixinha contém pus da mastite das vacas.

— Você não acha que devemos fazer algo importante com o legado da vovó?

Nora concorda por inércia. O plano de Erica é uma loucura, mas qualquer coisa é melhor do que a cidade e seu ritmo produtivo, nada pode ser pior do que estourar novamente como estourou naquela noite da festa em seu apartamento. Demorou uma semana, mas finalmente ficou sabendo que todos os seus convidados tinham ido a uma boate e a deixaram sozinha com sua overdose. Que o estupro que ela pensou ter ouvido na sala ao lado só aconteceu em sua cabeça. Que é possível distorcer duramente a realidade quando se força mais do que deve. Tem que se cuidar e deve começar a fazer isso agora, aqui, vivendo de outra forma e em outro ritmo. Precisa aceitar a proposta de Erica. E, se pensa friamente, há algo positivo na transformação da casa em um albergue. Se o local for um local de passagem, se a propriedade se diluir entre as idas e vindas de inquilinos fedendo a haxixe, ninguém poderá acusá-la de ser dona de um estoque de drogas escondido num dos muitos recantos secretos que a casa abriga.

— Não faço ioga, Erica, mas gosto dessa ideia dos tours de etnobotânica. E acho que a vovó também gostaria.

Não consegue manter a contração de um sorriso, então se vira e vai embora. Ao fazer isso, pisa em um fruto de estramônio que a prima cortou e deixou cair. Ele se abre ao meio e surge uma espécie de glote de pássaro cheia de sementes pretas, mais escuras que as do café torrado, brilhantes como a madeira de um caixão. Ela os pega sem proteção e os guarda em um dos bolsos traseiros de sua calça jeans, mas não sabe bem por quê, só por via das dúvidas.

III

A casa está em silêncio, ou deveria estar. A casa está em silêncio, mas nunca está quieta. Se Lis se concentra nos sons, para além do eco, percebe um suave ruído de motor, provavelmente alguma mariposa apodrecendo nas janelas, ou o formigueiro que fervilha pelos canos e expulsa príncipes e princesas, suas asas prontas para voar, pelas juntas dos azulejos do banheiro. A avó usava massa corrida para fechar seus buracos de saída, mas todo verão elas abriam novos locais de fuga. Este ano não será diferente dos outros. A vida é persistente. Quem sabe o que os pedreiros encontrarão quando perfurarem o solo um dia. Emaranhados de raízes, tocas de camundongos, até mesmo de cobras, e vermes que nunca viram a luz do sol e provocam nojo com seu aspecto branco doentio. Felizmente, ela não estará aqui para vê-lo. Outras pessoas descobrirão a ameaça viscosa sobre a qual ela anda descalça. Compradores iludidos, gente da capital que romantiza o que nunca conheceu. Espera que existam. As cidades andam com má reputação ultimamente. Insistem que as crianças precisam de ar puro, da experiência exótica de plantar alface e sujar as unhas com terra, com a tinta dos pericarpos das nozes, que adere à pele como uma infecção e não há como retirá-la, mas é o natural, o que perdemos no furor do plástico e das embalagens. Eles existem. Está contando com a sua cegueira. Porque os defeitos da casa são visíveis. Não vai contar que os canos estão entupidos com os lenços de Peter, mas eles verão a umidade do sótão. E será que vão querer cuidar de toda uma coleção de problemas? Até quanto terão que baixar o preço? Ainda não chamaram um especialista para uma estimativa real, mas Lis verificou anúncios em portais imobiliários e sonha que sua fatia, seu quarto herdado, equivale a quatro ou cinco anos de salário-mínimo. Uma ajuda de custo pelo cuidado intensivo. A remuneração por um trabalho que, até hoje, é escravo. Ela não nutre mais fantasias selvagens de fuga – seu histórico psiquiátrico descartou completamente a possibilidade de divórcio; o divórcio é um julgamento que já perdeu; que já perdeu para o juiz que a julgou incompetente e assinou sua internação involuntária na unidade psiquiátrica –, mas seria bom retomar sua vida de casal sentindo que existe um vínculo, além de sua dependência econômica, que a une ao marido. Que a corrente seja Peter, e somente Peter.

Lis percorre insistentemente o perímetro da cozinha, que é o menor cômodo da casa, como se fosse um peixe de aquário que teme ser transferido para o oceano. Por mais que o menino a canse, acha cada vez mais difícil se imaginar sem ele. O que fazer com seus braços quando ele não a chama. O que fazer com os minutos vazios. Sente-se fora de seu próprio eixo, consciente de cada movimento como se estivesse desempenhando um papel grande demais para ela, forçado. Mas sabe que isso é bom. A psicóloga lhe disse. Que precisa delegar, *descobrir quem você é quando está sozinha*. Também insiste para que ela seja mais egoísta, mas o que isso significa? Será que diz isso a todos os seus pacientes? Tenta imaginar como seria o mundo se a terapia não fosse um luxo ao alcance de poucos; se cada indivíduo recebesse um conselho individualista: pense em você mesmo. Lis dormiria até tarde, porque está de férias e mereceu, mas Erica, que também está de férias por mérito próprio, ignoraria Peter, que não é sua responsabilidade, e as primas fariam o mesmo, e ninguém lhe daria o café da manhã, e o garoto tentaria esquentar a torrada sozinho e acabaria com os dedos queimados e cheios de bolhas, e não seria culpa de ninguém. *Mas eu não disse pra você pedir ajuda a Erica*, sussurra a psicóloga. E é verdade. Seu outro conselho recorrente é ficar longe da irmã, porque elas têm um relacionamento que não é bom para nenhuma das duas e é preciso se livrar daqueles que não somam, mesmo que sejam familiares, mesmo que precisem de nós. Então para quem delegar? Quem lhe permite ser egoísta para poder se curar? *O menino também tem pai.* Essa obviedade todo mundo repete, não apenas a psicóloga. Mas os pais são mais conceito do que corpo, pelo menos em sua experiência. Os pais ensinam a desejar, e por isso devem estar sempre ao alcance e nunca completamente aqui, como a ideia de Deus, como os fantasmas. Um totem que não se possa quebrar por uso excessivo. Pizza nas sextas-feiras. Uma hora e meia nas tardes de domingo. Na piscina de bolinhas. Na sorveteria. No excepcional e no memorável. Foi o que aconteceu com Lis e, graças a isso, tem um vínculo familiar que não lhe causa conflito. Enquanto sua mãe é lenha na fogueira, seu pai é um refúgio de calmaria. Voltar para um lugar onde você nunca esteve. Voltar para um lugar que está vazio. Sente uma saudade intensa desse homem que mora a dois quarteirões de sua casa e que não vê há dois meses. Se ao menos ele estivesse aqui, lendo o jornal no sofá, acompanhando-a sem esforço, não oferecendo nada que a fizesse se sentir em dívida. Como um livro. Como um gato. Mas não está. Aqui não há ninguém. Praticamente. Porque Olivia nem sequer desceu para o café da manhã. O que será que está fazendo? Eram amigas muito próximas na época em que Lis tinha poucas amigas. Na infância. No colégio. Mais tarde, Lis começou a trabalhar em sets de filmagem e seu círculo social se expandiu até se tornar incontrolável. Três meses de isolamento com um grupo aleatório de pessoas criam laços de necessidade que parecem amor. Foi assim que conheceu o marido, no set de um faroeste com alienígenas no deserto de Almería. Fazia tanto calor que sua pele tinha quase todos os poros abertos, estava totalmente desprotegida. Eles se uniram e seu círculo social encolheu de novo. Voltou à infância. Ao colégio. Mas sem Olivia. O que será que ela está fazendo? Não é estranho que não tenha descido?

Ela diz a si mesma que tem uma missão, e só então consegue sair do perímetro da cozinha e subir as escadas com aprumo. Grita o nome da prima e não obtém resposta, então entreabre ligeiramente a porta de correr de seu quarto, o que dá para o curral onde não há mais galinhas porque as sacrificaram após a morte de sua avó. Como no ritual indiano sati. Você tem que ser mais egoísta. Egoísta como os suicidas? Afasta o olhar da janela e vê que a cama está vazia e bagunçada. Que estranho. A prima é incapaz de se levantar de uma mesa em cuja toalha ainda tenham ficado farelos; nunca lhe ocorreria sair para a rua sem antes arrumar seu quarto. Isso é típico de Nora, não de Olivia. Volta para o corredor e, ali, apura os ouvidos. No meio do silêncio, reverbera o som de uma gota de água caindo, insistente, em uma das pias do banheiro da avó. É um banheiro tão grande que ecoa, distorcendo as torneiras mal fechadas, os canos e as vozes. Como tantas outras coisas, isso sempre a assustou. Antes que acontecesse o que aconteceu. Se a casa tivesse fantasmas, eles certamente viveriam aqui. Aqui e no espaço escondido entre as cortinas de flores e a parede. Há tantos cantos e recantos nesta casa, tantas tocas onde as sombras se aninham.

— Olivia?

A porta está entreaberta e, da soleira, vislumbra o vulto, o corpo aconchegado da prima. Diria que seu coração parou, mas seria mentira porque as drogas que toma a impermeabilizam. Corre até ela e se senta ao seu lado. Ela parece estar dormindo. Acaricia seu pescoço, procurando seu pulso, e a prima gagueja algo incompreensível. Como se quisesse falar, mas seus lábios estivessem costurados. Acaricia seu cabelo. Sou eu. Calma. Olivia permanece imóvel, mas está visivelmente agitada. Arqueja, e os esforços para respirar marcam suas costelas sob a camisola de linho. Lis não sabe ela se está se afogando ou saindo de um pesadelo. Abraça seus ombros e a vira até deixá-la de boca para cima. Oli, Oli, você está bem? Fica em pânico. Em uma fração de segundo, sente a morte da prima. Outra morte prematura na família. Outra morte nesta casa. Será que agora lhe dariam razão? Será que finalmente aceitariam que este lugar é insalubre, que deve ser demolido, queimado até virar pó, no mínimo, que devem transferir as chaves e a maldição para quem adquiri-lo? Que existem casas assombradas e fenômenos impossíveis? Há momentos em que fantasia estar certa apesar de tudo. Deixar que as regras do mundo mudem e sua loucura se torne visão, clarividência. Que todos que a julgaram, avaliaram e rotularam desde que ela sofreu sua crise fazem fila para lhe pedir desculpas. Aquele primeiro psiquiatra que a atendeu no pronto-socorro, aquele que lhe disse que a internação era voluntária sem avisar que logo deixaria de ser, compara fotos de Peter e concorda: é inegável que a criança é outra. O arco das sobrancelhas, a intensidade do olhar e principalmente o queixo, tão pronunciado. As diferenças são sutis, mas a individualidade está nos detalhes, e não, não são os mesmos traços. Os guardas, as enfermeiras e a psiquiatra do centro levam as mãos à cabeça e reprimem o grito. No fundo, dadas as circunstâncias, devem felicitá-la, concluem, porque nenhum deles teria lidado com o absurdo de maneira tão profunda, sem arrancar os próprios olhos para negar o que viu ou arrancar a máscara de monstro da criança. E só uma mãe exemplar cuidaria do filho de outra pessoa como se fosse o que ele substituiu. Muito bem, muito bem, Lis. Nós erramos muito com você.

Olivia finalmente desperta e a olha horrorizada, como se soubesse no que estava pensando enquanto lutava contra a asfixia. Como se soubesse que estava disposta a sacrificá-la em troca de uma demonstração empírica. Água, diz. Me traz um copo d'água, por favor, ela pede, e assim a afasta. Lis volta para a cozinha com a mente tranquila porque obedecer a ordens a acalma. Pega um copo do armário, coloca-o no balcão e estende a mão na direção da garrafa de água, mas não consegue virá-la. Suas mãos ficaram pastosas, moles como o corpo de uma lesma. Não tem força nem para fechá-las em um punho. O que está acontecendo? Se não consegue fazer isso, não consegue fazer nada. Pensa em todas as tarefas que suas mãos realizam ao longo de um dia normal, o que elas carregam, arrastam, limpam e dobram. Estão encenando uma greve de cuidados. A desobediência do trabalhador deprimido. E agora? Ela as sacode, esfrega e aquece com seu hálito, mas elas permanecem flácidas. Bate os dedos contra o balcão. Faz barulho. Se machuca. Não funciona. Está prestes a gritar quando ouve passos. Então se vira para a porta, para a prima, e lhe mostra aqueles pedaços de carne sem vida como se fossem a arma de um crime.

— Não consigo... — balbucia, a ponto de chorar.

— Não consegue o quê?

Olivia a empurra para o lado e se serve. Engole com a garganta dilatada, como se estivesse bebendo um copo de cerveja. Lis quase tinha esquecido que era a prima quem precisava de ajuda. Sua doença, ou o estado induzido pelos remédios que supostamente a regulam, é um escafandro opaco que sempre apaga quem está do outro lado. Precisa sair dali de dentro. Repete isso a si mesma continuamente, como se fosse uma questão de desmemória. Como se fosse culpa sua.

— Oli... Como você está? O que aconteceu com você?

— E com você, o que aconteceu?

Lis dá de ombros e mostra as mãos novamente. A verdade é que elas parecem normais.

— Fiquei sem forças. Eu não consigo... — ela se corrige. — Eu não conseguia mexer as mãos.

Olivia lhe dirige um olhar cético e começa a examiná-la. Aperta seus pulsos em pequenos movimentos circulares, inspeciona a cor e a temperatura de seus dedos e espeta suas pontas com um palito.

— Não sei o que te dizer. Não vejo nada de estranho. Você está tomando alguma medicação?

Lis ri e a prima entende.

— Posso ver as caixas?

Lis abre sua pochete e começa a empilhar cartelas de comprimidos no balcão enquanto recita os nomes.

— Citalopram, lorazepam, diazepam, quetiapina...

— Quetiapina é o antipsicótico?

— Isso.

Olivia pega seu celular e digita. Muito provavelmente, Lis, paciente especialista, cobaia, sabe mais sobre medicamentos psiquiátricos do que sua prima, a cardiologista, mas não resiste, deixa que ela o faça. Adota o desamparo típico do paciente que precisa de ajuda para tudo, até para consultar o vade-mécum com um Android, porque lhe ensinaram que esse desamparo faz parte do processo de cura. Já que deixou de se entender, já que não é mais especialista em si mesma, deve entregar-se a quem é especialista em alguma coisa.

— Meu Deus, Lis... Todos esses efeitos colaterais são frequentes? Mas que loucura. Há quanto tempo você está tomando isso?

Lis tem dificuldade de fracionar o tempo que passou desde sua crise, concebê-lo como uma unidade que pode ser dividida em porções, e por isso precisa parar e contar. O ponto de referência é dezembro, o último Natal.

— Que dia é hoje?

— Três de julho.

— Então um pouco mais de seis meses.

Ela se prepara para que Olivia comece o interrogatório pessoal, para articular um relato coerente sobre o que está por trás da receita. Até agora, tanto as primas quanto a irmã souberam sem reconhecer que sabem, superficialmente, na ponta dos pés, com medo de fazer perguntas embaraçosas, e ela apreciou esse cuidado, mas de repente se sente pronta para falar, tem vontade de compartilhar sua experiência com alguém que não lhe cobre por isso. Quer que Olivia saiba sobre as cortinas de flores; não o que elas escondem, que nada mais é do que poeira e ar, mas o que significam para ela. Quer contar sobre as maldições familiares que existem, sobre a loucura da avó em seus genes como um clandestino silencioso que de repente emerge e assume o controle do barco. Para preveni-la. Para incutir seu próprio medo nela e assim não se sentir tão sozinha. Olivia é família, mas não é sua mãe. Também é médica, mas não é psiquiatra. Está dividida entre essas duas funções tão importantes para ela recentemente. E por isso é a interlocutora perfeita. Ou seria, se estivesse disposta a ouvi-la.

— Pelo que estou vendo, a rigidez muscular é um efeito colateral pouco frequente. Pode ser isso. Embora eu não tenha te achado rígida. Você deveria ligar para o especialista para contar a ele, mas não me parece grave. Quer dizer, se levarmos em conta todos os possíveis efeitos colaterais que aparecem na bula...

Olivia dá um tapinha encorajador no ombro da prima e termina a conversa. Sem mais perguntas. Enche de novo o copo com água e, olhando fixamente para o celular, sai da cozinha. Lis conhece as regras: a sessão acabou e tudo o que falaram está protegido pelo sigilo médico-paciente. Da próxima vez que se esbarrarem na casa, se as outras estiverem presentes, se darão bom-dia como se tivessem acabado de se encontrar, como se nada disso tivesse acontecido. Isso é, ao menos, o que infere dessa conclusão abrupta. Que Olivia não é mais sua amiga e só se importa com seu juramento hipocrático. Que pelo menos seu atendimento foi grátis e que, embora não tenha sido grande coisa, seus sintomas fisiológicos melhoraram. Ainda não consegue levantar peso, mas seus dedos não são mais apêndices decorativos. Consegue contraí-los até que se tornem garras e logo a massa invisível que a impede de fechá-los como punhos desaparecerá. Há algo xamânico no ritual de pedir a opinião de um médico, seja qual for sua especialidade. Algo que cura antes, e às vezes apesar, do remédio. O remédio é a redundância que vem depois. Na solidão. Ao tentar replicar a magia que apenas o mago exerce com sua aura.

Lis ouve o som de uma porta sendo fechada e o motor de um carro sendo ligado. Olivia sai sem se despedir e a deixa sozinha, totalmente sozinha, na mansão do medo. Nem sequer sabe por que estava deitada como um pacote no pé da banheira em que a avó se suicidou. Aqui ninguém pergunta nem explica nada. Normalizam o inquietante como em um sonho, e ela sabe que essa sensação não é boa, que duvidar da vigília é um sintoma, mas esse sintoma não se origina espontaneamente em Lis; não pode ser culpa sua o que é consequência direta do comportamento excêntrico de suas familiares. Olham-na com superioridade e não sabem que nenhuma delas sairia do consultório de um psiquiatra sem um diagnóstico. O que elas acham? Enfim... Não vale a pena se incomodar. Não vale a pena fazer nada, na verdade, porque Peter estará de volta em breve, e por que abrir um livro ou começar um filme se a criança vai tirá-la de seu transe antes que ela decore os nomes dos personagens principais. O que a aguarda é uma espera contando as gotas que a torneira mal fechada derrama. Consciência plena de cada grasnido e de cada movimento das folhas. Uma impaciência que a deixará exausta antes da hora, sem a coragem necessária para enfrentar as birras do dia. Não. Não pode ficar aqui dentro. Mas também não gosta do jardim porque lá está exposta à intromissão dos vizinhos. Saem da horta carregados de frutas da estação e, vendo-a parada como um espantalho ao lado do salgueiro, impõem seus presentes. Menina, pegue esta caixa de tomates para fazer conservas. Você é filha do Quique ou da Amaya? E como está sua mãe depois do que aconteceu? Nunca mais a vimos por aqui.

Decide ir atrás do menino. Que vejam que é uma mãe dedicada. Que não pode ficar sem ele. Calça umas galochas que encontra na varanda e pega um atalho pelos campos de trigo que margeiam a igreja. Gosta do som da palha debulhada sob seus pés, como se dobra e estala como plástico-bolha, mas não gosta do silvo que reverbera ao seu redor. Ruído branco de cobras. Víboras de cabeça triangular e cinzenta ou lagartos do tamanho de um braço que enlouquecem com o cheiro de sangue. A avó não as deixava chegar perto do campo quando menstruavam, e Lis está menstruada. Superstições. Ela sabe. Misoginia interiorana. Mas ela se sente em perigo e refaz seus passos até retornar ao cimento. Vai pegar o caminho mais longo, aquele que sai da cidade pela rua das casas abandonadas. São seis fachadas que parecem crânios limpos, sem janelas ou portas. São o futuro que a espera em um distrito com onze habitantes cadastrados e idade média de oitenta anos. Os muros estão cobertos de hera e os marcos das portas ocas estão tomados por salsa. Quando crianças, eram encarregadas de trazer maços para o almoço, e, enquanto Lis arrancava os talos, Erica se esgueirava pelas ruínas e fazia barulhos fantasmagóricos para assustá-la. Nora inventava lendas sobre o destino dos últimos inquilinos. Uma mulher que havia assassinado seus bebês gêmeos com mordidas. Um homem que uma noite se afogou no rio que antigamente atravessava a rua principal, onde as senhoras lavavam a roupa à mão, e na manhã seguinte não havia rio.

A ficção permeia, torna-se corpo naquele espaço mudo entre a vigília e o sono pelo qual há muito tempo transita. Por isso, em trinta e cinco anos, Lis nunca se atreveu a entrar nestas casas. Talvez o que veio depois já estivesse prefixado nesse medo infantil do que se esconde atrás de um simples muro, pelo qual não quer se ver nem desmentir. Tem que enfrentá-lo. É por aqui que começa. Pelos lugares onde aprendeu a se enfraquecer. Mas, se teme o vão entre a parede e as cortinas, e o eco do banheiro grande e o que os montes de palha escondem nas eiras, por que não se aninhar aqui, ao abrigo das pedras caídas. Uma casa é sempre um refúgio, ou é isso que promete. A pergunta é para quem ou para quê. A verdade é que cheira a urina de gato e, se há gatos, não deve haver animais nocivos. Não deve haver animais nocivos nem surpresas, porque tudo é previsível. O verso de uma fachada é uma parede. Quando muda a perspectiva, o mundo não muda. E o que de pior poderia acontecer? Um desmoronamento. Um golpe forte e definitivo na cabeça. E essa é a única coisa que não a assusta.

Será apenas um momento. Um desvio no caminho. Uma anedota para compartilhar mais tarde com Peter, para mostrar a ele que agora é corajosa, que não faz mais sentido que a teste o tempo todo.

Vá em frente, pode entrar, não há ninguém aqui.

IV

Olivia acorda. Está acordada porque a voz da prima a acordou. Ela a ouve claramente e também se lembra do que estava sonhando e sabe que não está mais no sonho. Está no chão. Sobre as lajotas do banheiro do andar de cima. Sente Lis a seu lado, apertando seu corpo com aquele corpo novo que cresceu como uma crisálida e que ela não reconhece mais, mas que ainda quer tocar, que tocaria se seus músculos lhe obedecessem, se tivesse músculos, mas não tem. Seu corpo todo é um membro fantasma. Não tem formigamento ou cãibra, apenas a lembrança da ordem que dava a isso ou aquilo para que os neurônios transmitissem seus impulsos. Mensagens telepáticas. É tudo o que deseja, porque está viva em um receptáculo morto. Será que está morta? Não. A morte não é consciência. Pelo contrário. Olivia não acredita em espíritos e sabe que isso tem um nome técnico. Não um acidente cardiovascular que a tenha deixado tetraplégica, porque isso não a impediria de levantar as pálpebras. Paralisia do sono? Isso, era isso. Nomear a experiência não a torna menos aterrorizante, mas serve para alguma coisa. Abre os lábios, solta um gemido. Está de volta e sua língua não cabe na boca. As bordas da manhã estão borradas, como se ela tivesse acabado de abrir os olhos em meio a uma tempestade de areia, e seus músculos pesam, pregando-a no chão, mas ela está de volta. Que alívio. Quase euforia. E a primeira coisa que vê é o rosto de Lis, tão perto que só capta fragmentos, como se estivesse com uma lupa. Seu nariz um pouco inchado e com uma pequena variz cruzando o septo. Seu lábio inferior como sempre, em duas partes, dividido ao meio, em forma de coração ou de gaivota. Quando era criança, queria ter esse lábio. Quando o frio ressecava sua pele, puxava os cantos da boca para abrir rachaduras que imitassem a fenda no lábio da prima. Foi assim que tudo começou. Com a imitação. Com o desejo de se parecer com ela. Então surgiu apenas desejo, e então ele se foi para sempre. Tem vontade de engolir com força, mas quase não tem saliva, por isso diz: água, me traz água, e, como a da torneira não é potável, a prima vai à cozinha e ela imediatamente se arrepende de tê-la mandado para longe. Agora está sozinha neste cenário sinistro quando poderia estar com ela. Sozinha e suja em uma poça de baba que se mistura com poeira e com vestígios de sabão e água sanitária. Então se levanta para se afastar da sujeira e sente que seu pescoço dói demais, está com uma contratura em forma de disco na base do crânio, mas felizmente a enxaqueca diminuiu. Sente as bordas do celular contra o púbis e o tira do bolso para verificar a hora. É quase meio-dia. Puta merda. Perdeu a manhã. E o que queria fazer com ela. Vai precisar de um litro de café para sair desse atordoamento e se envolver com o resto do dia.

Lava o rosto na pia em frente a um espelho sobre o qual parece ter chovido e seu reflexo a enoja. Está com olheiras arroxeadas, profundas e disformes como gotas de gordura que escorrem. Seu rosto está todo puxado para baixo, como uma máscara de cera derretida, como algo muito velho, e está com sede, o hálito pútrido, mas Lis não volta com seu maldito copo d'água. Ela mesma vai ter que pegá-lo. Antes de descer as escadas, entra em seu quarto e vasculha o saco de drogas legais que pegou ontem da avó. Resgata um ibuprofeno e o engole com sua saliva grossa. Quase se engasga. É muito jovem para que tudo doa tanto, mas, quando não é a enxaqueca, são as costas, ou o pescoço, ou o cisto no pulso. Seu corpo é barulhento. Uma casa velha sempre com alguma falha em algum lugar. E isso que ela se cuida, que nunca abusa. Parou de fumar há anos. Não bebe. Cuida da sua alimentação. E, no entanto, está sempre com uma cara pior que a da irmã, que deve ter passado a noite misturando os comprimidos da avó com gim e estará fresca como um bebê. Gostaria de encontrá-la e repreendê-la por qualquer coisa, equilibrar a balança, para sair desse torpor, mas na cozinha só encontra Lis, olhando para as mãos como se fosse a primeira vez que as visse, com a expressão de um animal boçal.

— E o que houve com você? — pergunta aborrecida.

— Não consigo mexer as mãos...

Olivia pensa na paralisia da qual acabou de escapar e precisa segurar uma gargalhada. Será que a prima a está imitando? Ela lembra que, quando tinham sete ou oito anos, receberam a visita de uma tia de segundo grau que era manca por causa da poliomielite e Lis começou a mancar como ela. No começo a castigaram, pensando que ela estava zombando da pobre mulher, mas a visita foi embora, os dias foram passando, e Lis insistiu em mancar, jurando que não era uma brincadeira. A avó fez algumas muletas de criança para ela com pedaços de cajados velhos e exigiu que ela fosse tratada com respeito, como se estivesse realmente doente, e depois de alguns dias, quando todos tinham internalizado a farsa e quase esquecido que estavam participando daquilo, Lis voltou a andar sem problemas. Olivia se lembra dessa história e decide seguir o que a avó teria aconselhado. Decide levá-la a sério e examina suas mãos com rigor profissional. Estão bastante geladas, mas seus reflexos e mobilidade parecem normais. Também sabe, no entanto, que alguns minutos atrás, quando não conseguia sentir seu próprio corpo, qualquer exame externo teria concluído que ela estava bem. Que Albert Hofmann, na primeira vez que se embriagou com o ácido lisérgico que acabara de sintetizar, chamou um médico que não conseguiu determinar nenhum sintoma objetivo, apesar de o cientista estar há horas vendo a realidade através de um caleidoscópio. Não tem como saber o que Lis está sentindo, mas isso também pode ter a ver com as drogas.

— Você está tomando alguma medicação? — pergunta com alguma cautela. A prima recupera a mobilidade das mãos e começa a pegar cartelas de comprimidos que empilha ao lado do copo d'água. Olivia tenta não deixar que sua expressão mostre surpresa, e realmente não deveria haver nenhuma surpresa, porque ela sabia, embora preferisse esquecer, que a prima estava doente. Estavam todas nesta mesma casa quando a levaram ao hospital naquela noite, depois de gritos e golpes tão exagerados que pareciam uma encenação, e sem acudir antes a Olivia, que é o que teriam feito se a emergência tivesse sido normal; isto é, relacionada ao corpo físico. A verdade é que tudo aconteceu muito rapidamente. Ela estava perto do forno, recheando um peru de quinze quilos com a compota de castanhas e passas que avó tinha feito, quando viu Lis atravessar a sala de estar, com óculos escuros e escoltada pelo marido e pela mãe como uma estrela de tabloides que quer evitar os paparazzi. "Ela só precisa tomar um pouco de ar", gritou Jaime, mas a colocou direto no carro e eles foram embora. Voltou no dia seguinte sozinho, para levar a criança, e pediu que não a incomodassem, que ela precisava descansar. Olivia queria acreditar que se tratava de um incidente isolado, algo que irrompe em um momento de confusão. Natais em família não são bons para a sanidade de quase ninguém. Todo ano alguma vai para o espaço. Prantos em memória dos mortos. Discussões sobre o cardápio, sobre as horas passadas na cozinha, porque Nora nunca ajuda e Erica traz sua própria comida e dá sermões aos comensais, fazendo que se sintam mal pelos pedaços de cordeiro que acumulam entre os dentes: vocês estão comendo um bebê. São reações desproporcionais que geralmente não deixam rastro, que ninguém retoma na manhã seguinte, e foi assim que entenderam a crise de Lis, um pequeno contratempo, embora agora ache estranho que tenham continuado com a ceia de Natal como se nada tivesse acontecido, sem fazer perguntas e num clima de civilidade e protocolo inusitados, como se o grupo tivesse expiado suas tensões com o sacrifício de um de seus membros.

— Citalopram, lorazepam, diazepam, quetiapina...

O estoque de psicofármacos que a prima abre na sua frente confirma que estavam erradas, que aquela noite teve consequências, sim.

— Quetiapina é o antipsicótico?

— Isso.

Olivia digita o nome da droga no buscador de seu Android e acessa a seção de efeitos colaterais, que parece uma lista abrangente de todas as doenças físicas que assombram o corpo: "Náuseas, vômitos, diarreia, constipação, azia, boca seca, aumento da produção de saliva, aumento de apetite, ganho de peso, dor de estômago, ansiedade, agitação, inquietação, sonhar mais do que o habitual, dificuldade em adormecer ou manter o sono, aumento ou secreção das mamas, atraso ou interrupção do período menstrual...". Lê rapidamente até encontrar um item que descreva a doença da prima, porque é claro que, por descarte, haverá uma, e para em "rigidez muscular". Por que não? Comunica a informação e faz o que deve: recomenda que ligue para o especialista. Como faria com qualquer paciente anônimo. Nem sequer a abraça. Um tapinha amigável no ombro. Boa sorte. Que seja o que Deus quiser. Fecha o consultório e foge, porque sua mente está em outro lugar, em algo mais urgente. O diagnóstico da morta é mais urgente do que o da viva. Isso soa inadequado, mas é o que é. Enquanto olhava o prospecto do psicofármaco de Lis, pensou nos efeitos colaterais dos benzodiazepínicos nos quais sua avó era viciada, nas consequências neurológicas daquela praga de comprimidos que invadiu a casa, e não consegue pensar em nada mais.

Quando sai da cozinha, percebe que ainda nem fez seu tão necessário café. Decide que vai tomá-lo no vilarejo, no centro que oferece os serviços básicos que não chegam aos distritos: supermercados, bares, o posto de saúde, a farmácia. Acima de tudo, tem a farmácia em mente. Ocupa um edifício de estilo medieval na praça principal, bem ao lado do restaurante onde almoça, e sua vitrine exibe uma coleção de artigos de boticário antigo que mostra uma predileção por supositórios. Os rótulos desbotados que ainda dá pra ler anunciam xarope de sabugueiro para tosse, mas também soluções calmantes e comprimidos de glico-heroína. Recebem o cliente com um comentário irônico sobre a história da regulamentação de substâncias controladas. Quase tudo o que hoje é orgia e economia clandestina já foi remédio sancionado pela ciência. Olivia carrega consigo um inventário dos vários tranquilizantes sem prescrição médica que identificou no estoque da avó e quer questionar a balconista que providenciava suas receitas. A farmácia tem as portas de vaivém de um saloon de faroeste, e Olivia passa por elas com a determinação de um xerife em busca de vingança. Depois do que aprendeu nas últimas horas, está eufórica diante de uma resolução surpreendentemente simples para o mistério do suicídio da avó. Foram os comprimidos. Sozinhos e com a ajuda da pessoa que os prescreveu e facilitou. Não eram o indício de um mal subjacente, mas, sim, o mal em si. Causa e efeito.

Enquanto tomava café, continuou pesquisando psicofármacos e descobriu o efeito paradoxal dos benzodiazepínicos. Acontece que, consumidos a longo prazo, podem desencadear com extrema virulência os mesmos males que pretendem aliviar: problemas para dormir, depressão, agorafobia, ansiedade, ataques de pânico... Os efeitos colaterais são mais pronunciados em pacientes mais velhos, que metabolizam pior a substância, e podem incluir sintomas que se confundem com os da demência senil. O cenário é aterrorizante e, portanto, faz sentido. Faz sentido ainda que Olivia visitasse a avó todos os meses para reabastecer sua caixa de comprimidos e programar os lembretes do assistente de voz e nunca a tenha achado agitada ou visto sinais de declínio cognitivo. Mas a única coisa que assustava dona Carmen era a possibilidade de perder sua autonomia e, portanto, teria evitado fazer qualquer reclamação que sua filha ou netas pudessem interpretar como um sinal de declínio. Teria se matado ao primeiro sinal de tal declínio? Uma perda de memória persistente, culpa da medicação, ligada à ansiedade paradoxal causada pela própria medicação podem explicar o que ela fez e, embora não haja como provar que foi isso, tem muitos argumentos para apontar quem errou ao receitar ou autorizar o consumo desses comprimidos. Lendo o prospecto do Valium, que é o único tranquilizante que constava na receita eletrônica de Carmen há quase um ano, identificou um caso evidente de imperícia, já que a seção sobre "duração do tratamento" afirma que "deve ser tão curta quanto possível e nunca mais de dois ou três meses". Tem muito o que conversar com a farmacêutica e muito o que repreender o médico de família. Não importa que não mataram sua avó. O que importa é que poderiam ter matado.

Na farmácia há duas pessoas na frente dela na fila. Um homem se queixa de um catarro persistente que atribui aos pesticidas, embora seja época de colheita, e a mulher atrás dele fala sobre alguns aviões que sobrevoam os campos à noite, despejando substâncias misteriosas e malignas. Também comentam que Toñín, o do bar Los Toros, morreu e que é o segundo milico a morrer esta semana, e que não é por acaso, por isso os nascidos em 1954 estão muito nervosos. Atrás do balcão, são atendidos por uma menina jovem, mais jovem que a própria Olivia, que digita silenciosamente os códigos de seus cartões de saúde. Não se aproxima dela até que ambos os clientes tenham saído do estabelecimento. A conversa ativou todos os seus preconceitos contra o interior e ela teme que alguém a ouça, que a fofoca se espalhe.

— Bom dia. Sou neta da dona Carmen, a de Alar del Páramo. Será que você conhecia a minha avó?

A garota ergue os olhos do computador com um gesto de tédio, mas, quando encontra o rosto de Olivia, sua expressão muda.

— Oli! É você?

Oli dá de ombros. Ninguém, exceto sua prima Lis, a chama assim desde a escola.

— Eu sou a irmã da Nuria. Vocês eram da mesma turma, não? Na colônia Las Cucas. Com aquele moletom amarelo. Como vocês se chamavam?

— As Intermitentes.

— Isso mesmo! As Intermitentes. Muito legal.

Olivia se lembra do apelido e daquele único ano em que participou da comissão organizadora das festas porque foi o ano em que seu pai morreu e porque foi seu pai que a obrigou a participar. Estava prestes a fazer quarenta anos, e isso significava que ele e os de seu ano tinham um lugar de honra nas festividades. Escolhiam a rainha da cidade, uma pobre adolescente que se vestia como uma vedete para abrir os festejos em um carro alegórico, ocupavam os bancos de honra na missa da Virgem e comiam com o prefeito no Mariscal, o único restaurante com toalha de mesa e menu, que foi de onde o tiraram, já inconsciente, já caído, como um carrinho de mão ou como um bêbado qualquer. Olivia viu tudo porque estava com o resto das Intermitentes em uma oficina na mesma rua, pintando alguns cartazes para o desfile dos grupos que ia acontecer naquela noite. Ela correu para o pai, para os homens que o levavam ao posto de saúde, e se abraçou a ele, a suas pernas de espantalho, mas logo a desprenderam. Não pôde acompanhá-los e no funeral também não lhe deixaram ver o corpo, então essa foi a última vez, suspenso como a imagem de uma santa em procissão, inatingível. Não importa quantos anos passem. Essa lembrança continua muito próxima. Vem e a derruba. Ela se inclina no balcão e fecha os olhos por um momento para recuperar o equilíbrio.

— Você está bem? — pergunta a farmacêutica.

— Sim, bom, um pouco tonta. Ontem à noite tomei um comprimido para dormir e me caiu muito mal. — A mentira vem espontaneamente. É sua maneira de trazer à tona o assunto, de anunciar o julgamento e a censura que guarda na manga.

— Você lembra qual era?

— Na verdade pode ter sido qualquer um desses — ela diz e lhe entrega a folha de papel em que anotou os nomes de todos os tranquilizantes confiscados. — Foi o que encontrei no armário de remédios da minha avó. E ela só tinha receita para o Valium.

A irmã de Nuria, a da colônia, confere a lista com uma expressão séria e assente.

— Vou avisar minha mãe, estou trabalhando aqui há apenas alguns meses — ela diz e desaparece nos fundos da loja. Volta depois de um minuto na companhia de uma senhora que tem cabelos muito curtos e muito finos e se move com a ajuda de um andador. Não é gentil como sua filha. É direta e seca e parece incomodada, como se tivesse sido arrastada para fora da cama.

— Vamos lá, qual é o problema.

Olivia hesita. Sente-se envergonhada e um pouco culpada, como se estivesse prestes a manchar ainda mais a reputação da avó, mas seu desejo de entender é maior do que seu respeito pela memória dos mortos.

— Estou tentando entender como minha avó conseguiu todos esses remédios se não tinha receita.

A senhora coloca os óculos e olha sem muito interesse para a lista que Olivia lhe deu.

— E quem disse que ela não tinha receita?

— O cartão eletrônico dela. Só o Valium está listado.

— Sim, mas é que a sua avó trazia as receitas em papel. Um parente emitia para ela.

— Não, não pode ser.

As têmporas de Olivia latejam. A parte mais rápida de seu cérebro já entendeu, mas ela ainda resiste. Não quer unir os pontos, embora estejam ali; estiveram ali desde o início, ou pelo menos há dois anos, desde a primeira vez que visitou a avó como especialista e lhe deu uma receita para o Sintrom. Desde que pensou que seria mais fácil deixar um receituário em branco na casa da avó, na escrivaninha de seu quarto, para futuras receitas.

— Os médicos ainda mantêm receituários para uso pessoal. Garanto a você que não é incomum que os usem. Mas, se quiser, posso procurar o número oficial impresso nele. Devo ter no sistema.

Olivia indica com um gesto que não é necessário. Sabe os dígitos de cor e agora sua prioridade é manter seu anonimato, sair de lá sendo simplesmente Oli, a da turma, e não Olivia Suárez, a médica que cometeu um erro punível, uma falha grave, um incidente que poderia chegar à comissão disciplinar do Conselho de Medicina e abrir um processo contra ela; um descuido que poderia ser o primeiro dos muitos contratempos que desencadearam a morte da avó e que nunca será perdoado, porque quem faz sem saber o que fazia também é responsável; Édipo Rei arrancou os próprios olhos; a ignorância não perdoa; e ela sai da farmácia sabendo que é imperdoável.

IV
EMERGÊNCIAS

I

São quase quatro da tarde e Lis não aparece. Erica já tinha achado estranho que ela não estivesse em casa quando voltaram do passeio e ficou muito surpresa por ela ter faltado ao almoço, mas considerando o que havia acontecido no café da manhã, entendeu que precisava de espaço. Um pouco de descanso. De mim e do menino. Nem sequer tentou localizá-la porque temia que ela interpretasse sua preocupação como uma repreensão por deixá-la encarregada de Peter, e é essencial que a irmã saiba que o menino nunca a incomoda. Se querem separá-la dele, que seja pelo que acontece na cabeça de Lis quando ela os vê juntos; nada mais que isso. No entanto, à medida que a tarde avança, a situação fica tensa e a leva ao limite. A irmã é devota dos horários e das rotinas estritas, e não é normal que não esteja aqui para a soneca de Peter. A soneca, como o banho à noite, é um daqueles rituais que ela nunca pula e que só ela pode realizar. Lis se agarra a essas prerrogativas com força supersticiosa, como se acreditasse que a maternidade é um título a ser conquistado e perdido diariamente, a ser renovado a cada ciclo de gestos, a cada liturgia. É por isso que é tão estranho que ela não esteja aqui. Alguma coisa deve ter acontecido. Não é uma intuição, é aritmética pura. Erica lhe envia uma mensagem por WhatsApp e decide contar até vinte. Depois, liga para ela. Cai direto na caixa postal e, perplexa, Erica deixa cair o telefone no chão.

— Rica boba — , diz o menino sem tirar os olhos do desenho que está vendo em seu tablet. Pelo menos ele está tranquilo.

Erica olha pela janela e verifica que o carro de Lis ainda está estacionado do lado de fora; não na entrada, como o de Olivia, mas na rua, perto da saída da rodovia, sempre pronto para a fuga. Então não pode ter ido muito longe. Talvez tenha se perdido nas trilhas, ou tenha caído em um fosso, ou tenha sido picada por um inseto ao qual é alérgica e esteja agonizando em algum canto. Ou talvez tenha feito o que nem se atreve a nomear, o que a avó fez. Não, isso não. Qualquer outra coisa. Uma cobra. Um atropelamento. Um estiramento muscular. O cérebro de Erica está acelerado, mas sua capacidade de ação está atrofiada. Ela circula em torno de Peter como se estivesse jogando o jogo das cadeiras, jogando sozinha. O medo a desarma, e não tanto pelo que pode ter acontecido com Lis, que por enquanto ocupa um espaço hipotético, virtual, mas pela certeza de que, faça o que fizer, estará quebrando suas regras. Não pode ir atrás dela porque está proibida de deixar Peter com as primas. Não pode manter o menino acordado além das quatro da tarde, mas também não pode colocá-lo na cama, porque, se fizer isso e Lis chegar sem um arranhão, vai ficar furiosa por tê-la substituído mais uma vez, por ter ousado brincar de mãe com a desculpa de um pequeno contratempo. Está impossibilitada como uma máquina que recebe comandos contraditórios. E não lhe ocorre pedir ajuda às primas, que estão há um bom tempo deitadas ou escondidas em seus respectivos quartos, à beira da histeria ou atoladas em seus próprios problemas. Na hora do almoço, Nora estava exausta, como só pessoas com doenças terminais deveriam estar, e Olivia, possuída por uma atividade destrutiva. Só se afastava do fogão, onde cozinhava três pratos ao mesmo tempo, para verificar armários e prateleiras em busca de algo que Erica não ousara perguntar o que era porque não queria entrar em seu raio de ação. Está assim desde que chegou, perturbando a ordem em que a avó mantinha a casa, incapaz de aceitar que as coisas estão do jeito que estão. Foi um alívio quando ela se trancou no quarto e preferia deixá-la lá. Olivia e Nora. Porque isto, quer dizer, sua irmã, é responsabilidade dela e somente dela. Hoje não ficará de fora. Não deixará que outros gerenciem seu colapso como aconteceu no Natal. Agora se envergonha da mansidão com que deixou que a levassem como uma terrorista no meio da noite, sem fazer perguntas ou pedir explicações. Mantiveram a irmã escondida por mais de um mês e ela se limitou a obedecer às ordens que vinham de cima, do marido e da mãe, reconhecendo uma tutela que ninguém deveria ter sobre um adulto, talvez nem mesmo sobre uma criança. O que quer que tenha acontecido desta vez, ela não vai fechar os olhos. Estará ao seu lado e, se ainda deseja, respeitará seus desejos.

Erica parece decidida, mas ao mesmo tempo permanece imóvel por causa do duplo vínculo ao qual é obrigada pelas regras rígidas de Lis. O que fazer com Peter? Como respeitar a hora da soneca sem deixá-lo sozinho com as primas? Como colocá-lo para dormir sem colocá-lo na cama, sem cantar aquela canção de ninar que é um ritual do qual ela não pode e não deve se apropriar? É uma loucura que esteja preocupada com essas coisas enquanto a irmã pode estar sangrando até a morte em uma sarjeta, mas a loucura é assim, algo que se pensa como um mal privado quando, na realidade, é sempre compartilhado, é um afeto grupal. Lis carrega o diagnóstico, mas a doença é de todas. Por isso ela não quis saber quando a internaram, por isso decidiu se proteger. Faz seis meses que ela finge que a irmã não estava em um manicômio, que não faz perguntas porque tem tato. É o medo de se contaminar. Deve ser isso, porque todas optaram pela ignorância quando não há nada mais fascinante do que os detalhes de um surto. Até onde o delírio a levou? Será que viu aquela verdade que ela mesma busca quando está em transe e é uma verdade que apenas cega? Erica está puxando uma corda que ameaça sufocá-la. Não está pronta para lidar com essa nova culpa e suas ramificações. Felizmente, o menino intervém bem a tempo. Começa a exigir Tete, o pinguim de pelúcia com que dorme e, finalmente, sob a pressão de seus gritos, Erica tem uma ideia que a tira de sua apatia. Lembra que, quando ele tem dificuldade de adormecer, a mãe ainda o embala na mochila canguru e imediatamente a localiza no armário do corredor. Amarra as alças em sua cintura e encaixa o menino, que, com a cabeça enterrada entre os seus seios, começa a roncar quase instantaneamente, na hora marcada, sem estragar sua rotina. Agora pode ir à procura de Lis sem deixá-lo sozinho. Agora pode entregá-lo a sua mãe e dizer a ela "aqui, leve você o menino para o berço, ele não quis ir comigo". Sai de casa sem saber o que está esperando por eles do lado de fora, mas fica tranquila que o menino esteja de costas; não importa o que aconteça, não será capaz de se virar.

Ela avança pela rua principal do vilarejo, por onde antes passava o rio, com o andar daquelas mulheres de antigamente que carregavam baldes de água com um pau sobre as costas. Nunca as viu, mas as sente. Sente que o peso de Peter a liga às que sempre carregaram. Sua bisavó teve dez filhos em um útero cada vez mais flexível. A irmã mais velha do avô se casou com um monstro que queria trocá-la porque ela era magra e não engravidava. Dona Carmen, que não era daqui, e por isso era dona, contava essas anedotas com o estupor exotizante típico do colono. Contava que as famílias dormiam em meio ao calor do gado no estábulo. Que, a poucos metros de suas camas, estava a fossa que coletava suas fezes quando se agachavam sobre um buraco no andar de cima; aquele era o banheiro. As ruínas daqueles chiqueiros ainda perduram na rua das casas abandonadas, e Erica de repente tem um pressentimento. É uma bobagem, mas nada do que está fazendo é muito sensato. Leva Peter para encontrar o que poderia ser um cadáver. Vai sozinha e não pede ajuda. Também intui que, para encontrar alguém que não esteja em sã consciência, é preciso pensar fora da caixa. Aperta a cabeça de Peter em seu peito e se dirige para o pântano fica nos fundos da igreja. Onde brincavam de fantasma. De histórias de terror. Onde a irmã sempre perdia.

Passaram-se tantos anos desde que ela esteve aqui pela última vez que a consciência de seu corpo adulto a surpreende. Não está acostumada a medir essas distâncias com os ossos longos e o peso extra de uma criança. Cada passo que dá faz com que tema um tropeço, e tropeçar é a única coisa que não pode fazer. A vegetação rasteira cobriu as pedras que caíram das fachadas em pior estado, mas as sente com as solas de seus sapatos, sólidas e pontiagudas, capazes de abrir um crânio com um único golpe. O que é que eu estou fazendo. Chama

Lis baixinho, tentando não acordar Peter, mas então se lembra que é tão difícil fazer uma criança dormir quanto despertá-la do sono, e aí grita. O nome da irmã ricocheteia entre as paredes gotejantes e desaparece sem resposta. Mesmo assim, persiste. A maioria das casas são só ruínas. Os interiores abrigam a vegetação que comeu a madeira que sustentava as vigas e os pisos, mas no final da rua há uma construção mais baixa que o resto, provavelmente um celeiro, que ainda tem telhado. Beirando o absurdo e sem saber bem por quê, Erica bate antes de entrar. A porta está tão podre que treme com os nós dos seus dedos como se fosse feita de latão, e ainda assim ela tem dificuldade de destrancá-la. O menino a desestabiliza e não a deixa colocar todo seu peso contra ela, então tenta derrubá-la com um pé, mas isso a desequilibra ainda mais. Então, como algo que só aconteceria em um sonho, ouve uma voz que grita "só um segundo!", e a porta se abre por dentro.

Erica demora um instante para perceber que a mulher atrás do portão é Lis, porque Lis não mora aqui. Aqui não mora ninguém. E, no entanto, sua atitude é a de uma vizinha amável que recebe uma visita inesperada. Só lhe falta o avental.

— Que bom que é você. Entra, entra, não tem nenhum perigo.

Erica, muda e estupefata, obedece. Por uma espécie de saguão sem assoalho, segue Lis em direção ao interior da casa, que é composta por um único espaço quadrangular de cujas paredes ainda pendem arruelas para amarrar os animais. Como as janelas estão tapadas, os únicos feixes de luz que a iluminam filtram-se pelo telhado, pelas telhas que faltam. Sob o foco principal, há uma cadeira e uma mesa dobrável sobre a qual estão empilhados papéis e fotografias em uma bagunça que parece recente, como se alguém estivesse trabalhando nela. Erica não entende nada e não sente grande coisa. Não está feliz ou aliviada por ter encontrado a irmã ilesa porque tem sérias dúvidas de que isto esteja acontecendo e de que esta seja a sua irmã. Prende a respiração para controlar seu pulso, para impedir que as maçãs do rosto de Peter se mexam em seu peito, embora, na verdade, ajudaria se o menino acordasse imediatamente e lhe dissesse se reconhece ou não esta mãe. Esta mãe sorridente e cerimoniosa como uma dona de casa dos anos cinquenta que ainda não se dignou a olhar para ele.

— Lis, me escuta... — Erica tenta verbalizar uma reclamação, mas sua glote está fechada. Mal consegue engolir saliva.

— Eu sei, eu sei, perdi a noção do tempo. Mas você não vai acreditar no que eu encontrei. Olha, aqui, senta.

Erica recusa a cadeira e aponta para Peter como desculpa. Finalmente, graças a esse gesto, a irmã repara na criança.

— Que bom que você trouxe o menino. Assim podemos comparar.

— Comparar? Comparar o quê?

Lis vai até a mesa e vasculha a bagunça até encontrar o que está procurando. Então mostra o que parece ser uma fotografia de família em preto e branco. Cinco crianças de diferentes idades, todas de bermudas ou saias plissadas que mostram os joelhos magros, posam ao redor dos pais, um homem de rosto inchado e expressão torta pelo palito que tem nos dentes e uma senhora muito magra e séria, com o semblante delineado pelas bordas do lenço que cobre seus cabelos. Embora as bordas estejam corroídas e a paisagem sobre a qual posam não seja exatamente nítida, parece ver a torre do sino da igreja na margem superior esquerda.

— Quem são? — Erica pergunta.

— Não tenho nem ideia, mas olha o bebê.

Lis aponta para o menor menino da foto, o único rechonchudo, que está de pé agarrado ao braço da irmã. Erica não sabe o que deve procurar e não consegue encontrar nada que lhe pareça familiar.

— Você realmente não está vendo?

— O quê?

— É o Peter!

As mãos de Erica estão tremendo e, agora sim, ela começa a processar o que está sentindo. Quando saiu de casa procurando Lis, imaginando todas as coisas horríveis que poderiam ter acontecido com a irmã, pronta para o pior, pensava que estava com medo, que estava sentindo medo, mas o medo mudou de escala. Porque tudo o que temia até este momento, a pior coisa que poderia lhe acontecer – um diagnóstico terminal, a morte daqueles que ela mais ama, o planeta desmoronando em mil variações distópicas diferentes –, ela havia ensaiado alguma vez em um lugar seguro; havia sonhado ou simulado ou, pelo menos, previsto. Mas esta sensação é nova, totalmente nova. Só consegue pensar nos filmes de fantasia, na experiência autorizada do espectador que assume riscos, para nomear essa sensação de ruptura, de que nada é confiável ou conhecido. Uma parte de seu cérebro a incita a manter a calma: sem drama, a irmã surtou, é só isso. Mas o setor dominante, aquele que percebe os sinais e é suscetível às teorias da conspiração, vê indícios de que algo está errado. A premonição. As coincidências. O que está fazendo aqui? Por que encontrou Lis no lugar mais inusitado e de primeira? O racional seria que fosse a própria Erica que estivesse alucinando, mas ela também não descarta que essa Lis seja um fantasma, que ela só exista dentro desta casa, como é típico dos fantasmas. Para afastar essa possibilidade, o mais urgente é sair daqui, tirá-la daqui, e para isso decide entrar em seu jogo.

— Puxa, não sei, está escuro aqui. Que tal irmos lá fora pra eu ver melhor?

Sua irmã-dupla, sua irmã sorridente e eufórica, aceita a sugestão.

— Sim, espera, vou pegar o resto das fotos. É que esta não é a única em que ele aparece. Há uma, na verdade, em que ele é quase um adolescente. Você vai pirar.

Erica inspira por quatro segundos e expira por oito. Se pode controlar sua respiração, pode controlar suas emoções. Se está respirando, está a salvo. Ela se agarra ao braço de Lis para sair sem tropeçar e o sente macio e quente, convincentemente humano. Atravessam juntas as tábuas abertas como dentes e cruzam a soleira sem que nenhuma delas se desmaterialize. Pronto. Não aconteceu nada. Do lado de fora, com os pés afundados na vegetação – salsa, cicuta e grama –, a sensação de pesadelo fica mais leve. Volta a confiar na materialidade do terreno e, por extensão, em sua própria sanidade. Atendendo às exigências de Lis, verifica se, sob luz direta, o menino da foto tem um certo ar de Peter. Os olhos grandes, o nariz afilado, um desenho peculiar nas sobrancelhas. Não é uma semelhança incomum, mas também não descarta uma ligação genética. Afinal, as famílias do vilarejo se relacionam há gerações, com casamentos entre primos, espalhando seus traços pelo estreito raio de terra que podiam percorrer a cavalo. Mas a irmã não está pensando em árvores genealógicas. Não sabe bem no que está pensando.

— Ei, Lis, que tal irmos pra casa colocar Peter na cama?

— Por quê? Está muito pesado?

— Não, não é isso, é que...

— Ele já vai acordar. Não se preocupe. Ou, se você quiser, podemos acordá-lo agora. E assim nós três vamos passear. Perguntar a Lavinia sobre as fotos, essa sabe-tudo. E, se não, ao prefeito, que deve ter os registros de propriedade dessas casas, não é mesmo? Peter, Peter, pequenino... — Lis acaricia o cabelo do menino, despenteando-o, e depois sopra atrás de sua orelha. Ele estremece e protesta, ainda sonhando, ainda a salvo das coisas que não entende, e Erica quer mantê-lo ali, quer dizer, aqui, entre suas clavículas, mas não se atreve a dizer nada. Por mais que essa Lis não se pareça com Lis, a original pode voltar a qualquer momento com sua raiva de mãe ciumenta, e prefere lidar com ela neste estado. Quer ver até onde essa loucura as leva porque, deixando de lado os detalhes perturbadores, a irmã parece menos louca. Há alguns meses, qualquer desconhecido pode notar apenas olhando, a irmã não está bem. Agora, por outro lado, achariam que ela está feliz, talvez com um excesso de energia, como quem abusou do café, mas inserida no plano dos vivos, sem parafusos faltando. A atitude de Peter quando finalmente abre os olhos e eles se encontram parece confirmar essa intuição. Em vez de fazer seu habitual joguinho de grosseria e rejeição, em vez de se refugiar em Erica e gritar "você não! você não!" como se resistisse a um sequestro, ele se apoia nas costuras da mochila e tenta se desvencilhar dela para ir em busca de sua mãe. Nunca tinha visto os dois se abraçarem assim, como se seus corpos se encaixassem, sem relutância, e se emociona. Depois de tanto medo e tensão e adrenalina, precisa morder os lábios para não começar a chorar. Lis, por outro lado, parece ter uma amnésia tão profunda do que aconteceu antes que toma essa efusividade sem precedentes em Peter como normal. Ela tem um objetivo, e nada a distrai:

— Vem, meu amor, me dá a mão, vamos decifrar um mistério. Como os detetives, que tal? Como aquele cão de caça do desenho.

Mãe e filho começam a cantarolar a melodia de um desenho animado e partem para a estrada de asfalto, para as casas habitadas. Erica os segue à distância, o braço pronto para detê-los se essa bolha estourar de repente e eles caírem contra as pedras escondidas pelo musgo. Pisa como se o chão fosse uma alucinação prestes a desaparecer.

II

Gavetas, cômodas, baús, escrivaninhas, armários, sapateiras...
A mesma coisa sem parar. Desde que chegou. E quando foi
isso? Há quanto tempo está revirando esta casa em busca dos
segredos familiares? Apenas vinte e quatro horas. Olivia acha
incrível que em tão pouco tempo já esteja refazendo seus próprios passos, como se estivesse vivendo uma jornada homérica
em que o tempo é simbólico e as repetições são a estrutura.
Primeiro os ansiolíticos e agora isso, o maldito receituário. Sabe
que está aqui, escondido em algum lugar e apontando para ela,
cúmplice do crime, com seu número de registro, com sua assinatura impressa, mas se recusa a aparecer. Há muitos cantos
possíveis e não é fácil manter a atenção, a ordem, porque entra
e sai constantemente da cozinha, fica de olho no fogão – o
ensopado de carne e a panela em que cozinha a quinoa, que
sempre deixa empapar – e então retorna à busca ao tesouro
sem a ajuda de ninguém. É que o descaramento da irmã e das
primas não tem limite. Ela não apenas recolheu meias e limpou
restos de mingau que estavam juntando moscas. O problema
é que, se não fosse por ela, não teriam o que comer. Nora está
deitada no sofá e nem sequer se levantou para ajudá-la com as
sacolas das compras, e Erica está cuidando da criança porque

Lis decidiu tirar o dia de folga, claro. Virá com a mesa posta ou não virá, e as sobras, se houver, vão para os gatos do vilarejo. Mas também não se atreve a reclamar porque sempre foi assim. Delegam a ela porque houve um tempo, já pré-histórico, em que conquistou com afinco esse papel de serviçal. Se alguém dizia "que frio", Olivia corria para o cabideiro em busca de seu casaco. Se fosse necessário limpar a igreja, ou descascar alho, ou cuidar para que o fogo não se apagasse, ela se oferecia. A garota perfeita. Útil, discreta, prudente. Quis entregar-se a todas para compensar o que havia feito, o que não ousava confessar e que voltava a cada ladainha chorosa de sua mãe. "Por tão pouco, minha filha, perdemos ele por tão pouco." Não sabe quem colocou essa ideia em sua cabeça porque o coração de seu pai era uma bomba-relógio e, como tal, explodiu, mas a mãe estava convencida de que a ambulância havia chegado tarde, que os paramédicos do interior eram ineptos e que aquilo não teria acontecido se estivessem na cidade, perto de um hospital decente. Precisava de alguém para culpar e disparava contra o vilarejo e seus serviços interioranos – o que escondia, no fundo, uma repreensão à sogra –, mas, sem perceber, também disparava contra Olivia. Toda vez que especulava se seu pai estaria vivo caso nenhum segundo crucial tivesse sido desperdiçado, lembrava-se de seus pés, impedindo que chegasse ao pronto-socorro, e imediatamente ajustava o cilício. Não, não quero presentes de Natal, pode doá-los para a paróquia. Não, não vou ao cinema hoje, vou ficar em casa com a mamãe, para ela não ficar tão sozinha. Essa penitência durou anos até que a internalizou. Seu comportamento se autorregulava para o desprazer sem que precisasse se lembrar do crime pelo qual estava se castigando. Quando finalmente estudou para entender que seu pai tinha sido arrastado morto para fora daquele restaurante, a culpa permaneceu intacta nos níveis primitivos de seu cérebro. Por isso desconfia dos supostos benefícios da psicoterapia, pois não basta nomear a origem do gesto para que o gesto se apague. Há uma parte de si mesma que acha que matou o pai, e está mais ativa do que nunca agora que ela acha que matou a avó também.

O alarme do celular avisa que dez minutos se passaram desde que ela começou a cozinhar a quinoa. Então a escorre e verifica se, apesar de ter seguido as instruções da embalagem, não ficou dura. Virou uma pasta emborrachada que lembra mingau. Olivia fica louca de raiva e grita como uma tenista. Não suporta rótulos enganosos. Se dizem dez minutos, que sejam dez minutos, e, se eles não têm certeza do tempo ideal de cozimento porque muitos fatores podem intervir, que avisem, como a bula de qualquer remédio, cacete. Não sabe o que fazer com esta pasta. Descarta misturá-la com os legumes, porque, em vez de um refogado, teria almôndegas, e essa é outra opção, fazer almôndegas de legumes, mas teria que acrescentar ovos, que Erica também não come. Na verdade, ela mal come, e por isso parece uma ilusão de ótica, uma miragem que só esconde o ar atrás das dobras de suas calças três tamanhos maiores. Olivia tem certeza de que o veganismo da prima, ou talvez o veganismo em geral, esconde um transtorno alimentar, um jeito dissimulado e socialmente diferenciado de canalizar uma obsessão por controle, e que não é um comportamento inofensivo porque está claro que tanto Erica quanto Nora têm deficiências nutricionais; anemia, ao menos. Isso explicaria a exaustão extrema da irmã, embora não descarte que esteja assim, atirada no sofá como um corpo sem músculos, por causa das garrafas de vinho que estão faltando na adega e em cujos cascos ela tropeçou ao sair para o jardim, ou porque se atracou compulsivamente nos ansiolíticos que conseguiu ontem, ou porque combinou as duas coisas. Não seria a primeira vez que tem um comportamento de risco. Convive com uma alcoólatra, uma anoréxica e uma psicótica sob o teto de uma octogenária que cortou os pulsos. Parece uma piada, mas é sua família. Algo sombrio corre por essa herança genética que elas compartilham, algo irrevogável que a faz suspeitar de si mesma; por que eu não? Ou talvez eu também?

Por um tempo, seu medo se concentrou na hereditariedade cardíaca. Seu pai morreu de um defeito genético, uma cardiomiopatia hipertrófica que causa um espessamento do coração e que, se não for muito pronunciada, pode permanecer latente, sem se manifestar, por toda a vida. Foi o que aconteceu com a avó. Não sabiam que ela tinha a mesma doença que o filho até que Olivia abriu seu consultório e, como cortesia, como presente de inauguração para a neta, dona Carmen concordou em fazer um check-up completo. Olivia se lembra da ternura com que a avó tirou suas correntes de ouro para deixar que ela examinasse seu peito, as heranças de família ordenadamente arrumadas no papel toalha e seu peito nu, aquela intimidade insólita ao massagear sua pele com o líquido de contraste para o doppler, pele constelada de manchas, pele tão querida, e de repente, na tela do monitor, um estreitamento no ventrículo esquerdo, um excesso de tecido que também era uma espécie de relíquia, que lembrava o morto que ambas compartilhavam, como se ele estivesse ali e quisesse pregar uma peça nelas. Mas não era uma peça. Era um defeito genético, uma prova de maternidade. Olivia não é muito dada a esse tipo de interpretação, mas sentiu que havia algo bonito no destino que lhe permitiu diagnosticar em sua avó o que não teve tempo de diagnosticar em seu pai. Assim, talvez, compensava sua culpa histórica. Aquele era o sentido de sua vocação.

Depois de averiguar a questão na avó, apressou-se a examinar todos os seus parentes diretos para descartar que houvesse mais casos como o seu e não encontrou nenhum, mas, na rodada de check-ups, detectou um pequeno sopro na tia Amaya, que também tinha o colesterol alto, e por isso deixou um receituário nesta casa, porque aproveitava as reuniões de Natal e os aniversários para renovar as receitas de suas duas pacientes, e era mais fácil assim, ter tudo à mão para evitar que tivessem que se consultar. Não podia imaginar as consequências daquele gesto tão ingênuo, tão a serviço de cuidar de quem jurou cuidar, mas ainda acreditava que a ameaça que seus genes carregavam era de natureza cardíaca. Agora olha em volta e entende que o problema era outro, que o colete explosivo que elas carregam, esperando para ser detonado pelas condições adequadas, é o da loucura, e ela sabe pouco sobre isso. Sabe pouco sobre elas. Sente um ar familiar entre o vício em ansiolíticos da avó e o vício em vícios da irmã; entre as vozes que Nora ouvia quando criança e a psicose para a qual Lis toma remédios; entre sua própria tendência a se punir e o ascetismo em virtude de todas as causas nobres de Erica. Mas não sabe se isso é fruto da hereditariedade ou do entorno, culpa da biografia ou do destino. Só sabe que seria um consolo se os sintomas psiquiátricos tivessem fundamentos genéticos, pensar no suicídio da avó como no coração de seu pai, algo adormecido e programado para explodir sem aviso, porque isso aliviaria sua consciência. Se estava predestinado, não há nada que pudessem ter feito, bem ou mal, para influenciar o resultado. Se a avó era um e-mail corporativo daqueles que se autodeletam para não deixar rastro, não cortou os pulsos pelos efeitos colaterais de alguns remédios sem receita, mas porque não podia fazer mais nada. Infelizmente, resiste a teorias que a isentam de sua culpa. Sua culpa é o que lhe dá protagonismo, o que a transforma em sujeito. Prefere ser culpada do que não ser ninguém.

— Erica, você sabe da sua irmã? Esperamos ela pra comer?

— Não, está ficando tarde para o menino. Ela come quando chegar.

No final, mistura a quinoa na panela wok com um punhado de grão-de-bico refogado com aipo, pimentão vermelho e tomate-cereja e adiciona gengibre no final. O cheiro cítrico limpa um bloqueio em seus seios nasais que ela não havia notado até agora. Nunca se respira bem nesta casa, deve ser por causa do pó acumulado em todos os objetos inúteis empilhados nos armários, ou por causa das janelas pequenas, que não ventilam o suficiente. Percebe que não sente um apego especial por este lugar. Se não fosse tão difícil vendê-lo, se livraria dele agora mesmo. Para Erica e Nora, esse dinheiro viria a calhar, seria algo para começar seus próprios projetos e, para todas, seria uma espécie de divórcio: de agora em diante, cada uma por si. Fantasia que estão derrubando as paredes para limpar o lote e que o receituário fraudulento se perde para sempre nos escombros. Adeus à arma do crime.

Como emparedar um cadáver. A menos que o receituário já não estivesse na casa porque alguém o pegou. Alguém que gostaria de continuar falsificando prescrições, Valium, Adderall, Tramal, tudo o que vicia. Puta merda. Como não pensou nisso antes?

— Nora, põe a mesa, faz alguma coisa. Já volto.

Sobe as escadas trotando e se infiltra no quarto da irmã. Dá uma olhada rápida ainda da porta e percebe que pode revistá-lo sem hesitação, porque qualquer um diria que alguém já fez isso antes. A mala aberta na cama, ao lado do laptop soterrado por bolas de papel higiênico e embalagens de chiclete, roupas sujas no chão, um cinzeiro transbordando na mesinha ao lado da cama... Que pocilga. E por onde começar. Verifica a mala e encontra apenas sutiãs e alguns livros. Abre as gavetas da mesa de carteado, o guarda-roupa, e nada. Tem dificuldade de respeitar a bagunça, de reprimir o desejo de dobrar as calças que pegam pó no chão, e no final não consegue se controlar e as joga na mala. Durante o voo, chovem moedas e várias tralhas dos bolsos laterais. Não consegue deixar assim. Ela se agacha e varre o que caiu com as mãos. Bilhetes velhos, papel de enrolar cigarro, pedaços de sacos de lixo enrugados e, o mais desconcertante, umas bolinhas pretas que parecem pimenta. Ou será que é café? Abre uma com os dentes e descarta que seja qualquer uma das duas coisas. Tem um sabor amargo que lembra nozes que ainda não estão maduras. Melhor não perguntar. Devolve as moedas às calças e joga o resto no cinzeiro, escondendo-o entre as bitucas de cigarro. A irmã é uma porca, mas não parece ter roubado o receituário. Terá que retomar sua busca depois do almoço. Ou desistir. Ficar com a dúvida, que só está nos detalhes: quantas receitas faltam, que prazo de validade tinham, deixou alguma coisa escrita nas abas? Uma mensagem para Olivia? Todo o resto se reconstrói sozinho.

Enquanto desce as escadas, algo estranho acontece. Sente que, no enorme espelho que ocupa a parede do patamar, algo que não é ela está se movendo. Olha para trás e no corredor do andar de cima está tudo como deixou. Olha para seu reflexo novamente e, por um instante, as feições que vê não são suas. Parece ela mesma, mas é outra. Pisca com força, fecha bem os olhos e, quando os abre, sua visão está atravessada pelas habituais estrelas da enxaqueca com aura. Apenas isso. Assim que seu estômago estiver cheio, tomará um ibuprofeno preventivo e tirará uma soneca. Desta vez, a dor não a pegará de surpresa. Tudo está sob controle, mas essa ilusão visual que a despersonalizou lhe deixa um sabor desagradável, um nó de tensão na parte inferior do abdome e uma boca seca e pastosa, semelhante a como estava essa manhã quando acordou da paralisia do sono. Novos sintomas de enxaqueca? As náuseas são comuns nesse quadro. A vertigem, por outro lado, parece estar associada à dor na cervical. O que pode esperar tendo dormido no chão de lajotas do banheiro? Tudo o que acontece com ela é psicossomático, e a irmã e as primas desencadeiam sua ansiedade. Ela tenta não pensar mais nisso e se dirige à mesa, já posta com o refogado de quinoa, que de repente parece não um desastre culinário, mas um banquete de cores vivas, apetitosas e brilhosas.

— Bom proveito — diz para Nora e Erica, e se senta ao lado do menino, que já tinha começado a comer. Olivia as ouve mastigando e engolindo e nota um padrão rítmico, um código telegráfico que parece decifrável. Então se pergunta se, apesar de seu silêncio, não estão sempre se comunicando de alguma forma. O que será que estão dizendo ou já se disseram em linguagens ocultas ao longo dos anos? Onde estará o registro disso?

III

Não deveria ter comido. Nora estava, como sempre, com o estômago embrulhado, um punho firme na altura do esterno emitindo um sinal dissuasivo, mas decidiu ignorá-lo porque está comprometida com sua recuperação. Quer fazer o que imagina que as pessoas saudáveis fazem, e isso significa tomar sol, beber bastante líquido e se alimentar. Então, engoliu sem saborear o refogado de quinoa e grão-de-bico que Olivia colocou no setor sem carne da mesa, e a pouca força que lhe restava foi trabalhar em seu estômago. De repente, ficou difícil se manter ereta na cadeira, e cada mudança de foco, de perto para longe e ao contrário, confundia e embaralhava os contornos dos objetos. Não foi fácil se levantar e Olivia, é claro, achou errado ela fazer isso.

— Imagine, senhora, sempre um prazer servi-la, viu? Se gostou, deixe uma gorjeta.

Tentou responder *passivo-agressiva do caralho, já te dissemos mil vezes que cada uma pode fazer sua própria comida, ninguém te pediu nenhum favor, me deixa em paz*, mas apenas alguns grunhidos saíram entre seus dentes. Ela se despediu acenando e encarou as escadas sabendo que seriam um desafio: corrimãos, sobressaltos, descansos em cada trecho.

Agora pensa que ser velho deve ser assim, como viver em um carro que você mesma reboca, mas a verdade é que a avó era velha e nunca se arrastou dessa maneira. Como ela fazia? Como conseguia ficar de pé com tantos anos e tantos ansiolíticos nas costas? Parece incrível que ninguém tenha suspeitado que ela estava sedada e, ao mesmo tempo, aqui está ela, trinta e três anos e dificuldade para andar, e nem mesmo a irmã, que é médica, se importa. Mas ei, Nora, sem drama. Também não é nada para se preocupar. Pesquisou sobre isso e sabe que o que está acontecendo com ela é normal, quer dizer, o previsto. Seu consumo frequente de anfetaminas multiplicou o número de receptores de dopamina em seu cérebro e, agora que está se limpando, precisa alimentá-los com reservas endógenas, insuficientes para a demanda. Um corpo em desintoxicação é uma crise econômica, uma grande família que, de repente, passa a contar com um salário a menos. Mas os membros excedentes morrerão de fome. Em questão de dias, o excesso demográfico será corrigido e, aos poucos, recuperará seu equilíbrio. Só precisa descansar, fechar os olhos e esperar que tudo passe.

Já da cama, afundada em seu colchão de areia movediça, Nora se lembra de um livro que leu há muito tempo sobre uma mulher que tenta passar um ano sem acordar, à base de comprimidos, e pensa que gostaria de poder fazer o mesmo. Os fármacos e o tempo não são um problema. Se não houvesse testemunhas, ela se jogaria no sono, talvez em sonhos, até que seu corpo emergisse do poço. Mas elas estão ali. Sua responsabilidade com as outras, o mandato infantil de não incomodar ou fazer barulho, pesa mais do que seu desejo de se sobrepor sem que doa. Além disso, por mais que seja uma prática comum – metadona contra heroína, Valium contra tremores de abstinência de álcool –, é bem ridículo se livrar de uma droga com outra. Ridículo e bancário, como recapitalizar uma dívida. Pelo que ela sabe, as únicas substâncias psicoativas que poderiam ajudá-la a escapar disso são as alucinógenas, que não causam dependência e, portanto, vício, mas ela nunca as experimentou porque vão contra sua compulsão produtiva, não são compatíveis com o mundo do trabalho; pelo contrário, te tiram desse mundo e talvez te transportem para uma realidade alternativa cheia de monstros e demônios. Quando estava na universidade, várias vezes lhe ofereceram cogumelos alucinógenos e LSD, mas ela sempre os recusou. Ria daqueles que contavam suas experiências maravilhosas com gnomos e fadas e com o papel de parede ganhando vida, como se tivessem acabado de voltar da Disney. Olhava para eles com superioridade, aliás, porque, embora nunca tivesse tido uma viagem lisérgica e estivesse a anos de descobrir as psicoses da anfetamina, não era nova no campo das alucinações. As auditivas, especificamente, conhecia muito bem. Conviveu com elas desde a morte do pai, quando tinha apenas oito anos, até a adolescência. Naquela época, moravam em um apartamento velho e barulhento, separadas dos vizinhos por divisórias nada isolantes, e ela demorou um pouco para descobrir que, dentro daquele ruído caseiro, havia sons que só ela ouvia. Claro, foi delatada por sua irmã, com quem dividia um quarto e um beliche, em uma noite quando reclamou que os vizinhos estavam discutindo novamente.

— Não me deixam dormir. Eu odeio quando eles gritam.

— Do que você está falando? Você está inventando.

Nora começou a chorar, como fazia sempre quando Olivia zombava dela, e então sua mãe veio colocar ordem, o que está acontecendo aqui, já está tarde, e confirmou que não havia nenhuma batalha doméstica acontecendo no apartamento ao lado, que parassem de inventar desculpas para não dormir.

Nora não se lembra de se assustar com as vozes, mas se lembra daquele momento de incompreensão, de se sentir negada, com um desamparo que ainda dói. Precisava que acreditassem nela, que soubessem que não era uma mentirosa. Poderia ter engolido seu orgulho e mantido segredo, que é o que faria agora, que é o que faz. Mas naquela época era só uma menina. Insistiu até que prestaram atenção nela e imediatamente se arrependeu disso, porque as vozes de Nora desencadearam uma crise familiar da qual se lembra com mais veemência do que a que envolveu a morte de seu pai. Até então tinham vivido um luto letárgico, prendendo a respiração, mas aquilo rompeu a calmaria. Sua mãe, que não as levava ao parque há meses porque estava exausta do trajeto diário da escola para o escritório, entrou em um modo de atividade frenética. Tinha planos para todas as tardes. Visitavam a biblioteca pública, de onde voltava carregada de livros sobre psicologia infantil. Visitavam um senhor que era amigo da família e queria conversar a sós com Nora, e um médico que não era médico de verdade, mas tinha consultório e prescrevia chás de ervas e gotas para os ouvidos. Visitavam a tia Jimena, que as recebia com um lanche típico de uma festa de aniversário e sorria excessivamente e se trancava na cozinha para conversar com sua mãe sussurrando. O telefone tocava o tempo inteiro e todos tinham perguntas a fazer à menina, com o cuidado que se tem com os animais selvagens, para que não mordam. E como são essas vozes, querida? Elas te contam coisas? Você ouve o seu pai? A verdade é que não distinguia palavras concretas; eram ecos de algo que estava sempre acontecendo em outro lugar, ruídos de fundo, e aprendeu a abafá-los colocando música alta. Ganhou suas primeiras fitas cassete, álbuns das Spice Girls e No Doubt e Meredith Brooks, e Nora considerou o problema resolvido. Mas sua mãe não. Uma noite, à beira das lágrimas, ouviu ela dizer a uma amiga que finalmente havia marcado uma consulta com aquele psiquiatra infantil muito bom porque a coisa estava fora de seu controle e era hora de pedir ajuda de verdade. Por sorte, as férias da Semana Santa chegaram antes, elas fizeram as malas e foram visitar a avó.

Tremendo debaixo das cobertas em pleno verão, com cem euros na conta e a certeza de que sem metanfetamina nunca mais escreverá uma palavra, Nora não tem dúvidas de que sua vida está virada de cabeça para baixo, mas sabe que tudo seria ainda pior se a avó não a tivesse salvado daquilo. Porque viu o que um diagnóstico é capaz de fazer com uma criança, a forma como o rótulo engole o indivíduo e a doença se torna uma profecia autorrealizável, e não é legal. Na universidade, conheceu uma garota que começou a tomar metilfenidato para TDAH na escola. Já no ensino médio, ela se sentia apática e muito ensimesmada, recebeu o diagnóstico de depressão e alguns comprimidos que a estabilizaram até que se livrou da guarda dos pais e começou a se esquecer de tomá-los. Então, uma noite, no meio de uma festa onde só se falava de sexo, ela se trancou no banheiro com uma faca e amputou seus grandes lábios porque dizia que eram tão grandes que não a deixavam ter orgasmos.

Foi internada no hospital e então retomou seus estudos e se formou e viveu o que chamam de uma vida decente, embora Nora imagine que a garota ainda não deve saber o que é um orgasmo, porque ela também não consegue gozar quando está drogada. Pensa nessa garota com frequência porque a imagina como outra versão possível de si mesma, a lobotomizada e a viciada, a pessoa que teria se tornado se tivesse sido levada para se consultar com aquele psiquiatra.

Nunca vai esquecer a gargalhada que a avó soltou quando lhe disseram que sua neta ouvia vozes. Foi como se uma arma de ar comprimido tivesse disparado. Como se oxigênio de repente entrasse em uma tumba.

— Ah, mulher, e por acaso isso é um drama? Eu ouço vozes desde que me conheço por gente! E aqui estou, tão louca ou tão sã como qualquer um.

Ela se lembra dessas palavras como se dona Carmen as estivesse ditando agora mesmo, alojada em seu crânio, e se pergunta se isso também é "ouvir vozes". Às vezes gostaria que voltassem a ter o poder que a avó lhes dava ou que a avó simplesmente voltasse para transformar sua loucura em um dom. Ela achava que as alucinações eram uma dádiva, uma marca de singularidade, tão característica de si mesma quanto seu nome ou suas pintas, e que não deveria reprimi-las porque, no devido tempo, elas se mostrariam valiosas. Sintonizando frequências aleatórias, chegaria a uma estação que seria só sua, e o ruído se transformaria em diálogo; as interferências, em mensagens. Nora sempre foi cética, sempre materialista, e parou de ouvir as vozes sem que nenhuma dimensão psicomágica se manifestasse. Agora se sente tão fraca que deseja ter algo em que acreditar e que invocar. Algo para lhe fazer companhia e distraí-la, com ruído, do ruído que seu corpo danificado faz. Mas, desde que a abandonaram na adolescência, as vozes só voltaram com metanfetamina, à beira de uma overdose. Como aquela noite em seu antigo apartamento na cidade, quando ouviu o namorado transar com uma garota e depois descobriu que nem a garota, nem o namorado tinham passado a noite em sua casa, que todos a deixaram sozinha para ir a uma discoteca e que, portanto, aquilo só aconteceu em seus ouvidos. Aquela foi a última vez. As vozes vieram para fazê-la desconfiar do namorado e, embora a cena que desencadeou o rompimento nunca tenha acontecido, ela sabe que havia algo de verdadeiro em sua paranoia, que o que imaginava era uma metáfora para uma apreensão real e que foi o gatilho que ela precisava para sair dali, de uma relação ao mesmo tempo doentia e inócua que teria eternizado por preguiça. Então, como sua avó teria dito, as alucinações tinham razão, um toque de verdade. É uma pena que não tenha controle sobre elas, que não saiba como acessar seu inconsciente toda vez que se depara com uma encruzilhada. O que pensariam da proposta de Rober, por exemplo? Existe alguém dentro de si mesma que tem a resposta para perguntas difíceis? E, se sim, por que parou de ouvi-lo? A verdade é que a infância é um período em que não se rejeita o inexplicável, porque quase nada tem explicação. Aceitamos a chuva sem entender de onde ela vem e aceitamos as interferências. Porque é óbvio que há interferências. Ela sente quando está com Peter. O menino entra e sai o tempo todo do espaço em que vive com elas. De repente exige, se comunica, atende, e de repente você fala com ele e não há resposta, nem sequer um movimento muscular. Não pisca diante de um grito e nem com a luz de uma lanterna brilhando em sua córnea. Simplesmente não está lá. Segue atento, observando algo que não se compartilha, como aqueles colegas de faculdade que tomavam cogumelos alucinógenos e ficavam absortos durante horas na textura das paredes, mas com o organismo limpo, sem tecnologias que facilitem a viagem.

Drogas não são feitas para crianças porque elas não precisam delas. São feitas para adultos, para quem perdeu a capacidade de mudar de frequência e não lembra mais o que era. Precisam cumprir uma função intrínseca, evolutiva, que vai além dos interesses do narcotráfico e das empresas farmacêuticas, porque sempre estiveram ao alcance dos aradores de terra. É o que aprendeu esta manhã em seu passeio com Erica. Que as monoculturas de girassol para biocombustíveis são fruto da mão humana e definharão quando não puderem contar com essa mão, mas que, sem sulfatos ou arados que revirem a terra, as plantas mágicas persistem nos canais de irrigação e nos páramos. Guarda o fruto de uma delas no bolso da calça jeans. *Datura stramonium*. Promete uma viagem, uma fuga desse corpo que quer expulsá-la, e promete amnésia. É por isso que não é muito popular entre os usuários de alucinógenos, porque o que acontece em datura fica em datura, mas ela também não quer se lembrar. Quer acordar no dia seguinte sem consciência do dia anterior e assim por diante até que seu cérebro aprenda a funcionar sem estimulantes. Por que não? Que mal poderia fazer a si mesma que ainda não tenha feito. Se as vítimas de estupro com burundanga sobrevivem ao seu consumo, ela também voltará para não poder contar. Uma única semente. Escura como o interior do corpo. Como o que os globos oculares veriam se virassem cento e oitenta graus. Ela a visualiza e antecipa, lembra-se do gesto com que a guardou junto com outras no bolso de trás da calça, mas, quando vai buscá-la, não a encontra. As roupas que tirou após a caminhada estão limpas; na verdade, limpas demais para que sejam suas, embora esse pensamento seja paranoico, parece um sintoma, e o bloqueia. Engatinha pelo quarto para o caso de as sementes terem caído e se espalhado quando ela se despiu, mas nada. O carpete cheira a mofo quando tudo está seco, ressecado, tostado. É nauseante, mas precisa encontrar o que perdeu, rastejando para debaixo da cama, impregnando-se do pó que é feito de pele morta, pele morta de quando a avó era viva, e moscas e insetos que morrem continuamente porque seu ciclo de vida é absurdo; o pó é a areia das casas do interior, farinha de restos orgânicos, e, quanto mais pensa nisso, mais seu estômago se revira, mas continua cavando os cantos e recantos que os aspiradores de pó nunca alcançam. Como pode querer tanto algo em que não tinha pensado até um minuto atrás? Bem, isso é o que significa ser viciado, diz a si mesma com um tom que lembra sua irmã, e nesse momento a verdadeira voz de Olivia soa do outro lado da porta:

— Posso entrar?

Nora se apressa para sair de baixo da cama e bate a cabeça na estrutura de ferro. Deixa escapar um palavrão e Olivia insiste:

— É que estou me sentindo um pouco estranha...

Ela se sente um pouco estranha. Nora acha engraçado.

— Entra, entra.

Olivia fecha a porta, mas fica ali, imóvel, olhando para ela fixamente. Está com a expressão desses pacientes que vão se consultar com o oculista e voltam depois de um tempo com as pupilas atrofiadas pelas gotas de atropina. Nora está familiarizada com eles. Já a assustaram mais de uma vez na sala de emergência, enquanto lutava para se controlar em meio a tremores e taquicardias. Sente um leve déjà vu antes que tudo se torne insólito.

— Eu sei que isso não é real, mas eu tenho que te dizer que você está sangrando um rio de tinta preta pelo nariz, e eu preciso saber por quê.

Nora instintivamente leva a mão ao nariz, sufocando um susto. Uau, isso é novo. Tão novo que de repente se desanuvia e se cura como se tivesse recebido a dose que acabaria com sua abstinência e se pergunta se isso não seria a resposta, estímulos inusitados, surpresas e desafios absurdos para aplacar a ansiedade do vício, sua doença de tédio.

Do lado de fora do vidro fumê, pensa com lucidez e imediatamente compreende o que está acontecendo com a irmã, mas resolve se divertir um pouco e guarda a informação para si mesma.

— Olivia, o que mais você está vendo?

— Vejo você rodeada por um círculo azul.

— Isso é a aura. Não se assuste. A vovó também via.

IV

Lis rebobina a conversa que teve com a irmã e, repetidas vezes, para neste ponto em que segura a fotografia diante de seus olhos e grita:

— Você realmente não está vendo?

— O quê?

— É o Peter!

Foi aí que deu errado. A escolha do verbo "ser", "é o Peter", denota uma identidade absoluta, uma metáfora em vez de um símile e, portanto, falha endêmica, defeito, psicose. Ela queria dizer outra coisa, algo muito mais complexo e difícil de verbalizar, mas, por uma questão de concisão, foi essa a frase que saiu e agora é irrevogável, porque um louco não pode voltar atrás. Um louco não pode sequer argumentar que não está louco. Isso confirmaria o diagnóstico. Por isso fica quieta. Uma das coisas que aprendeu no hospital psiquiátrico é que, de agora em diante, o melhor é não falar. Qualquer coisa que disser será usada contra ela. Uma pessoa sã pode dizer coisas como "vi meu pai falecido no espelho do banheiro", mas ela está condenada a constatar o óbvio, olha ali uma árvore, ali um pássaro, está um dia lindo, não é mesmo? Na euforia do momento, esqueceu essa regra básica, a proibição de dizer o que realmente pensa, e a única coisa que pode fazer para compensar sua transgressão é manter silêncio. Deixar que Erica a siga a uma distância segura, que a observe, avalie, e rezar para que ela não compartilhe suas apreensões com ninguém. Principalmente com seu marido. Mais cedo, assim que entrou na casa, quando toda a sua atenção estava voltada para o baú que acabara de encontrar, ignorou uma de suas ligações de controle diárias, breves e impessoais como um lembrete da assistente de voz, e depois desligou o telefone para que ele não continuasse a incomodá-la. Ela nunca tinha feito algo assim, quer dizer, nunca desde que fora internada, então espera represálias, mas o marido provavelmente procurará Olivia, que é a médica e a responsável da casa, e Olivia não tem por que saber que ela usou o verbo "ser" quando queria usar qualquer outro.

Anos atrás, Lis conheceu uma mulher que se parecia muito com ela. Foi durante as filmagens de uma série para uma televisão local, em um de seus primeiros trabalhos como assistente de fotografia. Sua cópia era maquiadora e Lis gostava de observá-la enquanto preparava os atores para as gravações, de costas para ela ou em ângulos que escondiam os detalhes fisionômicos que mais as diferenciavam. Não era apenas pelo cabelo, pela altura e pela constituição, nem pelas feições de boneca; elas também se movimentavam de maneira semelhante, com gestos bruscos e rápidos, como motoristas de primeira viagem, e isso era o excepcional, o que lhes dava um ar de família embora não fossem, o mesmo ingrediente pelo qual ela e Erica se parecem, apesar de não serem nada parecidas. Analisando-se através dessa mulher, descobriu que, nelas, havia uma discrepância entre conteúdo e forma; que seus corpos pareciam um disfarce, tinham uma suavidade e curvas que não combinavam com aquela qualidade enérgica que as representava acima de tudo e que era a principal razão pela qual elas eram muitas vezes confundidas, embora sempre de longe. Quando, na festa de despedida, se caracterizaram para que parecessem idênticas, descobriu também que, de perto, não existe prótese suficientemente exata para confundir dois rostos que não são gêmeos. A verdade é que nem gêmeos idênticos são idênticos. Suas mães que o digam. Que o digam todas as mães, que reconhecem seus filhos em meio a um turbilhão de uniformes escolares com um simples olhar. Não há como enganar uma mãe, e Lis é mãe. Agora está segura de si.

Quando se lembra do Peter que se perdeu atrás das cortinas do quarto das cortinas, quando procura aquele traço inconfundível que lhe permitiria reconhecê-lo por trás de um quilo de maquiagem e próteses sofisticadas, pensa, sobretudo, em seus lábios. Não é que o novo menino tenha lábios muito diferentes; a peça em si é a mesma ou seria se existisse como uma peça autônoma, disposta em um mostruário junto com os lábios de outras crianças. O que distingue o Peter de agora do Peter de antes é sua tensão, o gesto permanente de sucção, como se quisesse que fossem mais finos, menos perceptíveis, sempre para dentro. Muitas vezes sentiu que o rosto que emergia das cortinas era o de alguém tentando se parecer com outra pessoa, e não apenas por causa dos lábios: o cenho franzido para que as sobrancelhas se arqueiem em forma de V; a mania de morder as bochechas, o que o faz parecer mais anguloso... Quando ainda se permitia pensar na transformação sem se censurar, antes que o tratamento bloqueasse qualquer acesso à memória do que tinha vivido, tendia a concluir que o novo Peter não era produto de uma modificação celular, mas algo mais sutil. Habitava o mesmo corpo, mas o habitava a contragosto, com nostalgia de outros traços. Assim, quando viu a fotografia, milagrosamente ilesa dentro de um baú carcomido por traças em que se aninhavam minhocas, soube que sua intuição sempre esteve correta e que acabara de encontrar o modelo original.

Então não é o que disse a Erica. Não é que essa criança presa em um daguerreótipo do século XIX seja seu próprio filho, mas, sim, que seu filho vive em uma contorção perpétua para se parecer com aquela criança que ainda não sabem quem é. Parece irreal, sinistro, incompreensível, mas nenhum psiquiatra jamais a convencerá de que é produto de sua imaginação, não agora que tem provas fotográficas. Ela se sente lúcida como nunca, ou lúcida como antes, como antes dos remédios. Na verdade, enquanto repassava as fotografias e se maravilhava com sua capacidade de distinguir e memorizar cada detalhe, teve um momento de pânico. Será que esqueci de tomar meus remédios? Mas verificou as cartelas e faltavam os que deviam faltar. Ainda está sob os efeitos do antipsicótico e, apesar de tudo, pensa. Fluentemente. Corajosamente. O cinematógrafo foi desobstruído e, finalmente, os fotogramas se transformam em imagens em movimento. Finalmente vai chegar ao fundo desse assunto. Deve isso a si mesma e deve isso, sobretudo, a Peter, que é a verdadeira vítima dessa coisa que não tem nome. Como pode ser uma criança normal se há meses sente que seu rosto não corresponde a seu rosto? Quantas outras coisas, incluindo ela mesma, ele deve achar deslocadas ou deformadas? Vai descobrir a origem do que aconteceu com eles, resolvendo essa estranheza que se interpõe entre o filho e ela como uma barreira física que impede o afeto. Não importa que sua determinação lhe custe um confinamento, embora, se puder evitá-lo, melhor ainda. Portanto, a primeira coisa é recuperar a prudência. Espantar as dúvidas de Erica. Fingir. Ser uma louca boa, daquelas que não incomodam nem preocupam. Os questionamentos pertinentes ela realizará por conta própria.

— Olha, pensei melhor e quero ir pra casa. Já é a hora da soneca e tenho que colocar Peter na cama. Estava com a cabeça nas nuvens. Não me dei conta de que já estava tarde.

A reação da irmã não é a esperada. Seu rosto mostra alívio, mas também uma certa tristeza, como se estivesse decepcionada com alguma coisa.

— Bom, você que sabe. Mas não sei se o menino vai dormir de novo. Ele está tão feliz...

Erica tem razão. Peter não para de correr de um lado ao outro da estrada. Vai em busca de papoulas e, quando encontra uma do seu agrado, ele a arranca e dá a Lis, que está com as mãos cheias de pétalas sedosas e úmidas como fumo mascado. Seu filho parece querê-la de uma forma incomum, com todo o seu corpo. Em suas idas e vindas, não perde a oportunidade de tocá-la. Agora o tornozelo, agora as pontas dos dedos nos quais deposita uma nova flor. Está assim, pleno e generoso, desde que entrou na casa abandonada, e faz sentido, porque talvez seja a *sua casa*, um lugar de retorno. Lis faz um carinho no menino e em seguida finge se preocupar com o sol que está queimando, porque não colocaram protetor solar nele e esse é o pior horário do verão. Acaba de entender que, para a irmã, o maior indício de um surto é que negligencie o filho, que se mostre capaz de pensar em outra coisa que não ele, por isso veste a fantasia de mãe, como se fosse um salva-vidas, mas a verdade é que seu tempo a sós com o baú, o toque áspero das fotografias antigas, trouxe à sua memória seu quarto de revelação e, com ele, o tempo em que tinha uma escuridão própria, um tempo próprio. De repente sente saudade daquilo. De repente não entende mais, não lembra, como foi capaz de abrir mão de tudo aquilo com tanta docilidade, quase diria que com entusiasmo, como se desmantelar seu espaço criativo para preenchê-lo com pertences infantis fosse um rito de passagem, uma festa de quinze anos, e não uma renúncia selvagem. Porque uma coisa é abrir mão de um trabalho que sustenta, e outra, de uma vocação.

Quando começou os tratamentos de fertilidade, deixou as filmagens. Muitas horas em pé, muitas semanas longe de casa, longe de Jaime, que precisava ser mimado como se o corpo assediado por hormônios sintéticos fosse o seu. Mas, para compensar, retomou a fotografia artística, projetos pessoais aos quais não voltava desde seu curso de Belas Artes, e aquilo fazia sentido. Começou a trabalhar em uma série de macro-fotografias de pinturas medievais, detalhes ocultos em telas e policromias de temas religiosos que desafiavam o espírito sagrado que os impregnava: diabinhos de pênis ereto, uma planta alucinógena sob o pé de uma virgem... Subversões camufladas, escondidas da vista de todos, que depois transformava em uma espécie de decalque em azul da Prússia através da técnica de cianotipia. Tudo muito chique, muito punk, muito tatuável. Tanto que um galerista que ela havia ajudado com uma exposição de pôsteres de cinema clássico se interessou pelas peças. Queria visitar seu ateliê, acompanhar o processo, planejar uma possível exposição. Mas uma das primeiras coisas que Lis fez depois de confirmar o resultado positivo de seu teste de gravidez foi cancelar aquela reunião. Cancelar aquela reunião e abandonar suas aspirações artísticas logo depois foi uma decisão semelhante à de se empanturrar de bolos, pizzas de calabresa e todos os tipos de produtos altamente calóricos que sempre tinha se proibido. Um abandono libertador. Não precisava mais ser bonita ou famosa porque estava prestes a embarcar em um projeto que a satisfaria completamente, e que alívio deixar de ser ela mesma, deixar de ser o centro de sua própria vida e habitar à margem, nesse novo corpo, que logo se separaria dela. Agora entende que foi covarde. Tinha tanto medo do fracasso que usou Peter como desculpa para não ousar e o usou como desculpa para quase tudo. Até para ficar doente. Porque não estava louca por ver o que viu, mas pelo que veio antes disso e por tudo o que viria depois. Sufocou tudo isso até o ponto de o menino se lembrar de ter sido outro menino, filho de outra mãe, hóspede de outra casa, e agora não é mais fruto de si mesma. Mais uma vez é uma artista sem obra.

— Ei, Lis, você nunca me contou exatamente o que aconteceu. No Natal. Você sabe do que eu estou falando.

Achava que Erica a seguia de sua própria distância de resgate, mas de repente apareceu atrás de seu ombro com uma pergunta inesperada. Com uma pergunta em que preferiria não se meter pelo bem de sua estratégia, para continuar invisível, mas que não pode simplesmente ignorar sem que esse silêncio seja suspeito. A verdade é que fingir sanidade diante de quem duvida dela é exaustivo. A irmã deveria ter feito essa pergunta há muito tempo, mas Lis também deve fingir que ela chegou na hora certa.

— Foi uma depressão pós-parto. É comum. De repente você sente rejeição em relação à criança, não a reconhece como sua...

— Mas o que aconteceu? O que aconteceu na casa?

— Eu me assustei. Achei que tinha visto algo que não existia.

— Tipo um fantasma?

— Algo assim.

Erica continua andando a seu lado em silêncio, e ela inventa que Peter corre um perigo iminente na plataforma de caminhão em que ele subiu. Foge, ou pelo menos tenta, mas a irmã a segue como uma irmã mais nova, insidiosa, insistente. Coloca a mão em seu ombro e diz:

— Eu quero que você saiba que eu também noto. Tem algo estranho na casa. É uma dessas casas onde coisas podem acontecer.

Lis se contém. Não é burra e sabe o que Erica está tentando fazer. Trazê-la a seu território. Fazê-la sentir que está do seu lado para extrair o que mais tarde usará contra ela. Escapa da armadilha. Pega Peter nos braços e molha os dedos para limpar uma sujeira de barro em sua bochecha esquerda. Usa o menino como escudo. Mas a irmã persiste.

— O que acontece é que... Acho que essas coisas que a gente vê ou percebe e não entende completamente têm que ficar onde ficam os sonhos. Acontecem e depois são esquecidas, pra que a gente possa continuar com as nossas vidas. Você me entende?

Lis está ficando sem paciência, e o menino, como sempre, percebe e se aproveita disso. Reage ao desconforto de sua mãe dando-lhe um tapa retumbante e doloroso que enche seus olhos de lágrimas porque essa é a resposta natural à agressão gratuita, seja de quem for. O cessar-fogo acabou. Peter é mais uma vez um fardo irreprimível, um saco cheio de gatos engalfinhados, unhas que lhe cravam em todos os lugares. Ela o abraça como uma camisa de força, segurando seus braços e, enquanto ele chuta e grita e diz "me solta, você não, você não pode", ela volta para casa a passos largos. Várias vizinhas saem de casa para assistir ao show, mas Lis não se incomoda. O bom desse vilarejo é que todos aqui sabem que a criança é sua. Aqui ninguém vai olhar para ela como faziam na cidade, com desconfiança, porque uma rejeição tão selvagem faz os outros pensarem em ladrões, nas pessoas que rondam maternidades e parquinhos à procura de uma criança alheia com que preencher seu vazio. Aqui ela pode ser dura porque tem essa prerrogativa. Diante das nativas, poderia até fazer o impensável: responder à agressão da criança com uma palmada ou uma bofetada. Elas aplaudiriam porque são contra as reprimendas brandas, ou é isso que imagina. Mas Erica ainda está à espreita e não pode perder a paciência. Limita-se a manter seu abraço de contenção, e então lhe faltam forças. Suas mãos começam a se retesar exatamente como nessa manhã. Perdem o tônus, se desconectam dos nervos que recebem a ordem de aplacar o menino e, diante da cerca, Peter foge como uma lagartixa. Sai correndo sem controle de seus membros, arrítmico, em direção ao jardim, através do alpendre de lajotas soltas e dos perigos do vilarejo, o balde com as ferramentas, a tesoura de podar que alguém deixou aberta junto à cerca. Na fronteira entre o asfalto e o gramado, por causa do desnível, tropeça, voa e cai nas roseiras decorativas que crescem nas beiras. Lis fecha os olhos. Não quer ver. O sangue de seu filho a apavora como nunca se apavorou com o seu próprio. A última vez que Peter se cortou e ela teve que ajudá-lo, vomitou. Deixa que outras pessoas o socorram. Ouve gritos que são diferentes dos anteriores, de dor e não de raiva, e então a voz de Nora e a de Olivia também, Olivia ao resgate, e sente um alívio imenso. É verdade o que dizem, que sempre é bom ter um médico na família. E que também é preciso uma vila para criar uma criança, e hoje fazemos tudo sozinhas. Pela primeira vez ela está feliz de estar aqui, nesta casa, porque está feliz por suas primas estarem aqui, por haver mais mulheres com quem dividir o susto.

— O que houve?

Erica, recém-chegada, obriga a irmã a abrir os olhos.

— Traz o antisséptico, por favor — diz Lis, e, assim que a irmã desaparece no interior da casa, ela se dirige às primas.

A criança está nos braços de Nora, com a cabeça enterrada em seu peito para não ver os espinhos cravados sendo arrancados.

— Peter, querido, pobrezinho...

— Não chama ele assim que ele não gosta — Olivia fala com um tom de voz estranho. Mais rouco, mais velho. Lembra um pouco o da avó.

— O que você disse?

Lis fica na defensiva porque acha que isso é coisa de sua irmã, seu costume de chamá-lo de Pito em vez de Peter. Acha que a prima está se referindo a isso, mas está errada.

— Ele não gosta de ser chamado de Peter porque seu nome verdadeiro é Sebastián. Não é mesmo, meu pequeno?

O menino se vira para elas e segura as lágrimas para responder.

— Sebas — diz ele, e volta a se refugiar em Nora, que ouve a conversa com uma expressão divertida, como se não estivesse surpresa. Lis, por outro lado, está tão chocada que precisa verificar se a grama ainda é verde e a casca do salgueiro, áspera. Sem pensar muito, acreditando que tudo é possível, grita:

— E você é quem?

— Eu? Como assim quem sou eu? Olivia, é óbvio! Quem seria?

Nora gargalha, como se a irmã tivesse acabado de dizer a coisa mais engraçada do mundo, e Lis de repente percebe que é tudo uma piada, uma piada terrível para tirar sarro de sua psicose. É culpa de seu marido. Jaime deve ter ligado para elas e explicado por que é tão grave que alguém como Lis não atenda o telefone por algumas horas, alongando-se em todos os detalhes mórbidos: os gritos que ela dava naquela noite a caminho do hospital; o que os psiquiatras dizem que ela disse e o que ela mesma disse durante dias; seu pranto de luto no reencontro com Peter, que não era mais seu Peter, ao sair da internação; o que fez com o biombo da sala e as cortinas dos quartos na primeira vez que a deixaram sozinha em casa e as perguntas que fazia ao menino quando achava que ninguém estava ouvindo, é você?, é você mesmo?, até que ameaçaram tirar sua guarda e ela começou a se comportar. Por isso disseram: os fármacos estão funcionando. O que sempre funciona é chantagem.

Ridicularizaram tudo isso por meio dessa farsa e é tão cruel que ela não consegue entender. Perde o equilíbrio, perde o orgulho e começa a chorar no ritmo do choro de Peter. Chora, procurando o filho, mas são as outras que a abraçam. Erica também, trazendo o frasco de antisséptico nas mãos, acaba de entrar em cena e, portanto, não a entende. Ela se deixa abraçar por quem a ataca, o sopro depois da mordida, porque isso também é estar em família, o significado de família, famílias que machucam, famílias que matam, mas não te abandonam quando você desmorona.

Olivia fala novamente:

— Você tem algo na barriga. Uma bola de luz de uma cor que não é a sua.

Desta vez ela se dirige a Erica. Pela cara de surpresa que a irmã faz, diria que estão zombando dela também, e isso sim ela não entende.

V
PALAVRAS EM CÓDIGO

I

Erica está sentada no vaso sanitário com seu coletor menstrual em mãos e nenhuma gota de sangue nelas. O corrimento
rosado desta manhã acabou sendo um alarme falso. Ela não está
menstruada, e ainda não era a hora mesmo. Está muito cedo.
Dia vinte e três desde o início de sua última menstruação. Uma
anomalia sem precedentes. De repente, ela se lembra de um
conceito que Lis usava o tempo todo quando sua obsessão era
engravidar e passava o dia em fóruns de fertilidade, conversando com outras mulheres que viviam esperando o primeiro
sinal, antes do teste de gravidez, que confirmasse que desta
vez sim: era o sangramento de implantação. A ferida deixada
pelo embrião ao aderir ao interior do útero, a primeira mordida do hóspede. Sabe que é impossível porque não faz sexo
há meses, muito menos reprodutivo, mas tudo o que acontece
hoje parece impossível a priori e depois se confirma, então, pela
primeira vez, ela sente medo. Até agora havia participado de
uma espécie de carnaval sem repercussões, um lugar esotérico
no jardim da casa por onde a irmã, a prima e ela desfilaram dis-
ciplinadamente, uma a uma, para ouvir o diagnóstico que lhes
correspondia. Olivia dava consultas à sombra do salgueiro-chorão, atrás da cortina de folhas, ela de pé e a paciente deitada

em uma espreguiçadeira, mais médica impossível, a médium no avesso da cardiologista, e dizia coisas como:

— A luz de Nora é lilás, mas escurece nas margens. Da borda externa brotam fiozinhos pretos que se movem, esvoaçam e parecem girinos. Tenho que removê-los porque estão obstruindo os poros e impedindo que sua energia se limpe.

E então começava a beliscar o ar com sua precisão cirúrgica e Nora sofria espasmos abdominais que eram resultado do esforço para conter o riso, mas que, para um espectador sugestionável, atestavam que algo se recusava a sair de seu corpo. Erica deveria ter sido esse tipo de espectador, mas teve dificuldade de suspender sua descrença, e agora, sozinha e nua da cintura para baixo – e, portanto, honesta –, acha que é em parte porque se sentiu trocada. Ficou cínica por inveja. É que sempre foi ela que acreditou nessas coisas e é ela, portanto, que deveria ter protagonizado este episódio, não a tosca da prima. Resiste a aceitar que Olivia seja mais bruxa do que ela, mais a avó do que ela, mas a verdade é que experimentou alucinógenos em uma dúzia de ocasiões e eles nunca lhe causaram nada assim. Cores em movimento, objetos com olhos, formas de caleidoscópio... Nada muito diferente do que consegue ver quando entra em transe meditando, embora tenha tido experiências muito fortes de dissolução, a constatação, deitada na grama e em contato com a terra, de que seu eu não acabava nos limites de sua pele, mas que sua pele a conectava a um emaranhado oculto de raízes e micélio que eram extensões de seus próprios neurônios e lhe permitiam pensar como uma árvore e como um cogumelo e como o fungo em decomposição que transforma a morte em substrato, e também transmutações animais, transformar-se em urso e lobo e em uma divindade associada às jiboias, jiboias azul-coral. Foi depois de uma viagem de ácido, na verdade, que ela decidiu se tornar vegana, embora nem sequer tenha sido uma decisão. Simplesmente acordou sabendo que nunca mais poderia comer nada de origem animal. De repente, tinha a lembrança de ter sido um animal, de modo que seria uma forma de canibalismo.

Sim, agora que pensa sobre isso, se dá conta de que já teve sua dose de experiências transpessoais, psicomágicas e bizarras, que confirmaram sua crença em vidas passadas e um inconsciente coletivo transespécie, mas nunca nada parecido com o que Olivia está vivendo. O que Olivia está vivendo é inusitado e estrondoso, um comercial de estúdio de televisão, e é por isso que Nora ri daquilo, Erica tem que se esforçar para permanecer cética e a pobre Lis, que já estava impressionada com sua aventura na casa em ruínas, está presa no delírio como se também tivesse consumido o estramônio. Desde que o circo começou, comporta-se como um apóstolo, como um membro pleno de uma seita liderada por Olivia, a quem segue por todos os lugares, oferecendo-lhe goles de água do cantil de Peter, enxugando o suor de sua testa e exigindo que, cada vez que ela fala, as outras fiquem caladas. Também provocou uma discussão bastante feia sobre o menino, sobre ser adequado submetê-lo à clarividência de sua tia, algo que nem Nora, nem Erica achavam prudente.

Nora disse:

— Não vamos esquecer que é apenas nossa Olivia de sempre sob a influência de drogas. Mais divertida? Sim. Psicótica e potencialmente perigosa? Também.

E Lis reagiu com uma agressividade que não lhe é habitual:

— Claro, porque nós, psicóticos, somos sempre perigosos.

— Não quis dizer isso, Lis, me desculpa.

— Sim, mas você disse. Assim como você disse antes que Lavinia, a fofoqueira safada que se recusa a castrar seu cachorro e todo ano joga sacolas cheias de filhotes no rio, não é que ela seja má, é que ela é louca. Olha, tem loucas que são filhas da puta e loucas que são, sei lá, pessoas normais?

— Erro meu, prima. Vou cuidar pra não repetir. Prometo.

— Mas, Lis — Erica tentou mediar —, o que Nora queria dizer é que uma pessoa tão drogada quanto Olivia não é boa companhia para uma criança.

— Bom, eu não sei o que te dizer. Eu vivo drogada justamente para não tirarem a criança de mim.

Nora deu uma de suas risadas sarcásticas e aplaudiu.

—Touché. Nada a acrescentar.

A franqueza da irmã, que geralmente é muito discreta em tudo relacionado à sua doença, também a pegou de surpresa, mas insistiu por hábito, sem muita veemência.

— Mas é que ele é muito pequeno. Vai se assustar.

— Não, querida. Ele é o único que não está assustado. Vocês não se dão conta?

No fim, deixaram que ela decidisse, que bancasse a mãe, e os dois, ela e o menino, entraram no consultório de mãos dadas, sérios e circunspectos e mais parecidos do que nunca, com os ombros caídos e aquela mesma forma de V invertido entre as sobrancelhas, como se vibrassem na mesma frequência. Que dia estranho, pensou Erica então, enquanto Olivia sussurrava uma ladainha muito ritmada, quase um rap, que durou dez minutos durante os quais Peter ouviu com a atenção de um adulto ou de uma serpente hipnotizada. Que dia estranho, e isso que ainda não tinha chegado até aqui, a este vaso sanitário pequeno e desconfortável, querendo confirmar que ainda estava menstruando e que, portanto, nada do que Olivia alucina tem sentido, como só têm sentido as coisas que acontecem fora dos sonhos, isto é, que são literais.

Quando chegou sua vez, a prima colocou as mãos em sua barriga e, com uma voz que parecia duas vozes simultâneas, uma alta e outra baixa, disse:

— Erica, você não está sozinha e nunca mais estará. Sua luz é rosa fúcsia, muito intensa, e a de quem viaja em seu ventre ainda é branca, porque ainda está lá onde todos são brancos, mas terá cor, passará por todas elas até parar naquela que vai determinar o significado de seus passos, e será feliz e infeliz e viverá e morrerá e se reencontrará com você para nascer de novo e repetir tudo igual, exceto por um detalhe.

Erica entendeu por que Nora não tinha conseguido conter o riso, não tanto pelo absurdo da situação, mas também porque a presença de Olivia, sua voz distorcida e o movimento de suas mãos em torno daquela carcaça invisível que, aparentemente, envolve todas elas, despertava uma sensação de sobrecarga, um formigamento no peito que convidava o riso como um alívio. Ela, no entanto, não expeliu a tensão pela boca, mas a sentiu se desviando para o sacro, concentrando-se entre seus quadris como uma fonte de calor vibrante e desconfortável que pedia para ser liberada de outra forma. É também por isso que correu para o banheiro. É também por isso que ela está aqui, para se masturbar. Mas, quando começa, descobre que seu clitóris está dormente. A excitação não se origina em seu corpo, mas nesse corpo externo que só Olivia consegue ver, e não é o caso de pedir à prima que a alivie, então terá que aguentar.

A verdade é que há muito o que aturar e reprimir, não apenas o desejo. O pensamento mágico quer assumir o volante, com a bicicleta da avó que sabe que está escondida no galpão, entre os fardos de palha para alimentar o fogo, e pedalar até a cidade antes de as lojas fecharem para comprar um teste de gravidez. Mas sabe que o que a diferencia de Lis é que sempre mantém o pensamento mágico à distância. Não o nega, como Nora e como Olivia (embora ninguém saiba o que Olivia fará depois do que está vivendo), mas se assegura de que ocupa um lugar restrito, um espaço amuralhado do qual só ela decide quando e como sair. É algo que aprendeu com a avó, que combinava perfeitamente sessões espíritas e sessões de pechincha no mercado de segunda-feira, chás de arruda e Sintrom, misticismo e tesoura de poda. Quando alguém como o marido de Lis tentava zombar dela – "me disseram que você hiperventila para falar com os mortos" –, não tinha problemas em se adaptar às exigências materialistas de seu interlocutor – "são técnicas de respiração, querido, que vêm com suas heranças de tradição e mito; se você não entra no jogo, elas não funcionam". É por isso que nunca a tomaram por louca. Deram-lhe o título de excêntrica, sem camisa de força ou estigmas. Queria que estivesse viva para fazer Lis entender. E para muitas outras coisas. Suicidou-se sem acabar de dar o curso de sobrevivência que cada geração que se vai dá à que toma o seu lugar. Não a fazer fogo com o atrito de pedras, nem a se orientar no meio da floresta através das estrelas, nem a escalpelar perdizes e lebres, como os homens fazem com os homens nos filmes americanos, mas a se camuflar entre caçadores de bruxas. Um instante atrás, ao saírem da casa abandonada, ela mesma tentou explicar para Lis. Que o problema não são as coisas que se vê, mas o que se faz com elas e o espaço que se permite que elas conquistem. Mas não quis escutá-la. Erica não tem o dom persuasivo que a avó tinha. Vai repetir, de qualquer forma, quantas vezes forem necessárias, até que a mensagem seja absorvida. Por enquanto, repete a si mesma. Não confunda o impossível com o improvável. Não se condicione para o que você não quer que aconteça. Porque você não quer, certo?

Ou talvez sim?

De repente ocorre a Erica que talvez Olivia não tenha visto uma verdade, um fato objetivo em seu ventre, mas um desejo; não o futuro, mas um futuro possível. A possibilidade de um bebê com suas sardas. Uma criança para educar a seu gosto, pulando horários e regras; uma criança para tirar da aula com a desculpa de uma consulta médica e levar a um passeio à praia, para pegar búzios e conchas que têm um buraquinho e que você pode juntar em um cordão. Alguém com quem compartilhar uma intimidade absoluta e perfeita, para apagar a memória de todas as anteriores que falharam. Nossa. Parece que sua imaginação já esteve aqui antes. Conhece o terreno. Mas se esquece de suas condições materiais. Uma mulher solteira que tem empregos temporários na indústria hoteleira e volta para a casa dos pais toda vez que está desempregada não é uma mãe, é uma filha. Ela ainda é uma filha. E irmã caçula. E tia de Peter. Neta não mais. Agora, herdeira. Também não deve se esquecer disso; daqui em diante ela terá esta casa, um lugar para se enraizar e onde construir uma vida que poderia abrigar outra vida. Talvez tenha vindo aqui para isso, para inaugurar um ninho. As cartas também lhe disseram isso. Aquele dois de copas tão teimoso com que o baralho da avó a recebia e que o manual de interpretação associava a gravidezes e projetos criativos. Há tantos sinais que seria tolice ignorá-los. Não conhece sua natureza exata, não sabe se é ela que os invoca por um desejo reprimido ou se é alguém, de outro plano, que os coloca diante de seus olhos para que ela possa interpretá-los, mas é inegável que estão lá.

— Erica? Você está bem?

— Sim, sim! Já vou!

Sobe a calcinha às pressas e deixa o coletor menstrual na pia onde também enxagua as mãos. Ao abrir a porta, a irmã a empurra de volta para dentro do banheiro e se tranca com ela. Carrega Peter, que está muito formal e muito sério. Está assim desde que Olivia o sentou em seu divã-espreguiçadeira. Não está nem reclamando dos arranhões que a roseira deixou em suas pernas. Parece que está em outro lugar.

— Nora está ficando nervosa porque Olivia diz que quer visitar todas as vizinhas do vilarejo para oferecer seu dom — Lis conta, e as duas riem. — Não para de repetir: "Temos que nos abrir para o mundo, temos que abrir a casa para o mundo".

— É uma pena que não vai se lembrar de nada disso.

— Por que não vai se lembrar?

— Pelo tipo de droga que ela tomou. Causa amnésia.

— Bom, o importante é que a gente se lembre do que ela nos disse. Tudo parece tão real que não consigo acreditar que seja culpa de uma planta... O que você acha?

— Olha, eu acho que ela está mesmo intuindo coisas. Que se acionou nela essa capacidade que todas nós temos de prestar muita atenção aos detalhes e fazer previsões. Não sei. É típico dessas drogas. Também há pessoas que adquirem o dom de ver a música através de diagramas de cores e coisas assim.

— Foi o que a Nora disse. Mas eu pensava que você veria isso de uma maneira menos...

— Menos o quê?

— Menos científica.

Lis senta Peter sobre a máquina de lavar e abre a janela do banheiro.

— Você se importa se eu fumar?

— Desde quando você fuma?

— A Nora me deu um. Estou com um gosto estranho na boca que me lembra de quando eu fumava.

— Ok. Faz o que você quiser.

Erica não para de pensar que Peter vai cair da máquina de lavar, que é perigoso que ele esteja ali, mas o menino está tranquilo e ela decide arriscar, deixá-lo em paz. O que a surpreende é que Lis não tenha visto o perigo antes dela e, mais ainda, que ela fume indiferente, de costas para ele. Não sabe se isso é bom ou ruim. Gosta de ver a irmã, aquela com regras invioláveis e tensão contínua, relaxada e quase imprudente, mas algo lhe diz que isto é como a típica bebedeira que termina em lágrimas, um pico de euforia, algo que não dura.

— Ei, e o que ela te disse?

— Olivia? — Erica bufa. — Que eu estou grávida.

Lis leva a mão à boca e reprime um grito.

— Você está grávida?

— Não, Lis. Não estou grávida.

— Mas você comprovou?

— Se eu comprovei? Agora? Não, claro que não. Não tenho um teste de gravidez. E nem se eu tivesse. É impossível.

— Sei, isso é algo que todas nós já dissemos em algum momento e, de repente, um susto.

Lis começa a vasculhar a gaveta de plástico onde ficam os itens de banheiro. Descarta cotonetes, tubos de pasta de dente, lâminas de depilação e finalmente encontra o que procurava.

— Eu tinha certeza de que ainda tinha um da época que eu fazia a fertilização in vitro. Eu andava com dezenas deles na bolsa. Que horror.

— Mamãe, o que é isso? — pergunta Peter.

— É uma tira reagente. Você faz xixi e ela muda de cor.

— Eu posso fazer?

— Não, meu amor, é pra sua tia.

Erica recebe o envelope plástico e não sabe como reagir. O que quer que faça será absurdo, mas o melhor é manter Lis feliz, e entretida, fora do cerco de Olivia, que lhe desencadeia o imaginário que menos lhe convém, aquele pelo qual ela foi internada.

Não sabe por que seu pulso está tremendo se sabe que não vai dar em nada.

— Você quer que a gente te deixe sozinha?

Ela gostaria de ficar sozinha se fosse sério, mas é apenas uma brincadeira, então ela os convida para ficar. Lis lhe alcança o coletor menstrual, já limpo, e ela abaixa a calcinha novamente para fazer xixi dentro dele. Insere a tira reagente até a marca indicada e Lis conta até dez.

— Agora temos que esperar alguns minutos. Primeiro surge a marca da linha de controle e depois, se for o caso, a outra — explica, mas o que vem a seguir acontece às pressas. A tira absorve o líquido, fica empapada de baixo para cima, como uma esponja ou um evento paranormal, e aparecem duas marcas rosadas, uma mais forte que a outra, ambas inquestionáveis. Erica a deixa cair de suas mãos porque está tremendo.

— Isso está errado.

— Existem falsos negativos, mas não falsos positivos.

Lis está animada e Erica não sabe se é a típica reação de uma mulher que pensa que vai ser tia ou a de uma crente que acaba de encontrar a prova da existência de Deus. Cai de joelhos e vomita a seus pés.

— Tia, você tá bem?

— Não precisa se preocupar, Pito — responde, ainda tossindo, e a irmã a repreende:

— Não chama ele assim, por favor. Agora é Sebas.

E então vomita novamente.

II

— Tudo bem, Olivia, sério. Se você quer sair de casa, ok, mas não conte comigo. Eu vou ficar.

Cinco horas se passaram desde que a irmã começou a alucinar e Nora está exausta. Se sua viagem não terminar logo, vai preparar uma infusão com os tranquilizantes da avó, vai colocá-la na cama e elas dormirão juntas pela primeira vez depois de muitos anos. Pelo que descobriu na internet, onde não faltam artigos e notícias sobre intoxicação por estramônio – nada sobre seus efeitos mágicos, é uma droga de péssima reputação –, tem que monitorar seus sinais vitais, colocar o oxímetro de pulso regularmente e certificar-se de que os músculos que regulam seu sistema respiratório não adormeçam por até oito horas depois da ingestão, mas isso é a última coisa que está disposta a fazer por ela. Para todo o resto, precisaria de um corpo substituto, ou de uma bela carreira para cheirar, e deve evitar situações que lhe façam sentir falta de uma ajudinha química, deve fazer o que puder com o que tem: um começo de enxaqueca e os membros dormentes por uma dor que só melhora com uma dor aguda, à base de socos. Não pode seguir Olivia em seu país das maravilhas, é preciso decretar seu fechamento e, para efeitos práticos, no que diz respeito à irmã, não importa o que faça ou deixe de fazer, que aproveite ou desperdice as possibilidades de seu estado alterado de consciência, porque, aconteça o que acontecer, amanhã ela terá esquecido tudo aquilo. Olivia está no estado ideal para os estupradores. Não de submissão, mas a caminho de uma amnésia garantida. Carta branca. Uma interação sem repercussões. Estaria mentindo se dissesse que não sentiu o poder de estar sozinha com alguém que vai acordar sem saber do tempo que passou com você. Desde o momento em que se confirmou que a culpa era do estramônio, das sementes que ela tinha guardado no bolso da calça e que a irmã, indiscreta como sempre, testou para saber o que eram, Nora soube que poderia fazer qualquer coisa com ela, dizer qualquer coisa e sair impune. Então se perguntou: o que exatamente eu quero dela? Qual é a peça que eu roubaria se minha irmã fosse um museu? Pensou em machucá-la. Despejar o chá de valeriana fervendo em sua cabeça para ver o que aconteceria, isto é, o que aconteceria com ela mesma, com Nora, o que isso a faria sentir. Mas não teve coragem. Faltou-lhe uma emoção violenta que incentivasse o gesto, qualquer uma daquelas que a irmã habitualmente desperta nela, seja quando a recrimina por deixar a louça suja, quando ridiculariza as manchetes dos meios para os quais escreve ou quando desdenha de suas queixas do aumento abusivo dos aluguéis dizendo coisas como "você sempre soube que sua carreira não tinha futuro". Em um dia normal, com sua dose normal de anfetaminas, a lembrança dessas anedotas teria sido suficiente para despertar sua raiva e transformá-la em violência, mas a exaustão que sente também afeta suas paixões. Não deseja nada, não odeia nada quando a maior parte de sua energia está concentrada em conter um impulso e somente nisso. Então optou por algo diferente. Ela se atreveu a ser honesta.

— Eu diria que o que você vê, a tinta preta que sai do meu nariz, é uma projeção imaginária de algo que não é imaginário. Acho que você sente isso há muito tempo, mas ainda não conectou os pontos, e a datura fez isso por você.

— Você quer dizer que...?

— Que eu sou viciada. Em cheirar. Especialmente metanfetamina, mas não tenho nada contra cocaína, ou metilfenidato, você sabe, essas coisas que prescrevem para crianças com TDAH, ou produtos químicos de pesquisa, análogos que se compra on-line como 3-fpm ou sintacaína, embora deem a pior ressaca do mundo, efeitos cardíacos desagradáveis e venham na forma de cristais difíceis de esmagar e que ardem como água sanitária. Não, o que eu mais gosto é metanfetamina. Isso é certo. Comecei a usar em contextos de festa, quer dizer, em festas; "contextos de festa" é o que diria um psicólogo, você não acha? Um desses assessores que elaboram o plano nacional contra as drogas. O que eu quero dizer é que, no começo, eu cheirava umas carreiras nos sábados à noite, para clarear as ideias e poder continuar bebendo e ter conversas muito intensas e muito eloquentes com pessoas com quem eu queria transar, mas então um dia, em uma manhã de domingo, acordei com uma ressaca terrível e recebi um trabalho de uma revista em que eu queria entrar há muito tempo porque pagavam mais de quarenta dólares por artigo e o texto era pra já, tinha que começar a escrever depois de ter dormido três horas e com o fígado atrofiado, então me lembrei que tinha sobrado um pouco de pó da noite anterior e cheirei uma carreira no café da manhã. Arejei minha cabeça e me senti mais inteligente do que nunca. Escrevi como nunca. E foi assim que tudo começou.

Nora começou a falar pensando que seu objetivo era assustar Olivia, machucá-la de uma maneira sutil, mais sutil do que uma queimadura, mas a irmã impressionável e moralista que se encolheria com uma confissão dessas não estava lá com ela. Na verdade, Nora estava falando sozinha, com uma parede com feições e formas humanas, atenta, mas inexpressiva, e gostou do jeito que sua voz ricocheteava nela, o alívio que isso lhe dava. Muitas dessas coisas ela nunca havia dito em voz alta, e não sabia o quanto precisava expulsá-las, tirá-las de si mesma em ordem, submetendo-as a algum tipo de lógica, que, neste caso, era a lógica da linguagem.

— Na festa de aniversário do Peter, no banheiro, com o pó e uma nota escondidos no cano da bota; em um ônibus noturno com a unha do dedo mindinho; na casa dos meus ex-sogros, antes de embarcar numa viagem pela serra; na sala de espera do seu consultório; na funerária onde a vovó foi cremada e na casa dela: na banheira em que ela se suicidou e até no galinheiro quando ainda havia galinhas. Para trabalhar, para ler, para tricotar as luvas que dei a vocês no Natal passado...

— Você parece estar se gabando disso — Olivia observou sem qualquer emoção, como se estivesse informando dados objetivos.

— Pode ser. Mas não me orgulho. Pelo contrário.

— Mas você deve estar orgulhosa de, apesar de tudo, ainda estar viva.

Foi a partir daí que tudo se tornou realmente estranho. Olivia colocou uma mão em seu peito, na altura de seu coração, e começou a sussurrar um mantra incompreensível e gutural em uma voz que não soava como a sua. Nora começou a rir e, depois de um tempo, percebeu que lágrimas escorriam por suas bochechas; que não estava rindo, mas chorando, e não gostava de se sentir assim, incapaz de controlar suas reações emocionais. Então se afastou da irmã abruptamente.

— Acho que deveríamos sair pra você tomar um pouco ar.

E Olivia concordou. Entregou-se como uma garotinha, como uma irmã menor que ouve e obedece. Isso é um perigo, isso que está falando com você é o cabide, vem por aqui, não precisa ter medo. Ela a obedeceu em tudo até agora, mas já é tarde e, como as crianças, sente o peso do dia sobre si. Quer sair para a rua, oferecer sua visão às vizinhas do vilarejo. Reclama que ela e as primas vivem fechadas em uma bolha, que não se pode herdar uma casa sem também herdar seus laços, e se comunica em termos pomposos e com o olhar fixo em um ponto distante, como se estivesse lendo de um teleprompter:

— Precisamos nos abrir para o mundo.

Há duas Olivias, a visitante e a residente, assim como há duas Noras. A que pensa que seria divertido abandonar a irmã aqui e deixá-la causar estragos no vilarejo e a que se sente obrigada a cuidar dela, protegê-la das consequências de si mesma, porque não está sendo ela mesma. Ainda tem o poder de machucá-la e ainda não consegue machucá-la. Ao menos não esta versão de Olivia que vê tudo, mas não sabe nada, que é ingênua como um filhotinho e depositou sua confiança nela. Só quer alisar o seu cabelo, preparar-lhe um copo de leite e beijar sua testa antes de colocá-la para dormir. Então tenta acalmá-la. Tem experiência com isso. Com viciados em drogas que inventam algo absurdo de última hora, dirigindo até a próxima cidade em busca de um motel de beira de estrada onde a festa continua, ligando para uma ex-namorada, voltando ao restaurante onde jantaram na noite anterior para alegar que o vinho estava estragado. É preciso conversar com eles, sem condescendência e sem avisá-los que estão assim por culpa da droga, porque isso tende a reforçar as fixações.

— Acho ótimo que você queira confraternizar com as senhoras do vilarejo, mas você precisa se lembrar dos costumes delas. A essa hora estão todas jantando um pedaço de queijo em frente à TV, com os pés sobre a estufa e de roupão. E de roupão não recebem visitas.

— Mas ainda está claro! Temos que aproveitar a claridade!

Nesse momento, um celular toca e Olivia corre para a espreguiçadeira onde deixou a bolsa. Nora não tem tempo de intervir. Quando chega a seu lado, a irmã já está com o aparelho colado na orelha e diz:

— Claro. Mas está cansada porque hoje aprendeu muito.

— Quem é? — Nora pergunta e não obtém resposta. Tenta pegar o celular para ver que nome aparece na tela, mas a irmã é muito mais alta e não consegue. Do outro lado da linha, distingue uma voz masculina. Um homem em um monólogo ignorando o silêncio de Olivia, que ouve e assente com a mesma expressão neutra com que ouviu Nora antes.

— Você está com medo — diz finalmente —, e o medo sufoca. Você e as pessoas ao seu redor. Você precisa depositar isso em um objeto sem dono, em uma pedra, por exemplo. Sim, isso. Pegue um quartzo branco, despeje seu medo nele e enterre em algum terreno remoto.

Olivia afasta o telefone do ouvido e olha para a tela como se não entendesse.

— Desligaram, não?

— Acho que sim.

— Quem era?

— O marido da Lis.

— E o que ele queria?

— Nada. Controlá-la. Agora eu que vou ligar pra ele.

— Ah, cacete... Era só o que faltava. Me dá isso.

— Por quê? O que está acontecendo?

De repente, a Olivia visitante pisca no corpo da irmã como um aviso de bateria fraca. Ela vê a coisa acontecendo. Uma expiração profunda com a qual seus ombros e a cervical colapsam. Uma tontura. Uma mudança de marionetista. Ou quase isso. Quando se levanta novamente, não é exatamente a Olivia de sempre, mas também não é a anterior. Está muito pálida e faz um ruído estranho com a garganta, como se quisesse engolir e não tivesse saliva. Nora se preocupa porque leu que isso é um efeito indesejado da droga.

— Você está bem?

— Estou muito cansada. Quero me deitar.

Nora coloca os braços em volta de seus ombros e a conduz pelo caminho de pedras que leva à porta principal da casa. Finalmente, a viagem se aproxima de seu fim e ela se sente aliviada, fantasia com o colchão de sua cama, em se afundar nas molas do século anterior, mas também lembra o que implica o retorno da irmã a esse plano, ou o que deveria implicar, e pergunta:

— Ei, você ainda se lembra de tudo?

— Sim, mas não quero mais falar sobre isso.

Nora se preocupa. E se a dose não tiver sido suficiente para causar amnésia? E se no dia seguinte a irmã se lembrar de tudo o que ela lhe disse? Seu pulso acelera, e Olivia, como se adivinhasse, gentilmente aperta sua mão. Nora se acalma instantaneamente e se pergunta se será verdade que a irmã conseguiu canalizar forças ocultas, o poder de curandeiros que aliviam a dor somática absorvendo como aspiradores de pó a energia viciada do paciente. Claro, estava e está cética em relação ao que aconteceu esta tarde porque conhece melhor do que ninguém os delírios que as drogas podem causar, mas também acredita, com base em sua própria experiência, que as alucinações são uma linguagem em si, com seus próprios valores de verdade. Toda droga foi xamânica em sua origem. Todo viciado procura o transcendente. E talvez o encontre.

Entram na casa de mãos dadas como irmãs sem conflito, irmãs que se amam, e a verdade é que neste momento a ama com uma intensidade que lhe oprime o peito, quase tanto como quando era pequena e tudo o que fazia era para ganhar sua aprovação. Mas não importava que ela lesse os livros mais grossos da biblioteca da avó ou soubesse os nomes dos membros de suas bandas favoritas. Estava sempre no meio do caminho, sempre recebendo um empurrão de Olivia, especialmente para chegar até o pai, que a irmã se recusava a compartilhar. Esta é a primeira vez que se sente necessária e amada por ela, e isso não vai durar. A carruagem vai virar abóbora novamente. Olivia vai dormir e ser Olivia novamente.

— Precisamos de uma senha. Um código — diz a irmã.

— Pra quê?

— Pra lembrar.

Nora fica muda porque sente que a irmã entrou em sua mente, que acabou de ler seus medos.

Olivia se explica:

— Olha só, eu entendi tudo, e o que acontece é que não posso ter consciência do que aprendi hoje, porque isso me distrairia do meu verdadeiro caminho, mas acho que podemos arquivar a experiência como se fosse um livro da biblioteca, pra que não se perca pra sempre. Colocamos um código, um nome específico, pra eu poder acessar quando o ouvir.

A solução proposta por Olivia, tão pragmática, é típica da Olivia de sempre, então precisa se apressar. Nora começa a procurar e descartar palavras como se fosse resolver um jogo de palavras cruzadas. Pode ser qualquer uma, mas está procurando uma específica, ainda não sabe qual. Justo nesse momento, passam pelo banheiro do andar de baixo e ouvem um barulho incomum lá dentro. Tosses e burburinhos e um barulho que parece de cabos de vassoura. Nora solta a irmã e vai até a porta perguntar se está tudo bem, mas Olivia a impede.

— Você não pode entrar aí. Você não faz parte do que está acontecendo com Erica.

Tem razão. O que quer que esteja acontecendo lá, não é uma história sua. Seu lugar é com Olivia, no andar de cima, no quarto onde esta tarde assombrosa se dissolverá. Mas primeiro precisa escolher a senha. Uma palavra que não seja de uso comum, que não possa ser usada espontaneamente e que, ao mesmo tempo, signifique algo para elas.

— Já sei. Ahlitrot.

— Ahlitrot! Nosso grito de guerra!

Nora se lembra de uma das poucas ocasiões em que ela e a irmã estiveram unidas na infância. Dois verões após a morte de seu pai, ninguém mais lhes oferecia o respeito solene que se dá às sobreviventes de uma tragédia e elas também não tinham amigos no vilarejo, então as crianças ficaram contra elas, especificamente contra Olivia, que viam vagando com suas leituras volumosas debaixo do braço e seu corte de cabelo masculino. Olivia, a tortilha. Olivia, a tortilha. Cantavam isso toda vez que passavam pela grade do jardim e Nora, que ainda era muito nova para entender o que aquilo significava, tinha ouvido a avó dizer que o melhor a fazer com os insultos era dar a volta neles, então foi isso que ela fez, literalmente, e começou a atirar pedras neles gritando "Ahlitrot". Passaram aquele verão refugiadas dentro de um carro sem motor nem rodas abandonado no alto da colina, e Ahlitrot era a senha para entrar. Elas nunca mais tinham jogado juntas até este momento, porque isto é um jogo, ela sabe, e a única maneira de jogar bem é acreditando nas regras.

— Então, combinado. Quando você disser "Ahlitrot", vou me lembrar.

— Tem certeza?

— Do quê?

Olivia boceja e se apressa na direção de seu quarto, mas elas tinham combinado de dormir no de Nora, cuja cama é maior.

— Olivia, aonde você tá indo?

— Para o meu quarto, por quê? Estou cansada.

Nora não se atreve a segui-la nem a lembrá-la de que o plano era outro. Esperará ela roncar e, então, entrará em seu quarto e verificará se sua saturação de oxigênio está adequada. Melhor assim, porque teria sido estranho acordarem juntas sendo as de sempre. Elas se despedem no corredor enquanto Nora se esforça para não chorar, mas no fim chora, assim que a irmã se vira e ela fica sozinha com sua falta de tudo. Malditos receptores de dopamina. Maldito efeito rebote. Maldito amor que não nos corresponde e que depois fica preso como os molares que crescem contra o resto dos dentes. Nora se deita na cama e coloca um alarme no celular para checar Olivia a cada hora e, com o telefone em mãos, ainda encostada na cabeceira da cama, perde a consciência.

III

Observando a irmã, catatônica como um rato que se finge de morto, tentando entender o que está acontecendo com ela, Lis relembra seu próprio dia D, seu próprio estupor. O banheiro pequeno, onde nunca houve nada histórico, subitamente é imbuído de uma transcendência absurda. A segunda listra rosa, que no caso dela foi muito fraca. A incredulidade. E depois o choro. Que estranho chorar assim por algo que queria tanto. Erica vomitou em vez de chorar, mas a inércia é a mesma. Esvaziar depósitos. Renovar o tanque. Pelo que virá. Pelo que viria. Uma intuição dolorosa de que nunca nada é como se anuncia nem, muito menos, como se imagina. Peter nasceu em dezembro e não houve passeios no parque com o carrinho inglês. Nem momentos de leitura ao sol enquanto ele dormia. Ele nunca dormia. À noite ele acordava de hora em hora para mamar, e o dia começava antes do amanhecer, com seus olhos enormes sempre abertos exigindo estímulos e com aquela atividade frenética na parte de baixo do tronco. Chutes, pedaladas, flexões. Ele tinha acabado de nascer e já estava treinando para fugir, para fugir de Lis. Com apenas dois meses de idade, rolou de uma ponta da cama à outra e caiu no chão. Começou a engatinhar aos quatro e, com apenas cinco, ficava de pé no berço e gritava batendo nas grades para que o tirassem dali. A mãe de Lis se inquietava: esse menino não é normal. Você anda tomando café? Talvez você esteja passando cafeína ao menino pelo leite. Mas Lis não tomava nada que sua doula não tivesse aprovado. Durante um ano inteiro de gravidez e puerpério, seguiu rigorosamente cada indicação. Fez caminhadas diárias, tocou música clássica para o feto, praticou ioga para gestantes e exercícios perineais com uma bola inflável, o que talvez, ou talvez não, ajudou-a a parir sem complicações e sem nenhuma laceração. Tinha o melhor moisés, o melhor carrinho, o melhor *sling*, os melhores móbiles de berço com luzes e sons relaxantes. Mas recebeu o pior dos bebês. Era isso que sentia. Invejava as mães com as quais cruzava no parque e no pediatra, todas mais sortudas e sempre prontas para se gabar. Invejava as que faziam jogging com o carrinho, as que conseguiam checar o celular enquanto seu bebê se entretinha com jogos de construção, as que recebiam beijos e carinhos e, sobretudo, as que dormiam oito horas por noite desde o parto. Como poderia se comparar com elas? Como poderia desfrutar do filho se estava sofrendo o tipo de tortura disfarçada que usavam em Guantánamo?

Foi durante aquele primeiro ano de insônia que a membrana que sela a realidade começou a rachar. Viveu suas primeiras alucinações de madrugada, com a criança grudada no peito, quando, no espelho do quarto, via o reflexo de formas ou pessoas que haviam escapado do sonho em que parte dela ainda estava. Mas nunca a fizeram duvidar. Nem a assustavam. No dia seguinte, quando se lembrava do que tinha acontecido, a memória era distante e fraca. Por mais que o psiquiatra insistisse que o que aconteceu com Peter e as cortinas de flores pertencesse ao mesmo leque de experiências induzidas pela exaustão extrema, ela sabia que aquilo era diferente. Por isso o espanto. Mas também acha que o processo de abertura, essa mudança de percepção que lhe permitiu ver o que até então permanecia oculto, foi facilitado por seus esforços. Gritos metálicos toda vez que entrava no sono REM. Como cãibras em um rato de laboratório que se quer condicionar a recusar o descanso. Choros à noite e também durante o dia, e sempre sozinha com eles, porque se recusou a desmamar a criança, o que teria permitido delegar algumas noites a Jaime, e porque Jaime começou a trabalhar longas jornadas, como nunca tinha feito antes. Reuniões de emergência aos sábados. Compromissos inadiáveis com clientes na hora do jantar. Tão convenientes. No domingo, finalmente em casa e sem desculpas, Lis colocava o menino em seus braços e ele se deparava com um pedaço de carne desconhecido. A falta de jeito de um marinheiro de primeira viagem. Ao primeiro choro, devolvia o menino. Toma, ele está com fome. Toma, ele só precisa de você, e isso significa que não há escapatória.

Mas voltando ao começo, e voltando a sua irmã, Lis quer saber o que gostaria de ter ouvido, em seu próprio vaso sanitário, naquele momento de vertigem. O que a teria acalmado e, sobretudo, o que a teria preparado para o que se aproximava. De todas as mentiras e imprecisões que compunham suas ideias sobre a maternidade, a que acabou lhe causando mais dor foi o mito da semelhança genética. Durante a gravidez, perguntou a seus pais e aos pais de Jaime como eles tinham sido quando bebês, e obteve dois possíveis retratos robóticos, não muito diferentes, do filho que os esperava. Tanto seu marido quanto ela eram o que os cuidadores chamavam de "crianças fáceis", rótulo que se adquire por contraste e comparação com algum outro irmão que não saiu tão "fácil". Erica era agitada, mas você se entretinha horas a fio esfarelando biscoitos, a mãe lhe disse, e Lis ficou feliz. Então se sentou para esperar a mitose continuar como alguém que recarrega o toner de uma impressora 3D. Estava esperando uma fotocópia de si mesma, com algum vestígio do pai, ok, mas predominantemente dela; uma aventura no espaço-tempo que lhe permitiria embalar em seus braços quem ela foi e nunca conheceu. Agora, seu determinismo hereditário lhe parece ingênuo ou diretamente supersticioso, mas durante meses conviveu com mulheres que gritavam de dor quando recebiam a notícia de que nunca se tornariam mães genéticas de seus próprios filhos. Não podia ser irrelevante. Não podia se limitar à cor dos olhos ou ao histórico médico-psiquiátrico dos ancestrais. Mas assim era. Isso era tudo. Isso é tudo. Um corpo produz outro corpo, mas o corpo é apenas um recipiente.

— Você tem que entender que é como se um desconhecido entrasse na sua vida. Você não escolhe quem vai ser. Só promete que vai cuidar dele. Seja quem for. Ter um filho é sempre adotar um filho. Não saber de onde vem. Quem foi antes.

Erica tira a cabeça do buraco que criou entre suas coxas e braços e lhe devolve um olhar selvagem.

— Cala a boca, Lis, pelo amor de Deus. Cala essa boca.

Lis se sente atordoada, como quando Peter bate nela sem avisar, mas não desanima; está calejada dos golpes e, além disso, é possível que este ela tenha merecido. Até agora, não havia considerado a possibilidade de a irmã não querer um bebê, isto é, o bebê que esse punhado de células se tornaria, e essa pressuposição foi violenta. Mas é que faz muito tempo que pensa que Erica já é mãe. Há mulheres assim. Que sofrem a transformação que um filho acarreta antes mesmo de tê-lo e se entregam desesperadamente aos bebês de outras para não ficar sem objeto. É o que a irmã fez com Peter, quer dizer, com Sebas. Quase o engoliu, quase o tomou. Sempre sob o pretexto de ajudá-la quando estava tão fraca. Lis não podia nem reclamar. Só agradecer. Mas há coisas que não se faz. Você não compete com uma mãe que está fora de casa há um mês e não pode explicar por quê. Você não se antecipa e dá aquele brinquedo que ele está pedindo há semanas nem consente com o que é proibido para que ele prefira você a quem dita as regras. Isso não é ajuda. Não é um jogo limpo. Desejou que Erica quisesse um bebê porque pensava que, com um filho seu, pararia de saqueá-la, mas as coisas não estão mais onde estavam algumas horas atrás. A irmã não é mais concorrência porque agora só existe uma pessoa no mundo que sabe e entende o que seu filho realmente precisa, e essa pessoa é ela. O jogo acabou. Lis ganhou. E o vencedor deve ser generoso.

— Querido, por que você não dá um abraço na sua tia?

O menino está quieto há vinte minutos, despedaçando alguns sais de banho que saíram da mesma gaveta do teste de gravidez, e isso é incomum, mas não ter ficado bravo quando a mãe pediu que parasse de brincar é ainda mais incomum. Este é o novo Peter, quer dizer, Sebas. É Sebas cumprindo sua parte do trato, jurando solenemente, como fez sob o salgueiro-chorão, que vai parar de punir a mãe como tem feito até agora. Lis o coloca no chão e ele caminha sozinho com os braços estendidos em direção a Erica, que mecanicamente o abraça e logo o afasta apressadamente. E então de novo o nome. O problema do vocativo.

— Desculpa, Pito, é que estou um pouco tonta.

Lis quer ficar quieta e evitar o conflito, mas o menino olha para ela de forma intransigente. Exige que mantenha sua palavra como ele está fazendo, e ela precisa obedecer.

— Por favor, Erica, chame o menino de Sebas.

— Mas que diabos é isso, Lis? Você não se dá conta de que parece louca? Que todo mundo vai pensar que você enlouqueceu de novo?

Erica fica em pé e joga a tira reagente no lixo. Faz menção de sair do banheiro, mas Lis a impede.

— É o que seu sobrinho quer. Pergunta pra ele. Vamos lá, pode perguntar.

— É uma criança! Às vezes quer colocar as mãos em água fervente e às vezes se empanturrar de chocolate, e é pra isso que servem os adultos, pra dizer não.

— Era só o que me faltava! Isso sim é surpreendente. Você falando de educar. A que enche o menino de barras de chocolate assim que me viro.

— Eu não sou a mãe dele, Lis. E não quero ser mãe de ninguém.

Estão de volta ao ponto de partida, à questão de Erica, e Lis não sabe como abordá-la. Tem medo de perguntar. Como isso foi acontecer? Quem é o pai? O que exatamente significa a palavra "pai"? O terreno é viscoso e seria melhor ficar quieta, mas ela sente que lhe deve algo, uma compensação, porque aquela tira reagente, que para a irmã será sempre uma dor, para

Lis foi uma libertação de suas dúvidas, da imposição de um diagnóstico, de acreditar nos especialistas antes de acreditar em si mesma. Em uma dessas histórias fantásticas em que a protagonista acorda e parece que tudo foi um sonho, o teste de gravidez de Erica é o souvenir exportado do mundo impossível e confirma a veracidade da experiência. Olivia estava certa e, se estava certa sobre isso, não há razão para duvidar do que diz respeito a ambos, seu filho e ela. Do que Lis sempre soube. Que Peter não é Peter porque é Sebas. Que saiu outro, lembrando-se de ter sido outro, do meio das cortinas de flores.

— O que você quer fazer? Quer que eu te leve ao médico amanhã? Quer que eu marque uma consulta com a minha gine-cologista? Ela é ótima, e muito compreensiva.

— Não tenho plano de saúde.

— Não importa, Erica. Eu cuido disso.

— Preciso pensar. Mas obrigada.

Erica vai até a porta por um corredor muito estreito entre a pia e o corpo de Lis e, por um momento, fica presa em um vão. O ponto de união entre seus corpos, o dorso de Lis contra a barriga de Erica, começa a latejar como uma ferida conjunta e as lembra de quem são uma para a outra, do que deveria importar.

— Me escuta, Lis... Você tem que me prometer uma coisa.

— O quê?

— Você não pode sair por aí dizendo que Peter não se chama Peter. Por favor. É perigoso. Podem querer separar vocês de novo.

— Mas eu prometi pra ele. A gente fez um... um pacto de seiva.

— Um quê?

Erica ri e, por um momento, parece que tudo está resolvido. O menino se contagia e ri com ela também, pulando em uma lajota que está solta e funciona como uma pequena gangorra. Lis o pega no colo para que faça parte da conversa, para assinar suas palavras, como testemunha, e começa a descrever o que aconteceu debaixo do salgueiro, o que ouviram e fizeram por ordem de Olivia.

— Nós cortamos uma fenda no tronco do salgueiro e manchamos nossos dedos com seiva. Então os juntamos e a seiva endureceu como cola, selando o pacto. Não é verdade, Sebas?

— Sim. — O menino encenou o gesto, unindo a ponta de seu dedo indicador com o da mãe, e então, com sua língua enrolada, repetiu as palavras de seu juramento. Lis o entendeu perfeitamente, mas atuou como tradutora para a irmã:

— Eu disse: prometo respeitar quem você diz que é. E ele disse: eu prometo te perdoar porque você não sabia quem eu era. Ou, bem, ele tentou.

— Então... Não posso mais te chamar de Pito? — Erica bagunça a mecha de cabelo que se enrola no topo da cabeça do menino, e Lis nota que o pulso da irmã treme.

— Agora é Sebas.

— E por que isso?

— Olivia nos explicou que todas nós fomos alguém antes, mas que, em geral, nos esquecemos disso quando nascemos. Peter, quer dizer, Sebas, também tinha esquecido, mas, por algum motivo, de repente se lembrou no Natal, enquanto estávamos brincando de esconde-esconde no andar de cima. E eu vi, eu vi a mudança que aquilo causou nele, mas não consegui entender. Achei que tinham trocado meu filho...

Erica fica calada e Lis sabe que ela pode estar calculando se é melhor avisar diretamente ao marido, à mãe ou ao psiquiatra, o que fazer com a criança, como aproveitar a situação para roubá-la de novo, mas sente que não teve escolha ou que dizer a verdade era a melhor escolha, pelo menos com a irmã. Se a irmã não acreditar nela, ninguém acreditará. A única pessoa além da irmã que poderia acreditar nela está morta, e a maneira como ela morreu a desautoriza. Diante de um tribunal encarregado de determinar seu bom senso, a adesão de uma suicida à sua causa a faria perder pontos, porque o senso comum de nossos tempos dita que os suicidas são loucos. Então ela só tem Erica. A Erica das cartas de tarô. Da ioga e das sessões de reiki. Das plantas medicinais e da respiração holotrópica e dos benefícios de meditar em pirâmides; a que explicou que carma é algo que se vive nesta vida, mas vem da anterior, como as heranças. Lis nunca acreditou em nada e agora se pergunta se deve acreditar em tudo de uma vez, se a confirmação de algo impossível confirma o impossível em estado bruto ou se ainda existe a malandragem, quão grande é o universo de possibilidades fantásticas que se abre diante dela, quais são seus limites.

— Então Sebas é o menino da foto, não é? — Erica finalmente diz, mas é impossível dizer se seu tom é conciliatório ou irônico, então Lis apenas dá de ombros, com medo de se posicionar. — Bem, teríamos que descobrir quem foi e por que não vai embora. O que é que ele quer.

— Então... você está do nosso lado?

— Porra, Lis, estou sempre do lado de vocês...

Sente que a irmã está prestes a explodir em lágrimas e teme que, depois de abrir essa torneira, não será capaz de fechá-la. É outra coisa que ela lembra sobre aqueles nove meses que começaram em um banheiro assim, que os descarregos emocionais não tinham graus intermediários entre zero e cem; toda vez que chorava por alguma coisa, chorava tudo o que tinha. O estereótipo da gestante hipersensível. Uma desculpa perfeita para não levar suas queixas a sério. Por mais razão que tivesse, a perdia através de suas reações; o "como" anulava o "quê". Quando finalmente conseguia controlar as lágrimas, ela mesma não se lembrava da origem da discussão, se era porque Jaime não queria acompanhá-la no curso preparatório para o parto ou se era porque ele tinha saído à noite novamente e a acordara às seis da manhã por não conseguir colocar a chave na fechadura. O marido se recusava a mudar de ritmo, sem qualquer consideração por ela, que, desde o teste positivo, não teve escolha a não ser convalescer, mas, toda vez que tentava se explicar, caía na possessão histérica, no destino biológico e no *gaslighting*. Agora acha que a gravidez a treinou para a loucura. Para aceitar que o que quer que dissesse, estaria dizendo em vão.

Mas não se pode generalizar e nem todas as grávidas são iguais. Sua irmã Erica sabe se controlar. Está fazendo isso agora, na sua frente, com um esforço que parece esportivo, marcando as veias de seu pescoço e de suas têmporas. Imagina a irmã rugindo por dentro como rugem os halterofilistas no momento-chave em que tiram o peso dos ombros e precisam corrigir a postura. Ruge por dentro para adverti-la do lado de fora:

— Sim, estou com você, mas isso fica entre nós. Você não pode sair pedindo para as pessoas chamarem Peter de Sebas. Você não pode continuar falando isso assim. Vocês têm que encontrar uma fórmula diferente. Algo intermediário. Não sei. Um apelido? Sebas tinha algum?

A ideia não é de todo ruim, então perguntam ao menino, que não as entende. Lis reformula:

— Como a mãe de Sebas chamava Sebas?

— Pombo — pronuncia a palavra com um "m" arrastado, longo, o que lhe dá um ar estrangeiro, e as duas riem.

— Podemos te chamar assim? Como a sua antiga mamãe fazia?

O menino concorda e Lis pensa que este é o primeiro dia de sua vida como mãe em que as coisas se resolvem sem esforço. Tinham lhe prometido que, com o passar dos meses, a criação seria cada vez mais fácil, mas em sua experiência, a cada marco de crescimento, novos problemas surgiam sem que nenhum dos antigos tivesse sido resolvido. Bem, é verdade que agora ela dorme sem sobressaltos, mas não chegou a esse estágio com dedicação, e sim com trauma, a separação forçada à qual sua internação psiquiátrica os obrigou, o que levou ao fim definitivo da amamentação. Não foi um presente sem contrapartidas. O filho parou de precisar de seu corpo e começou a repudiá-lo. O filho sempre a tinha repudiado, mas, até então, sua sobrevivência dependia dela. Não há tanta diferença entre um bebê e um gato. Ainda não sabe em que momento acontece a mudança, da dependência para o amor. Quando olhará encantada para o filho, como ela viu tantas mães fazerem, e se um dia ele vai amá-la. Por enquanto, apenas assinaram um pacto de não agressão. Juraram tornar a vida mais fácil.

— Ok, Pombo, é isso — Erica dá por resolvido, embora isso não pareça um final real para ninguém. Lis gostaria de segurá-la um pouco mais. Tem muitas perguntas e muito medo de ficar sozinha com seu novo filho, do silêncio convulsivo que vem depois de um dia assim, mas já se intrometeu demais. Deve deixar a irmã lidar com sua própria anomalia.

— Você vai ficar bem? Não quer falar sobre a sua questão?

— Eu preciso entender primeiro, mas obrigada. — Elas se despedem com um abraço e, ao apertá-la, sente novamente uma pulsação, uma vibração intensa.

Lis não se lembra de ter havido um processo pelo qual ela aprendeu a amar Erica. Não se lembra de sua chegada. Lembra-se da irmã sempre ali, como uma parte do corpo. Só tem consciência da dissolução desse vínculo que davam como certo, do que aconteceu com elas nesses últimos meses. Conclui que é mais fácil se apaixonar por uma irmã do que por um filho. Mais fácil, também, deixar de amar uma irmã do que um filho. Talvez pelo esforço, pela conquista. Porque nos apegamos ao que nos dá mais trabalho para não sentir que foi em vão. A metáfora da construção versus a metáfora do presente. A metáfora do suor na testa.

— Mamãe.

Os olhos do menino a questionam. Mamãe, por que ainda estamos aqui? Mamãe, quem sou eu? Quem é você? Mal nos conhecemos. Mal se conhecem. Se dois anos e sete meses não são nada para um adulto, o que podem significar para alguém que se lembra de ter vivido outras vidas? A fração é ridícula. Nunca terá tempo para compensar o tempo que não tiveram.

— Pombo, o que você gostava de fazer com sua antiga mamãe? Do que você mais sente falta?

O menino pensa e de repente se joga contra a quina da máquina de lavar. Lis dá um grito e ele começa a chorar com um desconsolo que parece forçado. Sua sobrancelha fica avermelhada, mas não há sangue. Ainda assim, ela pega o rolo de papel higiênico e entrega a ele.

— Cura, cura — ele diz, e Lis entende. Procura um antisséptico nas gavetas, coloca o menino no colo e começa a limpar sua ferida inexistente com movimentos lentos e cuidadosos. A criança descansa a cabeça em seu peito e fecha os olhos.

— Agora canta — ele ordena, e Lis não sabe qual é a música certa, com qual se ninavam as crianças que cresceram neste povoado um século atrás, mas promete descobrir.

— Vai ser como você quiser — ela diz, e o menino, quase um bebê agora, chupa o dedo como nunca tinha feito antes, e sorri.

IV

Olivia pensava que a viagem havia acabado, que não haveria mais visões, mas ao se deitar na cama e fechar os olhos, a única coisa que muda é o foco. O olhar se volta para dentro e uma voz irrompe e reverbera em sua nuca; parece familiar, mas não é a sua própria voz:

— *Oito, nove, mil, Olivia já dormiu.*

— Vovó?

— Sete, quatro, cem, querida durma bem.

— Vovó! Mas como eu vou dormir se estou queimando por dentro?

— *Não tenha medo. Este é o seu presente.*

No começo é uma bola de energia que se concentra em seu sacro. Gira como um tornado de fogo. Uma fogueira circular entre os quadris, dentro do útero, em um fundo falso que esconde o útero. Parece sexual, mas não é. A voz a incita a dormir, mas ela não está dormindo.

— Por que estou bufando?

— *Você está se transformando. Não resista.*

Olivia ofega. Como um animal. Como um lobo. Como um cachorro. Porque sente uma tensão insuportável, uma energia que a ultrapassa, e precisa expeli-la pela boca. Mas há mais. A energia que nasce em seu púbis se espalha por suas extremidades e assume o controle de suas articulações, distendendo-as, separando-as, é doloroso, mas não é insuportável. Seus braços se alongam e seus pulsos se dobram para que o peso de seu corpo recaia em seus ossos sólidos e acolchoados. Está de quatro sobre os lençóis e, no escuro, visualiza uma chapa anatômica. A pata de um mamífero quadrúpede. Não sabe qual, mas é dos grandes. Isto é agora: um lobo, ou um coiote, ou um cão raivoso. Embora por pouco tempo. A energia transformadora lhe sobe pelo pescoço e atinge seu rosto. Seus lábios incham, avançam, afinam. Então se transformam em um focinho e ela sente que respondem como beiços aos sinais químicos transportados pelo ar. O que é isso? Um gato. Não: um coelho. Assim que descobre um disfarce, a transição para o próximo começa. Agora os protagonistas são seus dedos, que se contorcem em torno de um espaço do tamanho de um limão, como garras de ave. Visualiza um bico. Vários bicos. Não sabe nada de pássaros. Uma águia? Um condor?

— *Nomear não é importante.*

Deveria estar voando, mas voltou à terra, que toca com um pé. O outro se move em sua panturrilha, do tendão de Aquiles à parte de trás da coxa, acariciando as batatas da perna, repetidamente, como em um movimento de dança, como um dançarino de flamenco. É um interlúdio engraçado. Ela ri, libera a tensão, mas logo é outra coisa. Cheira a poeira. Desliza. Suas mãos ainda estão formando garras, mas as falanges estão mobilizadas, movendo-se a toda velocidade, como se estivesse tocando piano. Esta é muito fácil. Esta eu sei. Sou uma aranha. E então um escorpião. Pernas retas e juntas; a consciência de um impulso venenoso; e os dedos em pinça. Ficam assim por um bom tempo, porque as pinças são o ponto de união entre a terra e a água, a porta para o mar. Um escorpião na água é um crustáceo. Um caranguejo. Uma caranguejola. A comida preferida de Olivia. O prato que nunca falta em comemorações importantes. Aqui no mar começa a se transformar em alimento e desperta sua consciência, quer dizer, sua culpa. Consciência de ter sido o que depreda. Está encharcada de lágrimas e quer que isso pare, então diz o que sente que tem que dizer, o que acha que aprendeu:

— Eu entendo, eu entendo. Contenho a memória de tudo o que é vivo, e tudo que é vivo é sagrado. Não vou mais comer animais. Vou ser como Erica. Prometo. Já pode parar agora. Eu já entendi.

— *O que você acha que entendeu, menina? Isso não tem nada a ver com você ou com a sua culpa. Você não tem que fazer nada com isso. Não faça nada.*

Com um movimento brusco, seus braços se abrem em cruz e se arqueiam para dentro. Vê uma arraia, sua estrutura em forma de cometa, nadando sobre seus olhos. É impossível saber se é ela ou se está encarnando um peixe que a olha de baixo. Não sente nenhum esqueleto além daquele que acaba em seus dedos e, logo, deixa de sentir os dedos também. Experimenta um movimento sem ossos, uma liberdade de tentáculo, de polvo ou de lula, e a tensão articular de ter sido mamífero e ave é a lembrança de um pesadelo para a qual não quer voltar. Melhor anêmona e gelatina. Melhor um coral macio e imóvel, fluorescente, em colmeia. Pensa que chegou ao fim do percurso e que o presente é esta paz pré-histórica e simples. Pensa que tudo acabou, mas ainda há uma parada. Levita sobre o colchão, ou ao menos é assim que sente, e suas mãos formam um novo mudra, a saudação de *Star Trek*, a bênção sacerdotal, em forma de V. Por seus dedos, escapa toda a energia que animava suas transformações e sabe que agora é Deus, que Deus é isso, a fonte original que anima a matéria, o lugar do qual todas vêm e ao qual todas vão, o degrau hierárquico inferior a um coral, a dissolução absoluta. Dura apenas um instante e, quando aterriza, o gerador em seu ventre desliga e volta a seu estado normal, volta a ser ela mesma e a estar no escuro, com os olhos fechados, mas acordada, capaz de analisar o que viveu através de uma subjetividade própria, com os olhos e o ego de Olivia.

— O que eu faço com isso? O que se faz com isso?

— *Nem sempre é preciso fazer algo. Nem tudo é produtivo.*

— Mas acontece por uma razão. A planta que fez isso existe lá fora, ao alcance de todos, desde que o mundo é mundo. É um nutriente. E precisa ser consumido. Está aí por alguma razão. Talvez para nos ajudar a lidar com a morte. Ou para entendermos que somos todos um, com o planeta e seus animais, e precisamos frear as mudanças climáticas.

— *Deu, Olivia. Já chega.*

Seu raciocínio é interrompido pela dor, um golpe súbito no topo de sua cabeça que preenche a escuridão com padrões caleidoscópicos em movimento. Estrelinhas. Flores. Ou células dividindo-se sem parar. Não são muito diferentes daquelas que vê quando sofre de enxaqueca com aura, exceto que agora se expandem por todo o seu campo de visão, sem restringir-se às margens do olho. A dor também é parecida com a de suas enxaquecas, mas é mais intensa e localizada, traça um círculo nítido ao redor de seu crânio, como se viesse de uma coroa de espinhos. Instintivamente, coloca a mão na cabeça para se livrar do que quer que tenham cravado nela, mas só sente seus cabelos.

— *Concentre-se na dor. Olhe para dentro.*

— O que está acontecendo comigo?

— *Isso também é medicina. Aprenda.*

— Não aguento.

Não aguenta e cobre a boca com um bolo de lençóis para não gritar como uma mulher em trabalho de parto, para não acordar o menino, e essa lembrança de Peter, essa deferência, é sua última lembrança desta vida e a dobradiça que permite que ela acorde na anterior, em uma delas, porque Peter está lá. É um homem maduro, quase um velho, que limpa ataduras manchadas de sangue ao lado de sua cama. O quarto é austero, sem nenhuma decoração além de uma série de pregos que servem de cabide para pedaços de armaduras, caneleiras, uma cota de malha e um casco de metal. O elmo, com um florete sujo de barro escuro e os restos de uma lança que o atravessa, está no chão, aberto como uma caveira que grita. Quer perguntar quem são, onde estão, quais são seus nomes, mas a dor a impede de falar e logo percebe que a dor é imensa porque está morrendo.

— Olivia.

Sente uma pressão em sua mão direita.

— Olivia.

Esta não é a voz da avó. Não vem de dentro.

— Estou aqui com você. Não precisa ter medo.

É sua irmã Nora, que não está aqui com ela, mas com seu corpo físico, ali onde ela o deixou esquecido, e seu toque a conforta, afasta a dor por um momento para voltar depois para perfurá-la. Exala um grito que não começa em sua garganta, mas muito mais abaixo. O lençol que estava mordendo sai disparado de suas mandíbulas e, em um instante, tudo acaba. Volta a ser coral, a se sentir coral, sem ossos, sem crânio, sem receptores de dor. Que rápido foi. Sai tão rápido quanto entra. É algo que todo mundo deveria saber.

Agora Olivia está ao volante de um carro. Suas mãos são masculinas e o veículo é espaçoso. De couro claro. Bons materiais. Mas não parece moderno. Cala a boca!, grita com o filho que está no banco de trás, e sua esposa coloca a mão em sua perna para acalmá-lo. Sua mulher é Lis. Na verdade, não é ela. Mal se parecem. Mas é ela. Sabe disso da mesma forma que sabe que o de trás é seu próprio filho. Sabe disso como se sabe nos sonhos, quando muitas vezes se sonha com pessoas familiares que aparecem com corpos estranhos. Mas isso não é um sonho, porque sente o carro chacoalhar em uma estrada esburacada, e sente o cheiro de trigo e do perfume forte de sua mulher, e a dor está de volta, latejando em sua cabeça e distraindo-a do volante. Como o menino. Teimoso. Quer abaixar a janela e esticar o braço. Gosta de sentir a força do vento na direção oposta à do veículo. Mas tem medo de calcular mal as distâncias e amputá-lo. Você vai ver, pirralho, você vai ver. Então se vira para seu assento e lhe dá um tapa. Lis grita. Não por isso. Não pode ser por isso. Por ele ter batido. É por outra coisa. Volta ao volante e vê. É tarde. Um cervo colossal. E é tarde demais. Bate contra ele, e o impacto o empurra primeiro para trás, contra o assento, e então, de rebote, para a frente, em direção aos chifres. Escuridão. A dor óssea. Entre os olhos. Um grito horrível e está livre de novo. Tão rápido. É muito rápido. Não é assustador. Não mais.

— Olivia, por favor, acorda.

Quer voltar para Nora, mas sabe que ainda não acabou. Sua avó a lembra.

— *Não se renda. Falta pouco.*

— Eu sei.

— Do que você está falando? O que você sabe? — pergunta sua irmã.

— Está faltando uma memória. Apenas uma.

Não é a pior, mas é a que mais dói.

Já está aqui.

A primeira coisa que faz é procurar suas mãos, para se reconhecer, saber quem é agora, ou quando, e encontra um desenho, o traço em preto e branco de mãos rechonchudas e infantis. Olha em volta e logo entende. Vê através de tirinhas. Tirinhas de histórias em quadrinhos. Mafalda? Sim. Está em uma história em quadrinhos de Mafalda, mas este não é o mundo de Mafalda, é o seu mundo, seu vilarejo, suas amigas do vilarejo, a colônia Las Cucas. Tem um marca-textos em mãos. Colore um T. Ou é um L?

— *Isso não é importante.*

Do outro lado da rua se ouvem gritos. Um grupo de homens como numa procissão religiosa, carregando uma escultura, um homem, uma trouxa.

— Não quero olhar.

— *Mas você vai olhar. Você já olhou.*

— Por favor, vovó...

— Você está com ela? Você está com a vovó? — A voz de Nora a impele. Quer que transmita o que está vendo, e Olivia decide fazer o esforço. Tentar, ao menos.

— Não. Ela não está aqui. Nem você. Você é muito pequena para ir à festa. Estou sozinha. Atravesso a rua sozinha, sem olhar para os lados caso venham carros, e penso que a mamãe vai gritar comigo, que vai me repreender por isso, vai me bater com a mão espalmada e vai deixar minhas bochechas como se tivessem sido queimadas pelo sol e então eu vou dizer que me queimei no sol embora sempre passe protetor solar por mais nojento que seja e também deixo secar, não como você, que tira o protetor com cuspidas e depois fica com cheiro de bafo de cachorro e ainda por cima a mamãe não bate em você.

— Claro que me batia. Mas não fazia isso na sua frente.

— Vai me bater por fazer isso, mas preciso saber o que está acontecendo, porque esses homens são amigos do papai e o papai não está. Eu vou correndo até eles. Alcanço seus joelhos. Sua cintura. Tento me esgueirar entre suas pernas e no final consigo. Estou dentro do cerco. E então eu o vejo. Tem a cara meio caída para um lado. Como se metade de seu rosto tivesse derretido. Papai, papai.

— Olivia, calma, é apenas uma lembrança. Estou com você. Estou aqui com você.

— *Vá. Vá um pouco mais.*

Olivia não consegue continuar narrando o que vê porque suas lágrimas a engasgam, mas a ação, a tirinha, não para. Seu pai está suspenso acima dela e ela quer pousá-lo, abraçar seus joelhos para depois abraçar seu peito, mas seus braços são tão curtos que só consegue agarrar sua calça. Puxa tanto a perna da calça que a acaba tirando. Sob o tecido opaco pintado com nanquim, aparece uma cueca desenhada a lápis, branca, larga, de outra época, e, com uma vergonha que a paralisa mais do que o medo, vê escapar um pênis desenhado maliciosamente, com o humor de história em quadrinhos. Mole. Relaxado. Com mil rugas. Pendurado sobre seu rosto como uma minhoca morta, ela só quer se afastar dele, evitar que a toque. Solta a perna da calça e cai de costas no asfalto. BANG! POW! LETRAS ENORMES. E a dor. Lateja por um instante sobre sua nuca, sobre a ferida, e então se dissipa e se espalha por toda a metade superior do crânio. Vê brilhos. Estrelas. Que não são estrelas, mas balões de diálogo em quadrinhos em forma de estrela. Nas margens do olho. E sabe que esta é a primeira enxaqueca em seu histórico de enxaquecas. Foi isso que lembrou e pronto. A comitiva de homens se afasta, com seu pai a reboque, e sua visão termina. Está de volta ao escuro, com os olhos fechados, com a mão de Nora apertando com força a sua mão, em seu corpo habitual, em sua vida de agora, mas com algo diferente, finalmente como deve ser.

— Estou de volta.

— Aqui, bebe um pouco d'água. Coloquei o oxímetro de pulso e você está oxigenando bem. Você está bem. Não precisa se assustar.

— *Oito, nove, mil, Olivia já dormiu.*

— Estou muito cansada. Preciso descansar.

— Sim, sim, já vou, mas... o que você disse antes sobre a vovó? Que ela estava aqui com você?

— Eu a ouço na minha cabeça.

— E ela te disse alguma coisa? Ela te explicou por que fez o que fez?

— Só quer que eu durma.

— *Lembre-se: não faça nada com isso. Deixe que Nora cuide disso.*

— Diz que você vai cuidar disso.

— Eu? Do quê?

— *Oito, nove, mil, Olivia já dormiu. Sete, quatro, cem, querida, durma bem.*

A escuridão finalmente se esvazia, já não há mais vozes, e, por um momento, seus ouvidos zunem, o silêncio dói por uma espécie de saudade, a lembrança de não estar sozinha, mas não está sozinha, está com Nora, e ela vai cuidar disso, seja lá o que isso signifique. Se tivesse forças, contaria onde esteve, o que viu e o que entendeu, porque é a única maneira de sua jornada não se perder para sempre na amnésia que a espera do outro lado das pálpebras, mas, se a avó insiste que ela durma, é porque insiste que ela esqueça. A avó sabe que Olivia é cientista, que precisa entender, aplicar, replicar. Que ela tem o gene de quem vislumbra a magia e precisa reduzi-la a algo apreensível a todo custo, transformando suas teorias em um livro, em uma seita, em uma religião majoritária que destrói ecossistemas e civilizações em seu caminho. Se isso era um presente, só pode e deve agradecer, e é isso que faz:

— Obrigada, obrigada, obrigada — diz em voz alta, e Nora responde ingenuamente:

— Não precisa agradecer. Eu gosto de cuidar de você.

VI
O RITO

I

No hall do andar de cima, sentada no primeiro degrau da escada, Erica espera que a irmã e as primas acordem e, enquanto espera, faz as contas. Repetidamente os mesmos cálculos que anota nas margens de um livro de colorir que pegou de Peter, ou talvez de Sebas – quem se importa, esse é o menor de seus problemas agora. Há anos, acompanha sua menstruação em um aplicativo de celular e, graças a isso, sabe que seus ciclos são regulares, entre vinte e sete e vinte e nove dias, e que, com base nisso, ovula duas semanas após cada novo sangramento, mas tenta delimitar uma data mais precisa com as informações que obteve na internet, em sites e fóruns para futuras mamães, talvez para sentir que, por meio de diagramas e matemática simples, tem controle de alguma coisa. Seu corpo é um corpo e não um relógio, então as datas são flexíveis, mas também não podem ser tanto assim. O hormônio detectado pelos testes de gravidez não começa a ser secretado até que o embrião seja implantado, e isso acontece, em quase todos os casos, oito ou dez dias após a ovulação, o que significa que, se a implantação ocorreu ontem mesmo, com aquele sangramento rosado que confundiu com menstruação, ela ovulou por volta de 25 de junho e ficou fértil entre 20 e 27 de junho, já que um óvulo vive no máximo dois dias depois de liberado, mas um espermatozoide pode ficar cinco à espreita, encouraçado em ambiente hostil, como uma ameaça latente. Então, entre os dias 20 e 27 do mês passado, durante a semana em que terminou seu contrato no complexo rural, aconteceu algo que não sabe explicar, algo que não lembra.

Bebeu demais naqueles dias, admite, e tem vergonha disso, mas eram seus últimos dias nas cabanas e sua vez de fazer o turno da noite no bar da piscina, um bar ao ar livre cercado de arbustos de piricanto e lanternas de papel, aberto em homenagem aos veranistas que podiam pagar tarifas de alta temporada e os gins-tônicas com framboesas do pomar em que ela tanto tinha trabalhado. Um hóspede sueco que estava fazendo o Caminho de Santiago de bicicleta lhe ofereceu uma daquelas bebidas caríssimas que ela mesma preparava. Ele tinha uma empresa de automação residencial. Era muito alto, loiro e tinha um sotaque forte e a voz suave. Ela o achou atraente e talvez tenha fantasiado em levá-lo para o quarto, mas, se não lhe falha a memória, foi na noite em que a caixa d'água estourou e ela ficou recolhendo baldes com seu chefe até o amanhecer. Em seguida, tomaram um copo de licor *pacharán* caseiro em seu escritório e ele a instruiu sobre esses licores artesanais que são feitos com as plantas da região, especialmente com absinto, e Erica lhe agradeceu por tudo o que havia aprendido com ele, lembrando como no início era desajeitada com a enxada, aquela vez que quase amputou um pé, os terraços que pareciam túmulos, e riram e brindaram e depois foram dormir. Foi isso. Também se lembra de um grupo de alemães de vinte e poucos anos com quem jogou sinuca na recepção e de uns bêbados que caíram na piscina e tentaram arrastá-la com eles quando ela se ofereceu para ajudá-los, peguem a ruiva, peguem a ruiva, e um senhor mais velho, quase idoso, que a convidou a visitar sua cabine para lhe mostrar uma espada napoleônica com a qual viajava por toda parte, o que, claro, ela recusou com muito tato, e uma ressaca mais forte que as outras, mas nem mesmo sabe qual. Uma manhã simplesmente não acordou. Quando abriu os olhos, no jardim principal que dava em sua janela, já estavam preparando as mesas para o jantar com seus arranjos de flores, mas sem ela, e ela não se lembrava, não se lembra, como tinha chegado até sua cama ou com quem estava antes ou por que ninguém se preocupou que ela não tivesse aparecido para trabalhar no horário habitual. Quem estaria cobrindo sua ausência? Gloria, a da manutenção? Sim, só podia ser ela, porque naqueles dias não estava trabalhando em dois turnos e era quem acordava mais cedo para ligar o sistema de irrigação e abrir o portão principal. Talvez a tenha visto chegar bêbada ou na companhia de alguém e por isso fez o favor de substituí-la sem perguntar ou dizer nada? Erica tem seu número de telefone. Poderia localizá-la. Pedir ajuda para reconstruir aquela noite em branco. Mas não pode. Não sabe como. Não saberia o que lhe dizer porque não sabe o que dizer a si mesma. A pergunta é "o que eu fiz" ou "o que fizeram comigo"? É possível ser vítima de algo que você não sabe se aconteceu?

Ela sente uma massa se espalhando entre suas costelas como um violento kefir ou um daqueles fungos que parasitam formigas e as arrebentam por dentro e, de repente, para de respirar. Não consegue respirar, e isso não é uma licença poética. Sua garganta fechou como aquela vez em que sofreu um choque anafilático por causa da picância de umas pimentas que pareciam morango. Nada entra e nada sai. Pede ar e sua traqueia exala com o som de um balão desinflando e depois vem o silêncio. Eu vou morrer. Vai morrer, e tudo foi tão curto, tão rápido, em tão pouco tempo que não deixa nada para trás. Vai morrer aos vinte e sete anos e com um bebê no ventre, ou seja, com um bebê que não será, que provavelmente nunca teria chegado a ser, mas que agora sempre será uma dúvida. Seu cadáver transformado em um caixão que colocarão em um caixão maior. E vão cremá-la, porque a terra só tem sentido se for para alimentá-la, para fundir-se nela, e os caixões modernos são cápsulas de putrefação, impedem os vazamentos, que o ciclo natural da matéria se complete. Teria gostado de um enterro celestial como os que fazem no Tibete, seu cadáver ao ar livre, exposto às intempéries, comida para os abutres em cima da rocha que leva o nome de sua mãe. Teria gostado de viajar ao Tibete, à Índia e à Disney com Peter ou com seu próprio filho, com um filho seu, não necessariamente este que germina enquanto tudo se desvanece, embora talvez também com ele, com ela, que não sabe de onde veio, como surgiu; criá-lo nesta casa, transformada em lar coletivo, entre muitas mãos e ao ritmo lento das estações; não como o grão que se escolhe e cultiva, mas como a planta selvagem que brota espontaneamente entre os paralelepípedos do alpendre. Colher. Criar. Reciclar. Envelhecer.

Não é justo que tirem isso dela.

Não quer ir embora.

E a verdade é que continua aqui. Quando é que o oxigênio acaba? Quanto falta? Nisso ela é taxativa: se vai morrer, que seja agora, porque o pior está sempre à espera. Se bem que sua apneia se tornou plácida desde que parou de lutar para respirar. Deitou-se no chão, fechou os olhos e seus músculos relaxaram como quando está em savasana, na postura do cadáver com que terminam as sessões de ioga. Como é possível? Quem fica confortável esperando a asfixia? Talvez os suicidas. Talvez a avó tenha se sentido assim antes do apagão, enquanto a água da banheira ficava vermelha e sua pressão despencava e ela fazia um balanço de tudo o que construiu e fez na vida. Mas Erica não é a avó. Erica não quer e não pode matar ninguém e talvez por isso, paradoxalmente, tenha pensado que a única maneira de acabar com a gravidez era acabando consigo mesma. Melhor ir contra a casa do que contra o hóspede. Não à violência, mas, se for indispensável, que seja primeiro contra si mesma. Mãe do céu. Será que foi isso? Sim, tinha que ser, porque, assim que recebe a ideia e a rejeita como absurda, volta a respirar. Sobrevive.

Os pensamentos que nos proibimos são os mais perigosos. Progridem secretamente e emergem sem palavras, somaticamente, na linguagem da doença e do sintoma. Foi o que aconteceu com Erica, que concebeu em termos de culpa e assassinato seu desejo de abortar um embrião de poucos dias e o silenciou imediatamente porque implicava pensar como o inimigo, como os fundamentalistas que assediam as mulheres nas portas de clínicas ginecológicas. O direito ao aborto é um direito e, portanto, não deve ser problematizado nem discutido. Essa é sua ideologia, e a manteve assim desde que se conscientizou politicamente, mas agora seu corpo tem dúvidas, questionamentos, propostas impróprias. Quando é tarde demais? Quando a alma se deposita no corpo e como alguém pode ter certeza desses prazos? Ela nunca diria isso em voz alta, mas está pesquisando a legislação vigente, aquela que existe para garantir seu acesso aos comprimidos que acabariam com seu dilema hoje mesmo, e tudo lhe parece suspeito. Desconfia dos argumentos científicos que se escondem atrás da viabilidade, da proibição do aborto depois da vigésima segunda semana porque é a partir desse ponto que um feto pode progredir fora do corpo da mãe, da ideia de que conquistamos o direito de viver com autonomia; que não somos sujeitos enquanto somos dependentes. Também desconfia dos pressupostos das leis proibicionistas, das exceções que contemplam aqueles que se proclamam pró-vida. Que o aborto seja um crime porque a vida é sagrada, mas essa vida deixa de ser sagrada se, por exemplo, for resultado de um estupro. Como assim? Como se justifica algo assim senão culpando o produto, tratando o bebê como um produto que, vamos lá, como seus congêneres com anomalias cromossômicas, vem com defeito. É um raciocínio cruel e, no entanto, desperta uma espécie de consenso. Em geral, ou em sua experiência, abortistas e antiabortistas admitem que é desumano obrigar à existência uma criança concebida à força. Talvez não devesse ignorá-los. Erica sempre confiou na sabedoria popular, nas intuições compartilhadas. O fruto do seu ventre é fruto de uma infâmia? É só juntar os pauzinhos. Não se faça de boba. Amnésia. Sexo sem profilaxia. Mulher de deus, não é possível, quando é que deixou um estranho gozar dentro de você? A palavra "estupro" lhe soa grande, mas está claro que alguém fez algo que não era permitido com ela. Só lhe falta saber os detalhes. Nunca saberá se houve inconsciência ou luta, uma droga em seu copo – talvez a mesma com que

Olivia se intoxicou ontem – ou mais álcool do que ela tolera. Provavelmente a opção mais fácil. O que não devia fazer e mesmo assim fez. Ela também não está isenta. Conhece o mundo em que vive. Conhece os riscos. É adulta. Ela se recusa a ser infantilizada abrindo mão de toda a culpa, descarregando sua culpa em alguém que ainda nem nasceu, o bode expiatório perfeito, um não ser, um bebê.

— Você está acordada há muito tempo?

A voz de Nora a assusta e ela enxuga as lágrimas e o nariz escorrendo com a manga do pijama, embora não adiante muito.

— Erica! Você estava chorando?

— Eu estava morrendo.

— Como você é dramática. Vamos lá, o que aconteceu?

Erica se esconde no peito da prima, que ri, alisando seu cabelo como se ela fosse um gato, vai pensar que está brincando de ser mimada, mas não é isso. É que é incapaz de olhá-la nos olhos enquanto conta o que lhe aconteceu. Ao mesmo tempo, apesar da vergonha, precisa contar, verbalizar os pensamentos que estão proibidos para que não se manifestem novamente como uma arma afiada que nasce em seu corpo e se crava em seu corpo, para suprimir os instintos suicidas que descobriu que tem. Como a avó tinha. Como um traço familiar que precisa ser exorcizado. Então fala. Mas não muito, porque é isso que faz a amnésia, força a elipse. As frases saem breves, ofegantes, como se sua história estivesse armada com manchetes de notícias que nunca chegou a ler. Conforme avança, o corpo de Nora vai ficando tenso. Não acaricia mais o seu cabelo. Aperta a prima contra si com uma firmeza que não lembra um abraço, mas uma contenção. Sabe que quer dizer alguma coisa.

Que está se segurando, esperando Erica terminar. Que tem opiniões fortes sobre o assunto e não vai se limitar a consolá-la. Uma chatice essa sua prima. Sempre tão convencida de tudo.

— Mulher, você percebe o que está me dizendo? O que isso significa?

— Bom... O que você quer que eu te diga? Acho que sim.

— Você tem que denunciar.

— Denunciar o quê? Será que você me ouviu?

— Você mesma me disse que alguém deve ter visto alguma coisa. Deixa que eu cuido disso. Você me passa os números de telefone e eu faço as ligações. Vamos ver se conseguimos esclarecer o que aconteceu e, então, tomamos medidas. Isso não pode ficar assim.

Erica explode em lágrimas de pura frustração. Como pode ser tão difícil conseguir ajuda? Que essa frase esteja tão vazia que nos impele a procurá-la nos momentos de crise. As pessoas não sabem lidar com a dor alheia, aceitá-la, acompanhá-la; só sabem dar conselhos que não foram solicitados, sentir que fizeram mais do que se proteger. Enojada, solta o braço de Nora e desce as escadas correndo, com a intenção de fugir o mais longe e rápido que puder.

— Erica! Espera! Eu não queria...!

Ela que se dane. Não tinha em mente essa dimensão policial e moralizante da prima, mas, agora que se manifestou, ficou claro. Que se danem ela e seus feminismos de merda, cheios de mulheres que falam de exploração, mas se empanturram de carne e de leite e só se importam com as vítimas que se parecem com o que o espelho lhes devolve. Se não fugir agora, acabará enredada em conceitos, verá sua história politizada até que não seja mais sua e será forçada a aceitar essa palavra que não quer para si. Escapou bem a tempo, porque sabe qual seria o próximo passo. 1) Aponte um culpado. 2) Nomeie o que fizeram com você nos termos que eu quero que você utilize. Diga estupro, estupro, estupro. O rótulo te libertará. Mas Erica ainda se lembra das discussões que teve com Nora, que há anos não comia carne e discursava como se fosse especialista em questões animais, quando decidiu se tornar vegana. A ofensa da prima quando Erica chamou de estupro o tratamento dado a vacas leiteiras, inseminadas à força e privadas de seus bezerros assim que nasciam. Naquela ocasião, Nora não gostou que ela tivesse usado o termo. Agora, não gosta que ela não o utilize. Por que Nora é quem sempre decide quando é certo e quando não é? Quem ela pensava que era?

Passo a passo, réplica a réplica, Erica fica tão agitada com esse assunto que quase se arrepende de não ter ficado para discuti-lo, mas precisa entender que o dia de hoje não foi feito para isso. Que sua missão é tomar suas próprias decisões, agir em seu próprio nome, e sabe que só poderá fazer isso em contato com a terra e através do que ela lhe dá. Se tiver que interromper a gravidez, não o fará no consultório asséptico de algum ginecologista de meninas ricas onde todos sorriem para você como se fosse seu aniversário, nem se humilhando diante da pressão dos objetores de consciência da saúde pública, porque já leu sobre isso. O aborto é livre no papel, mas, pelo menos na sua região, é difícil encontrar hospitais onde os médicos estejam dispostos a realizá-lo. Vão encaminhá-la de centro em centro, de um hospital regional para outro estadual, até que ela se depare com um ginecologista de plantão que está prestes a encerrar seu contrato e que, portanto, não tem medo de represálias, e a essa altura não poderão mais usar os comprimidos, e sim um aspirador no útero, e não haverá processo nem despedida, porque ela vai entrar sedada, sair atordoada e ser despachada com pressa e com vergonha. E já lhe basta sua própria vergonha para ainda ter que compartilhá-la e impô-la a outras pessoas.

Os laços sagrados só se dissolvem de maneira sagrada; ela sabe bem. Quando terminou seu último relacionamento, aquele que, por um instante, pensou que a inseriria na história coletiva que passa pelo altar e pela maternidade planejada, despediu-se com a combustão de duas coroas de louros trançadas em forma de oito. Foi quando, nesta mesma casa e não naquele bar de beira de estrada onde terminou a viagem que haviam planejado, libertou-se do pacto. É o rito e não a palavra que nos despede para sempre, e Erica atravessa o trecho pavimentado que separa o jardim do pomar abandonado pela avó em busca do rito. Claro que o encontra. Uma parte de si, aquela que esquece tudo o que teria que reter para ser uma pessoa de sucesso, sabe que arbustos de arruda crescem em um extremo da propriedade e conhece o uso da arruda desde que começou a se interessar por botânica. A mulher de seu chefe a recomendou para combater a TPM, aquelas pontadas vacilantes que causam ansiedade por coisas que estão a ponto de chegar, mas não chegam, porque estimula os movimentos uterinos e pode induzir a menstruação, mas é evidente que não existe para isso. Não existe na natureza para que as hoteleiras mantenham seu sorriso hospitaleiro todos os dias do mês. Ela murcha e floresce incansavelmente para responder a dilemas que já existiam antes do capitalismo. Para fazer prevalecer o direito à liberdade sobre o direito à vida. Como sempre, é uma questão de dosagem.

Enquanto colhe os talos mais tenros, enquanto absorve o cheiro de amônia doce que ficará vivendo sob suas unhas, ela se lembra do que leu em um livro sobre a proibição de consumir carne. Naquele romance sobre uma tribo adoradora de um cogumelo alucinógeno, era proibido matar animais, porque só os fungos decidem o que vive e o que morre. Os fungos, decompositores de matéria, revelavam que, para o correto equilíbrio de um ecossistema fechado, o número de organismos que se alimentam do ambiente é tão importante quanto o número de cadáveres que o alimentam. Um cemitério de gado é tão prejudicial quanto uma praga de gatos ou coelhos. Seguindo essa lógica, pensa Erica, matar algo que existe fora de seu corpo não é o mesmo que matar algo que se aninha dentro dele. Sangrar alguns coágulos parecidos com uma menstruação mais forte não pode ser a mesma coisa que enterrar um corpo no jardim. Tem a ver com o lixo gerado, e esse futuro filho ainda não é lixo. Se há um momento para descartá-lo, portanto, é este. Agora ou nunca. Em infusão. Em um gole e com os olhos fechados. Para não ficar presa em um trauma do qual ela nem se lembra, em um termo que só vitimiza. Será como se nada tivesse acontecido, e essa é a única coisa que a deixa cismada. Em sua experiência, não há espaço para o irrelevante, cada peça é uma viga, e ela sabe que essa decisão é e sempre será um fantasma. Mais um na casa. Um companheiro de brincadeiras para a avó, para que não se sinta tão solitária. Quem sabe? Que diferença faz? Nesse momento, só quer se livrar disso.

II

— Erica! Espera!

O grito a tira do sonho, mas Lis não sabe se aconteceu dentro ou fora dele porque a verdade é que estava sonhando com a irmã. Eram uma espécie de sereias, submersas sem escafandro no oceano, e ainda consegue ver a juba vermelha de Erica suspensa, compacta e macia como uma cauda de peixe ou como uma alga, e sentir a leveza com que nadavam muito perto do fundo do mar. Que delícia. Que maravilha. Ontem à noite, adormeceu de pura exaustão ao mesmo tempo que Sebas, antes das dez horas e sem recorrer a químicos, e esta é a primeira manhã em meses que ela acorda descansada e com uma lembrança agradável do lugar onde esteve. A poucos centímetros de sua pele, sem medo de tocá-la em um descuido, o menino continua roncando e, pela expressão de seu rosto, diria que ele também está bem. Já passa das nove, mas não quer tirá-lo dali. Que pressa eles têm? Nenhuma. Tenta alcançar a mesa de cabeceira, buscando se mexer o mínimo possível, e, com um puxão, arranca o celular do carregador. Jaime sempre a repreende quando ela faz isso. Quantos cabos novos vou ter que comprar até você aprender que assim eles quebram? Ele também não gosta que ela coma em cima do computador, porque o teclado fica cheio de migalhas, ou que empreste o tablet para Peter. Tem muito ciúme dos aparelhos eletrônicos pelos quais, como sempre repete, pagou, mas também desconfia do uso que fazem deles. Não suporta, por exemplo, que Peter assista a desenhos no YouTube, porque o algoritmo os escolhe e é muito possível que encubram propaganda ideológica russa, então os dias em que ela acaba mais cansada, quando não tem forças para ler histórias até o menino fechar os olhos, deita-se ao lado dele para assistir a episódios de desenho animado com um livro de emergência debaixo do travesseiro. Assim que ouve o som da chave na fechadura, substitui o tablet por ele. Esse é seu segredo. Um de muitos. Como aquela conta pessoal que abriu no Instagram com um pseudônimo para postar fotos pessoais em que a criança às vezes aparece sem precisar pixelar seu rosto antes. Seu marido é tão inflexível que a transforma em uma mentirosa, mas a verdade é que isso já acontecia antes de sua crise e mesmo antes de a criança nascer. Todo casamento se sustenta na tolerância adquirida com as manias e arbitrariedades do outro, ou assim ela pensa. Pensa que depois do surto, depois desse período de suspensão do julgamento que nos permite embarcar em projetos de vida com pessoas que jamais passariam em um teste de compatibilidade conosco, vem a anagnórise, o rosto irreconhecível que emerge do meio das cortinas, e o dilema do qual se sai solteira ou casada. Depois de várias desilusões nessa fase, na companhia de Jaime se sentiu fortalecida para começar todo o processo de novo. Ela queria ser mãe logo e achou que ele, desprovido de qualquer aura, não era tão ruim assim. Ainda era atraente, passava muitas horas longe de casa e respeitava sua vocação e seus espaços particulares. Não sabia que, quando a criança nascesse, o primeiro desses itens seria irrelevante, o segundo, problemático e o terceiro, impossível. E nada poderia prepará-la para o que aconteceria quando seu juízo estivesse sendo questionado.

Desbloqueia o celular e prende a respiração. Vê que tem dezessete chamadas perdidas de Jaime e seis de sua mãe. A mais recente foi há alguns minutos e confirma que a obsessão persecutória do marido não se acalma com uma noite de descanso. E isso que ontem foi descuidada, mas não cruel. Antes de se deitar, mandou uma mensagem pedindo desculpas pela desconexão. *Esqueci de carregar o celular. Dia intenso. Depois eu te conto.* Sorri ao reler essa mentira. Depois eu te conto. Como se pudesse contar um pingo do que tinha acontecido. Como se sua história não contivesse todos os elementos que o manteriam acordado à noite. Imagina sua insônia e quase lhe dá pena. Quase. Tenho medo de que você machuque o menino, ele disse um dia, bem no começo, quando ela tinha acabado de sair da internação. Lis estava brigando com o menino, tentando imobilizá-lo, pois precisava trocar sua fralda e ele resistia a se despir com socos e chutes, com aquela raiva furiosa com que a recebeu depois de sua ausência, e Jaime assistia à cena da entrada do quarto, sem oferecer nem dar ajuda, avaliando. Tenho medo de que você machuque o menino, ele disse, mas não o suficiente para intervir e tirar Peter do suposto perigo. Tenho medo de que você machuque o menino, mas foi para a Nova Zelândia filmar locações para um curta-metragem durante um mês, quando Lis ainda não dava conta de si sozinha e não teve escolha a não ser se colocar nas mãos da mãe e da irmã, por cuja ajuda sempre paga um preço muito alto. Não, Jaime nunca desconfiou dela, nem do que ela poderia fazer com a criança. Aquela frase foi uma ameaça. Um aviso. *Agora posso te retratar como eu quiser*, dizia. *Agora posso tirar tudo de você. Sem levantar um dedo. Com uma palavra. Então é melhor você se comportar.* E é o que ela faz. Retorna a chamada perdida e a conexão é estabelecida no primeiro bipe.

— Bom dia, amor.

— Ah! Finalmente! Mas você, mas você, mas... — Jaime gagueja quando está com muita raiva. As palavras iniciais são como uma rolha que se recusa a sair e, quando finalmente sai, precipita a velocidade do discurso retido. Lis tenta aproveitar esses segundos de hesitação, embora saiba que não vai adiantar nada.

— Desculpa, Jaime, sério, foi um erro. Nunca tinha acontecido antes e não vai acontecer de novo, eu prometo.

— Mas você, mas você acha que pode levar Peter sem que eu possa te localizar? Você sabe o que é isso? É um sequestro.

— Ah, por favor, não exagera...

— Exagero? É exagero me preocupar com uma mulher que até poucos meses atrás dizia que seu filho tinha sido trocado por um ladrão de corpos? — Lis nunca disse isso, nunca teria usado aquelas palavras que vêm de uma tradição cinematográfica que não é dela, mas está acostumada a ser reescrita e parafraseada como o marido bem entende, então se resigna. — Você acha que eu fico tranquilo quando você leva o menino por aí?

É absurdo que ele diga uma coisa dessas porque essa viagem era uma obrigação que ela teria preferido enfrentar sozinha. Seu retorno ao lugar do pânico. Seu reencontro com as marcas da avó, que estão por toda parte, repetindo sua morte sem parar. Como teria sido mais fácil lidar com isso sem a pressão adicional da criança. Mas Jaime nunca pode cobri-la porque nunca tira férias. Trabalha mesmo quando não está trabalhando. Nas manhãs de domingo, vai ao escritório para responder e-mails pendentes, pois tudo o que faz, por mais simples que seja, exige concentração absoluta, o que não é possível se estiverem próximos.

Lis pega sua bolsa, onde guarda sua medicação, e segura a resposta que gostaria de dar, a que Jaime merece, colocando um calmante debaixo da língua. Os fármacos também são uma focinheira.

— Você está me escutando?

— Aham.

— E por que não fala nada?

— Porque estou tomando meu remédio — ela balbucia, mal movendo a língua.

— Bom, já é alguma coisa. Sua mãe vai ficar tranquila, esse era o maior medo dela.

— Como assim a minha mãe? — Lis engole sem querer o comprimido que deveria ter dissolvido sob a língua. Agora vai demorar mais para fazer efeito. Maravilha.

— O que você queria que eu fizesse se o seu celular estava desligado? Liguei para quem eu achava que poderia saber de você. Outro dia, falamos da sua prima Olivia, que eu não sabia que gostava de um trago, mas... Meu Deus. Era só o que nos faltava.

— Olha, Jaime, eu vou desligar.

Lis desliga o telefone e o joga no tapete. É intolerável. É humilhante. Se ela o aguentou esses meses, foi porque a culpa lhe exigia que se redimisse até não poder mais, e também pelo efeito entorpecente dos fármacos, mas esses, por algum motivo, já não a deixam lenta ou cega. Está acordada e lúcida e não sabe por que não sai correndo nesse mesmo instante. Então se vira para o menino e acaricia sua bochecha. Ele pisca algumas vezes antes de abrir os olhos. Olha pra ela com atenção, com aquela atenção adulta que costumava perturbá-la, mas agora a lembra de que está lidando com um ser extraordinário.

— Mamãe, você está brava?

— Não, meu amor. Bom dia.

— Mamãe, você está triste?

— Não! — Lis ri e se aproxima para beijá-lo, mas Sebas se afasta e continua seu questionamento. Precisa diagnosticá-la. Ele também. No fim das contas, também ensinaram o menino a temer seus estados de ânimo. Os sinais que poderiam prenunciar uma nova separação forçada.

— Cansada?

— Nada disso. Estou muito feliz e vai ser um grande dia. O que você quer fazer?

— Hoje Sebas quer ir pra sua casinha de antes. A das pedras.

Precisaria confirmar com a irmã, que presta muita atenção aos marcos de crescimento, mas Lis sente que, nas últimas vinte e quatro horas, o menino burlou o sistema gradual que rege a aquisição da linguagem e, em um salto, tornou-se um orador experiente. Não é necessário pedir explicações sobre onde quer ir. Ela também está ansiosa para voltar à casa abandonada. Consegue se ver trabalhando naquela mesa dobrável enferrujada, sob a luz natural filtrada pelos buracos do teto, e sente uma emoção reconfortante. Lembra-se de seu antigo quarto de revelação. Do que abdicou. É uma pena que não tenha sua câmera aqui, porque adoraria capturar o que esses interiores decadentes lhe sugerem. Talvez a ajudassem a entender por que sente que essa casa de ninguém é mais sua do que a que pertenceu à sua avó. Por que adoraria vender a que herdou para reformar a que não lhe pertence?

— Bom, você vai ter que se vestir. Roupa confortável. Vamos, deita, eu te troco.

Tudo o que costumava ser uma luta agora é fácil. Peter se deita na cama, abaixa as calças e levanta as pernas para ajudá-la a trocar a fralda. Sem gritar ou chutar. Sem provocações. A transformação é tão grande que Lis tem um medo de corda bamba, de algo que não é possível manter ou durar. Ela também sente isso em relação a si mesma. Aprendeu que a doença era um lugar de residência, que deveria ser cautelosa com mudanças bruscas, com alegria repentina, potencialmente maníaca, e agora sentir-se bem lhe dispara alarmes. É como se tivesse deixado o fogão ligado. Vibra o lembrete de que há coisas sérias que não foram resolvidas, que só estão adormecidas, e, assim que pensa nelas, ressurgem. Tem o marido, ainda tem as ligações perdidas da mãe, esperando que ela retorne, e tem a promessa que fez a Sebas, tão difícil de manter na frente dos outros e incompleta até que consiga descobrir quem está por trás do nome que substituiu seu nome.

— Mamãe, você está preocupada?

— Não, filho, mas estou com fome. Vamos tomar café da manhã.

Assim que saem do quarto, um cheiro nauseante e difícil de identificar chega a eles no andar de cima. Lembra fruta podre, por causa das notas doces, mas é mais azedo e cruza a escada em baforadas de vapor. Quando descem, descobrem que Erica encontrou o fogareiro de acampamento e o acendeu no meio da sala com um tacho enorme em cima. Lis o reconhece; é aquele que a avó usava para fritar os tomates e esterilizar os potes nos quais depois os armazenava. Submersa na condensação, quase um fantasma ruivo, a irmã mexe o conteúdo, que tem paus e folhas, com uma colher de madeira. Traça círculos tão largos que parece dançar com o fogo. E, absorta no processo, não os vê chegar.

— O que você está fazendo?

Lis está acostumada com as esquisitices esotéricas da irmã e não está nem um pouco preocupada que ela tenha se transformado em uma bruxa, mas o olhar que ela lhe devolve é outra coisa. Conhece aquele olhar, o brilho, a contração assimétrica das pálpebras, porque já viu isso muitas vezes no espelho e sabe que esconde um curto-circuito.

— Desculpa, me desculpem, é que o vento aumentou e o fogo ficava apagando lá fora.

— Tudo bem, não tem problema, mas o que é isso?

Erica demora muito para responder e então diz uma palavra que não significa absolutamente nada para Lis.

— Arruda.

— Ah, bom, e pra quê?

A irmã olha para ela como se pedisse ajuda e sussurra:

— O menino... Não posso te contar com ele aqui.

— Ok, ok, eu vou dar o café da manhã pra ele e já volto.

Lis não entende o que acabou de acontecer e de repente se dá conta de como os outros devem tê-la visto, de fora, durante esses últimos meses. Ela se coloca no lugar de sua mãe, que foi a primeira a acudir a seus gritos quando Peter saiu transformado em Sebas, e vê uma mulher que se protege do próprio filho encurralando-se em um canto, que toca seu rosto e o afasta, toca e afasta, como se sua pele queimasse. Olha através dos olhos de Jaime e a vê uma manhã tirando fotos em close da criança que está dormindo, no meio de uma bagunça de fotos de álbuns de família, jogando o jogo dos sete erros. Compreende a perplexidade. Compreende que o rótulo ajude a controlar o medo: louca. Ela ficou louca. Faz sentido e o sentido apazigua. Mas não compreende por que não foram além dessa primeira intuição. Por que mal lhe pediam para explicar o que não entendiam. Nunca um "o que você está fazendo?", "posso ajudar?", "você pode me dizer o que está passando pela sua cabeça?". A mesma coisa no hospital, onde se internou voluntariamente com todo o repertório de submissão que conhece e, apesar disso, a enfermeira descobriu que ela havia guardado o estojo com a tesourinha de unha de Peter no bolso da camisola e chamou na mesma hora os guardas para que a amarrassem à cama. Se tivessem feito perguntas, poderia ter esclarecido que não tinha intenção de se suicidar com um conjunto de manicure infantil, que o estojo com desenhos de girafas foi o último objeto de seu filho que viu antes de sair de casa e por isso o carregava e se agarrava a ele, mas ninguém naquele lugar gostava de perguntas. Não conhece nenhuma profissão em que os especialistas demonstrem menos interesse por seu objeto de estudo do que a psiquiatria. Por sorte, ela não é psiquiatra de Erica, mas sua irmã.

Depois do que aconteceu, Lis se apressa para deixar o menino com sua tigela e uma colher, mas, no caminho em direção à cozinha, ele para em frente à cômoda, inspecionando-a com o interesse de um especialista e começa a vasculhar suas gavetas.

— Vamos, Pombo, você tem que comer alguma coisa.

Continua sendo teimoso. Nesta versão amigável, também não é fácil distraí-lo de seus focos de interesse absorto. Parece um animal seguindo um rastro olfativo, porque, antes de encontrar o que quer, o que parece que já sabia que encontraria, descarta todo tipo de objetos absurdos: uma toalha de mesa natalina, tampões de ouvido, emaranhados de fones de ouvido baratos, descartáveis, do tipo que distribuem nos aviões; maços de folhas com impressões de páginas da internet, um rosário e, finalmente, a caixa de giz de cera. Devem ter a idade de Erica, pelo menos, porque ela foi a última criança a pintar nesta casa antes dele, mas parecem novos, brilhantes e até mesmo apetitosos.

— Não, querido, não são de comer. A comida está na cozinha. Vem comigo.

Lis serve o café da manhã e espalha sobre a mesa da cozinha o verso das folhas impressas encontradas na gaveta como se fossem guardanapos nos quais também é possível pintar. Sebas começa a fazer desenhos em círculo, rabiscos concêntricos que lembram tornados e redemoinhos, os movimentos que Erica faz no tacho, e Lis o deixa absorto em seu traço, fantasiando, talvez, que todas as viagens terminam com um retorno ao ponto de origem.

Ao se afastar dele, na porta que dá para a sala, Lis esbarra em Olivia, completamente pálida, a não ser pelas olheiras violeta que tem sob os olhos. Não a via desde seu show de clarividência, e naquele momento não era ela mesma, então a abraça como se estivessem se encontrando novamente depois de um tempo.

— E aí, como você está? Como você se sente? Lembra de alguma coisa?

— Eu preciso que vocês todas parem de me perguntar a mesma coisa.

— Está bem. Não te incomodo mais, mas você pode ficar de olho no menino enquanto ele está tomando café da manhã?

Olivia dá de ombros, e Lis vai até a irmã, que está envolta em ainda mais fumaça, encapsulada na névoa. Cruza a cortina e aparece a seu lado.

— Erica, já estou de volta, você ia me contar...

— A decocção está pronta, mas não consigo parar de mexer e mexer e mexer... Sinto que, se eu parar de fazer isso, algo horrível vai acontecer comigo.

— Bom, isso é porque não está totalmente pronta, não é? Vamos com calma. Por que você não me empresta a colher e eu cuido disso por um tempo?

Erica obedece. Mostra seu braço, que, mais do que tremer, convulsiona, e Lis o acaricia suavemente até que a tensão diminua.

— Você estava me dizendo que isso é arruda...

Assim que pega a colher de pau, Lis entende que assumiu o controle, que está em posição de poder em relação à irmã, que agora praticamente parece um cachorrinho assustado, e tem consciência da responsabilidade que isso implica, da necessidade de medir cada gesto e cada palavra, mas se sente estranhamente confiante, segura de si. Está se aproximando de uma fera que já não lhe mete medo. Tem medo de perder o filho, de ficar presa a Jaime a vida toda para não perdê-lo, de que voltem a interná-la, de que a amarrem e a mediquem a ponto de precisar de fraldas... Mas isso, o que vem antes das punições, o que não passa de medo, já não lhe mete medo.

Sabe o que fazer porque sabe o que gostaria que tivessem feito com ela e, ao ouvir Erica com toda sua imparcialidade e atenção, se pergunta se não poderia ser sempre assim, que pessoas como ela hoje ajudem pessoas como ela ontem, longe de qualquer consultório, sem transações econômicas, em um espaço seguro. É a primeira vez que pensa nesta casa como um espaço seguro. Não é, mas poderia se tornar.

III

— Você se lembra de alguma coisa?

A pergunta da irmã abre um espaço em branco. Que dia é hoje. Quando é hoje. É de manhã, com certeza. Acaba de acordar no quarto que lhe foi atribuído quando chegou, aquele que dá para o galinheiro, e a luz que se infiltra pela treliça é incipiente. Não sente cheiro de café, mas há algo no fogo. Sua cabeça não dói. Nada dói.

— Que horas são?

— São nove e quinze. Você dormiu dez horas.

É claro que houve um salto no tempo, porque um momento atrás era ontem, estava recolhendo os pratos do jantar e empilhando-os na pia, e de repente é hoje. Tudo está como deveria, exceto por suas roupas. Dormiu com as roupas que usou ontem e os círculos de suor sob suas axilas se estendem até as cotoveleiras de sua camisa de linho. Está nojenta e Nora não mantém distância. Deveria estar desconfortável, mas realmente não se importa. Não se importa com seu fedor nem com a proximidade de outro corpo, e sua cabeça não dói. Essa noite ela se livrou de alguma coisa. Seu pescoço está mais leve, como se tivesse raspado o cabelo. Mas não está careca, já verificou.

— Acho que tenho muita coisa pra te contar... — Nora suspira, e Olivia gostaria de concordar com ela, gostaria de estar interessada em saber o que aconteceu com ela, mas há uma barreira, um desinteresse que não pode ser honesto, que deve significar outra coisa ou existir em virtude de algo, talvez para protegê-la.

— Quem sabe você faz um resumo, preciso urgentemente de um café.

Estramônio, visões, um belo show de mágica no jardim. Olivia se lembra de ter mastigado aquela semente escura que encontrou nas calças de Nora e essa é a última coisa que ela consegue confirmar. Dali em diante, a irmã poderia estar brincando com ela para reimplantar memórias que nunca aconteceram, porque tudo é inédito e nada repercute. Sente apenas um leve interesse farmacológico:

— E você disse que tem atropina, como essas gotas para dilatar as pupilas?

— Foi isso que eu li. Mas você estava vendo bem.

— Não sei o que te dizer...

— Me escuta. Tem uma coisa que eu não te disse. É que eu acabei de descobrir e estou um pouco chocada.

As saliências da cabeceira estão machucando Olivia, que ajusta a postura, amortecendo a parte inferior das costas com o travesseiro. Quando o tira do lugar, aparece um objeto que estava escondido, algo sobre o qual dormiu a noite toda e, claro, não tem nenhuma ideia de como foi parar ali.

— Caramba! E isso aqui? Você sabe alguma coisa sobre isso?

— Não, o que é isso?

— Nada, não é nada.

Olivia pega o receituário, seu receituário pessoal, a última coisa de que se lembra de ontem, a arma do crime, e o esconde apressadamente na gaveta da mesinha de cabeceira. Seu pulso acelerou por um instante, mas ela se acalma novamente. Não sente nenhuma urgência em rever o que a deixou tão obcecada. Não sente nenhuma urgência em relação a nada, na verdade, e ainda que esse vazio seja bom, uma sensação de estar de férias de si mesma, ela se preocupa que isso indique que não se parece mais consigo mesma.

— Bom, o que eu estava dizendo é que acontece que você estava certa no que disse a Erica. Que ela está grávida. Eu a encontrei lá fora, completamente atordoada, porque... Bom, é muito pesado...

— Sinto muito, Nora. Agora sim preciso de um café.

Olivia se aproveita da perplexidade da irmã e foge com pressa. Anda descalça sobre o tapete enegrecido sem nenhum tipo de apreensão. Na verdade, gosta de andar descalça porque algo curioso acontece com as solas dos seus pés, uma nova pegada, como ventosas ou tentáculos que a enraízam no subterrâneo e deixam suas costas mais retas, sua cervical mais livre. Acordar dessa droga é o oposto de acordar de benzodiazepínicos ou do Zomig – as únicas substâncias psicoativas que ela havia experimentado até então, sempre com fins analgésicos, sempre para combater suas enxaquecas. Os fármacos a fazem pensar em uma onda de calor em pleno asfalto e esta droga dá a sensação de um mergulho em água gelada. Ela se pergunta se há estudos sobre o assunto, aplicações terapêuticas para esses psicofármacos que brotam nas valetas, mas sua curiosidade não chega ao ponto de incentivá-la a entrar no Google. Está mais interessada em seus passos, em quão agradável é o toque do tecido que envolve a casa quando se liberta do medo da sujeira e, à medida que avança, faz outras descobertas. Quando chega à sala, por exemplo, a grama do jardim que vê pelas janelas é de um verde que parece artificial, não artificial como o plástico, mas como uma pintura impressionista. Lembra fotogramas retocados, um filme que viu há muito tempo, não recorda qual, teria que perguntar a Lis, que é especialista nisso, mas Lis está envolta em uma nuvem de vapor, cozinhando algo de dimensões colossais com Erica. Que elas se encarreguem de cozinhar pelo menos uma vez é que parece uma anomalia cósmica, e não as bobagens que a irmã lhe contou com a emoção de uma mística novata. A racionalidade de Olivia está protegida pelos muros de uma represa. Uma viagem psicodélica e um punhado de coincidências não são suficientes para convertê--la. A única teoria excêntrica – mais ficção científica do que religiosa – que estaria disposta a considerar é a da simulação. Pode ser, afinal, que o desenvolvimento tecnológico humano tenha aberto a possibilidade de gerar multiversos digitais tão precisos e enganosos que seus habitantes não consigam distinguir seus próprios pixels e, nesse caso, as estatísticas dizem que há mais chance de habitar qualquer uma das muitas cópias do que a original. Essa é a única concessão que está disposta a fazer diante do desvio supersticioso que o resto de suas familiares na casa parecem ter tomado, ao estilo da avó, mas continua firme em seu compromisso com o acaso e com o caos. Não acha que ter previsto que Erica estava grávida impugna a lógica materialista. É a previsão padrão das cartas de tarô para uma mulher em idade fértil que ainda não tem filhos. Suas dúvidas, de qualquer forma, viriam de outro lugar, não da história, mas do corpo, do que acontece nele, e isso deveria ser farmacológico. Mas que fármaco maravilhoso. Continua sem dor de cabeça.

Quer muito sair para a rua, medir os tons dessa nova paleta de cores que lhe é oferecida e visualiza insistentemente a horta, invadida por erva daninha, queimada e argilosa, com o desconforto que uma montanha de pratos sujos lhe inspira, ou melhor, com o desconforto que lhe inspirava antes, porque, desde que acordou, sente-se mais tolerante com a desordem que encontra em seu caminho. Na verdade, é como se sua compulsão por limpeza tivesse sido transferida para a parte externa. Não se incomoda com suas marcas de suor, com as folhas espalhadas no chão ou com os brinquedos de Peter nos quais tropeça, mas fica indignada porque as framboesas da avó estão enterradas pelos restolhos. Como deixaram isso acontecer? Pelo pouco que conhece do campo, sabe que o mês de julho não é de plantio e que também não é bom arar a terra porque está muito seco para revolvê-la; teria que regá-la durante horas para conseguir afundar a pá alguns centímetros. Mas algo pode ser feito. Arrancar os cardos, por exemplo. Podar arbustos que se espalham pelas margens e não delimitam mais, apenas acrescentam desordem. Tem certeza de que isso é o que quer para hoje. Uma forma diferente de lidar com o luto, honrando a memória da avó cuidando das coisas que lhe eram queridas, e não mergulhando nas misérias que sempre suscitarão dúvidas. Não se esquece do receituário que brotou entre seus lençóis, mas considera que está bem onde está, a salvo de sua indiscrição e de seu remorso. Portanto, vai preparar um café e colocar as luvas de trabalho.

Ao chegar à cozinha, acontece algo que não compreende. Cruza com Lis, que está saindo pela porta que dá para a sala, mas Lis já estava na sala, acabou de vê-la mexendo em um tacho com a prima e, se não era ela, então quem era? Olha para trás, rebobina seus passos e vê que Erica está sozinha. Deve ter sido uma ilusão ótica causada pela fumaça que a envolve, mas renova essa sensação de leve irrealidade que a acompanha.

— Olivia! Como você está? Lembra de alguma coisa?

— Eu preciso que vocês todas parem de me perguntar a mesma coisa.

— Desculpa, desculpa. Você pode ficar de olho no menino por um segundo?

Peter está na mesa da cozinha pintando uma série de rabiscos idênticos que parecem buracos negros e que não ajudam a atenuar o clima inquietante que tomou conta do ambiente. Pela primeira vez, Olivia está preocupada. E se sofreu danos neurológicos devido à toxina que ingeriu ontem? E se a droga alimentou uma psicose latente, do tipo que parece ser genética, e essas mudanças perceptivas são o início do surto? Melhor não pensar muito sobre isso para não se deixar influenciar. Muito provavelmente, só precisa de um café, como vem dizendo desde que acordou, então liga a cafeteira e se senta para esperar com o menino.

— Olá, o que você está desenhando?

— São pra festa.

— Ah, você vai dar uma festa?

— Com a minha mãe, quer dizer, com a Lis.

— Que legal. E eu estou convidada?

Peter escolhe um dos desenhos, um em vermelho e lilás, e Olivia acha que é uma combinação de cores fascinante. Imagina um campo de papoulas e lavanda, tão vívido que parece uma lembrança, mas não sabe de quando nem de onde ela vem.

Talvez seja a cor que lembra, e não ela. Mas o que está dizendo? Não seja louca.

— Sim, pega. Esse é pra você. — O menino dobra a folha de papel ao meio, para que pareça um cartão, e entrega a ela.

— Muito obrigada. Que lindo. E quando é a festa?

— De tarde. Como você falou.

O menino fala melhor do que ela lembrava, diria que melhor do que quando chegaram, por mais improvável que pareça, mas ainda tem a língua presa, então Olivia decide ignorar o que ele disse, certa de que não entendeu direito. Desvia seu olhar do dele, com medo de que a conversa continue, e se diverte analisando o desenho, feito no verso de uma página com impressões em formato web e algo que parece um sumário. Lê:

1. Importância do tema.

2. Conceitos gerais.

3. Efeitos do consumo de derivados anfetamínicos durante a gravidez.

Toma um susto. O que é isso? Ou melhor: de quem é isso? O primeiro nome que lhe vem à mente é o de Erica, claro. Ela se surpreende que a prima, à luz de sua recente reviravolta, tenha ficado preocupada com o que consumiu em uma de suas farras e esteja investigando – embora devesse saber que, durante as primeiras semanas de gravidez, o maior o risco que corre é o de um aborto espontâneo –, mas não faz sentido que ela tenha feito isso antes de saber que estava grávida, ou seja, antes de ontem à noite, e não há impressora nesta casa. Ele precisaria ter ido e vindo da lan house do vilarejo, lido e descartado suas impressões antes das dez da manhã, e por que imprimir o que poderia ter lido perfeitamente e com mais discrição no celular?

Hoje em dia, quem imprime *para ler*? Imagina a resposta, mas ainda assim pergunta.

— Peter, querido, onde você encontrou esses papéis?

— Tia! Peter não!

— Peter não o quê?

— Pombo.

— Pombo? Não estou entendendo, meu amor.

A frustração da criança chega em grandes proporções: caretas, vermelhidão, lágrimas impulsionadas pela raiva. Atira seus gizes de cera em Olivia e, após a retaliação, fica calmo, mas convincentemente triste. Adultamente triste. Olivia não sabe o que fazer e agradece a Lis por ter vindo em seu auxílio.

— O que houve?

— Não sei... Eu estava perguntando onde ele tinha achado essas folhas.

— Achou em uma das gavetas da cômoda, ao lado da caixa de giz. Não eram importantes, eram? Estavam no meio de um monte de lixo.

— Espera. Já volto.

Olivia caminha em direção ao móvel que Lis mencionou e, de repente, esbarra na irmã, sem saber de onde ela saiu. Até agora, não tinha achado que as outras estivessem atrapalhando; afinal, elas têm espaço de sobra. A casa foi muito mal projetada, mas, com uma reforma, poderia se tornar um hotel, uma pequena casa de campo que, com quartos duplos, acomodaria uma dezena de hóspedes. São apenas quatro e, mesmo assim, nesta manhã, estão se atropelando. Elas convergem no mesmo ponto, como se o fogo que Erica acendeu as convocasse.

— Cacete, Olivia! Você está cega?

Ela não sente vontade de responder ao grito da irmã com outro grito, e nisso também não se reconhece.

— Desculpa. Estou distraída.

— E posso saber o que você está procurando agora?

Olivia sorri com a ênfase de Nora no "agora", compartilhando seu cansaço. Na verdade, não fez nada além de vasculhar gavetas e armários desde que chegou, seguindo pistas que eram apenas rastros, simples vestígios de vida. Está cansada da gincana e desse enredo misterioso. Acordou livre da dor e, como se tivesse alguma relação com ela, também dessa necessidade compulsiva de remexer e resolver. Está pronta para abandonar o jogo, mas, paradoxalmente, a casa não para de colocar diante de seus olhos tudo o que antes escondia dela. Agora que não lhe importa mais é quando lhe permite entender. Ou assim seria se a casa fosse uma entidade consciente, porque, por favor, Olivia, não vá você também cair na literalidade das metáforas. *Mas é o que eu sinto, vovó, sinto que você está brincando comigo e que esta é a última rodada.*

— Olha, eu encontrei isso — diz para Nora, e enquanto a irmã se entretém com o verso do desenho de Peter, desencaixa a gaveta do móvel e joga seu conteúdo no chão. As páginas que resgata têm partes sublinhadas com as cores dos gizes de cera com que Peter está desenhando. Fala-se de um aumento de doenças cardíacas congênitas entre as crianças filhas das que o estudo aponta como "mães da efedrina", mulheres de classe média na Espanha dos anos 1960 que ficaram viciadas em uma anfetamina prescrita para controle de peso. "São as mesmas que acabariam viciadas em Optalidon nos anos 1980 e em benzodiazepínicos durante os anos 2000", afirma o autor, "por uma dependência que nunca foi tratada e que sofreu mutações por causa dos altos e baixos dos efeitos da droga". Olivia se incomoda com o estilo acadêmico do texto, porque está longe de ser acadêmico. Onde estão as referências? De onde foram tiradas as conclusões? É óbvio que na década de 1960 nasciam mais crianças com cardiopatia congênita do que hoje, simplesmente porque quase não havia meios de diagnóstico pré-natal. E, quanto ao uso e abuso de substâncias durante a gravidez, Olivia sempre foi cautelosa quanto aos seus efeitos concretos sobre o feto. Afinal, não é possível testar em mulheres grávidas. O que pode ser feito e está sendo feito – porque se diz que é melhor prevenir do que remediar – é aterrorizá-las, prometer-lhes malformações monstruosas se não pararem de fumar ou se beberem duas taças de vinho e, a posteriori, culpá-las por tudo o que der errado. Também contribuem para isso os comentários das vizinhas, as insinuações de parteiras e artigos supostamente sérios como este. Onde esse lixo foi publicado?

Olivia, que estava de cócoras, cai sentada de repente e o barulho alerta Nora, que corre até ela.

— O que houve? O que houve?

Não sabe muito bem explicar o que essa descoberta revela e acha melhor que a irmã tire suas próprias conclusões sozinha, então se limita a lhe entregar a página que tem os sublinhados mais relevantes. Nora olha a folha rapidamente e confirma:

— Sim, eu já sabia.

— Como? — Olivia sente que é ela mesma de novo, o que significa que essa raiva é o que a define, o que a ajuda a se reconhecer, e não gosta dessa ideia, não gosta de ser isso. — E você não achou que seria, sei lá, legal da sua parte me contar? Eu, que estou obcecada por entender por que a vovó fez o que fez desde a porra do dia em que fez?

— Calma, Olivia, você não está me entendendo. Estou dizendo que eu já sabia que a vovó era drogada, caramba. Ela mesma me disse que tinha passado por tudo: anfetaminas, barbitúricos... até o xarope para tosse que continha codeína. Ajudava a ter visões. O que eu não sabia era essa outra história. Do... do...

— Do nosso pai? Que ela usou drogas durante a gravidez?

— Da sua culpa. Que ela se sentisse culpada por isso. Me entristece muito.

Olivia se acalma, porque também está triste, e a tristeza é uma emoção calma. Prefere a tristeza à raiva. E sabe que, ontem mesmo, teria lidado com essa descoberta com raiva. Teria ficado com raiva de sua avó por ter feito algo imprudente, algo que sabia que era perigoso, mesmo que o destino de seu pai não tivesse mudado em nada. Teria ficado com raiva porque raiva é sua reação automática a tudo que a abala. Mas hoje não é ontem. Durante a noite, aconteceram coisas que ela não compreende. Coisas que a ajudam a entender o que está acontecendo.

— O pior de tudo é que ela não tinha motivos para se sentir culpada — diz a Nora, e se dá conta de que está à beira das lágrimas. — O que aconteceu com nosso pai foi uma doença cardíaca genética, não congênita. Acho que ela não entendeu direito. Eu não expliquei bem pra ela.

— Os conceitos soam bem parecidos. Eu também teria me atrapalhado.

Nora aperta sua mão e o gesto lhe dá uma impressão estranha, lembra algo que não lembra, será um déjà vu? Fecha os olhos para controlar melhor seus nervos e suas lágrimas, e a escuridão está cheia de cores como tochas em movimento. Pensa com uma voz que não é a sua voz. *Agora você pode se livrar do peso*, diz a si mesma, diz a ela. *Agora você pode parar de se comportar como eu*, diz a si mesma com a voz de sua avó, sua avó diz a ela, e Olivia assente com os olhos, assente para dentro de seu crânio, para a origem dessa voz que não é a sua voz, mas que soa cada vez mais como ela mesma.

IV

Primeiro a prima e agora a irmã. Abandonam Nora no meio da frase, quando está prestes a dizer alguma coisa importante – quando está prestes a dizer alguma coisa, qualquer coisa –, e tem vontade de voltar a dormir para acordar de novo e fazer melhor desta vez. Ela se deita na cama de Olivia e se cobre de cima a baixo com um lençol ainda úmido de suor e com um cheiro forte da irmã. Fecha os olhos e procura um eco, as sensações de quando esteve aqui algumas horas atrás, para reviver a anomalia e lembrar que realmente aconteceu. Se Olivia não quer ouvir, dirá a si mesma, para fixar na memória, porque sente que as coisas impossíveis são esquecidas como esquecemos o que nos acontece nos sonhos. O materialismo decreta uma amnésia coletiva sobre o que não cabe em seus limites; o hipocampo funciona por associação e por contexto, e não fixamos o que não se parece com nada. Essa é a sua tese. Embora talvez o que ela está tentando lembrar tenha sido de fato um sonho. Afinal, tinha adormecido e o alarme do celular a acordou uma hora depois. Foi se arrastando para o quarto de Olivia como uma sonâmbula, profundamente drogada pelos hormônios da fase rem, e foi então que ouviu seus grunhidos. Parecia um animal ou uma sala de parto. Abafado, é verdade, porque tinha colocado a fronha na boca, mas o efeito amortecido só fazia a dor parecer mais profunda. Nora levou um susto tremendo, o que deveria ter desanuviado sua cabeça completamente, garantindo que estivesse lúcida para o que estava por vir, mas nunca se sabe. Logo descobriu que Olivia estava dormindo, ou em alguma fase intermediária do sono, porque reagia a algumas de suas palavras, não a todas, e de vez em quando falava com alguém que não estava ali. Mediu sua pulsação e saturação de oxigênio, verificou sua temperatura e entendeu que o que estava acontecendo com ela não era fisiológico, era um trecho diferente de sua jornada, então simplesmente a acompanhou. Pegou na sua mão, quente como o fogo, e então começou a sentir. Uma explosão subcutânea. Caroços palpáveis e densos, como tumores do tamanho de uma barata grande, que surgiam em seus pulsos e se moviam rapidamente pelos braços. Não achou que devia levá-la ao pronto-socorro porque aquilo não parecia nenhum mal conhecido. Parecia uma dessas coisas que se vê em filmes de ficção científica. Algo estava abandonando seu corpo e o fazia a um palmo do topo de sua cabeça. Ali se dissolviam os corpos estranhos, e foi para ali que as mãos de Olivia foram quando ela gritou com tanta força que sua mordaça voou pelo ar. Então, ela jura, o corpo da irmã arqueou tanto que não estava mais em contato com o colchão. O quarto estava no escuro e ela pode ter visto mal, é verdade, mas procurou as pernas da irmã, acariciou-as de cima a baixo e não encontrou pontos de apoio. Na metade superior de seu corpo, apenas os dedos roçavam a colcha, sem tensão, sem apertar, apenas acariciando o lugar de onde tinham se desprendido. Voltou de repente ao plano horizontal, como um fardo de palha caindo das alturas, e nenhuma protuberância mais se movia sob sua pele. Não sabe o que a irmã viu durante esse episódio, mas sabe que estava ligado ao que Nora percebia com seus próprios sentidos. Sem ter tomado nenhuma droga alucinógena, estava dentro da alucinação de Olivia, e isso é extraordinário. Isso não tem explicação.

Sendo sincera, aconteceram muitas coisas ontem que não têm explicação, mas até então, até a experiência nesta cama, tinha conseguido permanecer cética ou pelo menos rir de tudo, o que não tem certeza se é a mesma coisa. Depois de finalmente deixar Olivia tranquila, como uma dorminhoca qualquer, voltou para seu quarto e as coisas não lhe pareceram mais tão engraçadas. Tinha ocorrido uma falha no sistema. As últimas vinte e quatro horas colidiram com tudo em que ela acredita. Viu e pensou de uma maneira que só se articula com a linguagem da religiosidade e da conversa fiada do new age, por isso o vocabulário lhe falha, a base filosófica lhe falha, e ainda assim ela se recusa a usar outra. Acontece que ela tem convicções que está disposta a defender mesmo que se confirmem falsas, porque luta por um mundo regido por elas, por mero pragmatismo, por compromisso com o tangível, independentemente de seu valor de verdade. Parece ridículo porque é transcendente, mas durante a insônia ficou pensando na divisão entre corpo e alma. Agora que tudo é possível, agora que Peter diz que foi Sebas em uma vida anterior e sua irmã foi claramente possuída por um espírito que não era ela, parece obrigatório admitir o gol das teologias dármicas, mas o carma é uma merda classista, uma forma de justificar as injustiças sociais falando da bolha de um monastério no topo de uma montanha. Se cada um colhe o que plantou em outra época, por que se mobilizar em favor de quem nasceu sem sorte, não é mesmo? O sagrado despolitiza e por isso não serve para ela, apesar de, pela primeira vez, poder concebê--lo. Todas as teorias que a interpelam desde que se tornou adulta e consciente partem de uma crítica ao dualismo platônico, de um desconforto com as essências, e o que é a alma que reencarna senão uma essência imutável? Imutáveis como são as hierarquias e os sistemas de opressão para quem sempre acreditou nela. Na alma. Que palavra carregada de conotações perigosas. Será que não há outra menos assustadora? Nora não quer uma alma. Não quer a promessa de uma vida após a vida. Ela se contenta com uma que viva com dignidade, para ela e para seus pares. Vende sua alma em troca de condições materiais decentes e um tecido simbólico que não silencie os de sempre. É nisso que acredita. Porque é pobre e porque é mulher, claro.

Deve ter feito alguma coisa.

Deve ter feito alguma coisa em uma vida passada!

Certamente nada muito sério, não se preocupe, você nasceu branca e no primeiro mundo.

Enfim. Esses são os becos pelos quais sua insônia passou, e então, recém-saída da cama, sem ter conseguido dormir mais de duas horas, encontrou Erica e, claro, fez tudo errado. Interrompeu-a. Pressionou-a. Sentiu medo do viés de seu relato, que se sentisse como não deveria se sentir, envergonhada e culpada, presa na armadilha da cultura do estupro. Como é possível? Tanto mistério de um lado e tanta realidade irredutível do outro sem que os planos se comuniquem. Ontem à noite, ao apalpar aqueles volumes de matéria extraterrestre que percorriam o corpo de Olivia, teve um delírio de grandeza, pensou que, se colocasse as mãos sobre eles, poderia absorvê-los, limpá-los, e acredita que esse desejo impossível de curar com magia é reflexo da frustração com que enfrenta esta vida nesta terra. Tudo está errado e não há nada que possa fazer para mudar isso. Se tivesse que definir sua atitude em uma frase, seria essa, que tem tatuada em algum lugar. Não se sabe onde.

A manhã avança e se ouvem vozes, passos e o tilintar de talheres vindos do andar de baixo. Todo mundo está lá, menos ela, mas não se sente convidada para a festa. Por respeito a Erica, para não a ofender novamente, decide que ficará escondida mais um pouco, até que o dia finalmente comece e elas se dispersem por conta própria. Descarta adormecer novamente, então se liberta do lençol e se senta bufando. Finalmente um ar que não cheira a alguém. Procura o celular e, ao vê-lo na mesinha de cabeceira, lembra-se daquela espécie de caderno que Olivia havia escondido antes. O que foi aquilo? Tudo é tão estranho que o que é só um pouco estranho nem sequer fica registrado. Quase tinha esquecido. Abre a gaveta e encontra um receituário. Achava que nem existia mais, por causa do cartão eletrônico, mas a receita mais recente é de seis meses atrás. Deve ser um privilégio de médicos, receituário pessoal, como antigamente. Todas as folhas têm a assinatura de Olivia e seu número do Conselho de Medicina. Uau, são autênticas. Utilizáveis. Nora fica atônita. Aqui está o grande mistério sobre o contrabando da avó e outro presente do além, para seu uso e diversão. Anfetaminas de farmácia como as senhoras de antigamente, como a avó, que confessou que, se não fosse por elas, não teria conseguido criar os filhos e gerir o negócio e ao mesmo tempo manter a cabeça erguida. Não, as drogas não a mataram. Até porque eram boas. Meu deus do céu.

Nora não tinha sentido vontade de usar até esse momento. Na verdade, tem várias chamadas perdidas de Rober no celular e decidira ignorá-las, porque ainda não sabe o que lhe dizer sobre sua oferta e, acima de tudo, por precaução. A verdade é que não está tão mal. A verdade é que, por mais que tenha rido de seus gestos de cirurgiã do ar, quando a irmã manipulou o que visualizava ao redor delas como uma segunda pele, como um círculo de partículas de pó colorido, sentiu alívio em um lugar que não aparece nas representações anatômicas. E, desde então, está melhor. Seu pulso não treme mais, acordou sem aquela pressão nas têmporas que ontem a impedia de pensar e sente levemente os efeitos típicos de uma pequena ressaca. Não teme seu corpo, que demonstra uma resiliência incrível, e esse é o problema. Toda vez que chega ao fundo do poço, diz a si mesma que é a última vez, mas assim que emerge, mesmo que um pouco, recupera a confiança. A confiança para tentar a sorte de novo. Seria realmente diferente se fizesse isso com drogas legais? Está realmente segura de que, no fim das contas, a avó não pagou um preço? Contempla o receituário como se fosse um elemento simbólico, não sabe se é um presente ou um teste, caído dessa dimensão que estava prestes a sentir pelos olhos de Olivia. Nenhum objeto é um simples objeto depois do que aconteceu, e este é particularmente inquietante. Quer se afastar de sua influência, mas também não se atreve a abandoná-lo completamente. No fim, decide escondê-lo da irmã, nem sequer em seu próprio quarto, e o guarda no fundo do armário, entre as velhas caixas de sapatos de senhora morta que ninguém se atreveu a inventariar ainda. Se não conseguir conter o impulso, voltará para buscá-lo e realizará uma espécie de fantasia política, preencherá uma receita psiquiátrica sem a mediação de um psiquiatra. E depois? É claro que no vilarejo não pode apresentar uma receita suspeita com o nome da irmã, mas na cidade há muitas farmácias onde ninguém a conhece ou vai querer fazer perguntas. Enfermarias em aeroportos e shopping centers, que funcionam vinte e quatro horas e empregam trabalhadores precários que não dormiram e não dormirão até o fim de seu expediente. Ali tudo é seguro. Ali tudo se entende. Mas não, chega, não quero continuar com isso, não quero me destruir para produzir melhor, quero parar de produzir, parar completamente.

Foge do quarto para fugir de suas ideias e aterrissa no corredor, ao pé da escada que ainda não se atreve a descer. Pelo vão, sobe um vapor que cheira a especiarias do páramo, uma coluna perfeita se eleva, como se seus pés estivessem suspensos sobre o próprio tacho, e ela se espreita pelas grades para verificar sua origem. A condensação é tão densa lá embaixo que mal consegue ver os móveis da sala, mas identifica o fogo azulado do gás de acampamento e, devido a algum efeito acústico que pode ter a ver com a forma abobadada do teto sob onde está localizado, também ouve a conversa de Erica e Lis junto ao fogo. Um fragmento. Um recorte significativo:

— ... o que acontece é que eu não consigo fazer. Eu tentei, mas meu pulso treme. Faz você, por favor, me obriga.

— Mas, Erica, eu não posso te obrigar a nada. Só posso te apoiar, faça o que você fizer. E continuo achando que seria melhor esperar uns dias, marcar uma consulta com o ginecologista, fazer as coisas direito...

— Não diga "direito" quando nada disso é "direito", cacete. Você acha que tudo se resolve pagando alguém para resolver nossos...

Erica deve ter percebido que estava levantando a voz, que estava praticamente gritando, porque, a partir desse ponto, fala sussurrando. Nora só entende palavras esparsas, mas sente que entendeu o que importava. Por mais que tenham compartilhado a infância e compartilhem um presente semelhante em muitas de suas deficiências, a prima não é como ela. Quando Nora se viu em uma situação semelhante – semelhante, não idêntica: ela também não tinha certeza de quem poderia ser o pai daquele desastre porque havia muitos candidatos, mas pelo menos se lembrava do sexo desastroso que resultou naquilo, pelo menos não tinha sido estuprada –, sentiu-se como se tivesse contraído uma doença parasitária, como na vez que mergulhou os pés em um rio com sanguessugas e só conseguia gritar: tirem isso de mim, tirem isso de mim, com o juízo nublado pelo pânico. Ao descobrir que estava grávida, seu corpo passou a deixá-la apreensiva, como se já não fosse inteiramente dela, e só queria que aquilo acabasse o mais rápido possível. O pior foram os trâmites e os obstáculos, os três dias de reflexão – que reflexão? Que tipo de reflexão não tinha feito antes de entrar no consultório e ia ser resolvida em três dias? – e a bronca moralizante da ginecologista. Quando terminou de se limpar por dentro, quando sangrou até o último pedaço de tecido incipiente, lágrimas de alívio brotaram em seus olhos. E isso não foi há muito tempo. Apenas três anos atrás. Não era a típica gravidez adolescente, quando, como se costuma dizer, você ainda não está pronta para processar a experiência. Tinha acabado de fazer trinta anos e isso não importava, porque sua atitude não mudou desde que havia folheado aqueles primeiros livros sobre sexualidade na escola. Gravidez e parto são sua definição de terror psicológico. Mas Erica não é assim. Não é como ela. Erica tem aquele instinto que todas nós deveríamos ter, o sorriso e o suspiro ao passar na frente de um carrinho de bebê, conhecimento especializado sobre as diferentes fases do processo – episiotomias, amamentação, introdução alimentar –, como se o assunto fosse de interesse geral; e aquela paixão por Peter que tanto indigna a mãe do menino e que é incômoda para as outras porque é excessiva, um pouco desesperada. É óbvio que Erica está enfrentando esse golpe de azar – não fale assim, não diga "azar" quando é violência sistêmica – de um lugar cheio de conflitos, e certamente a visão de Olivia não ajudou muito. De novo a merda da alma. O círculo. O anel de luz. Todas tinham um, exceto Erica, que tinha outro no ventre. Assim que ouviu aquilo, Nora se engasgou e disse a Olivia:

— Ah, claro, perfeito, agora os embriões têm alma desde o primeiro dia, tudo bem, vamos continuar, você ainda precisar confirmar a imaculada concepção.

O espírito que havia se apossado da irmã não era capaz de decifrar ironia – e por isso ela tem certeza de que foi um espírito, e não a própria Olivia, que previu e disse essas coisas –, então, seu comentário passou despercebido, mas agora volta e ressoa, insistente como um refrão. Sugere algo que não tem a ver com o antes, e sim com o agora. Mas o quê? Está na ponta da língua, quase, quase lá, mas resiste. Então, do andar de baixo, pela coluna de ar por onde também se infiltram os aromas da decocção, ouve-se novamente a voz de Erica, desta vez soluçando:

— O que acontece é que eu não quero que chegue neste mundo com uma história horrível dessas. Imagina quando perguntar sobre o pai.

— Mas, querida, se isso te incomoda tanto, você pode contar a uma mentira inocente. Não seria nenhum absurdo.

— Eu não conseguiria fazer isso. Não conseguiria.

A conexão neural que faltava, a pirueta que o inconsciente lhe sugeria, de repente se materializa. Já sabe o que tem que fazer por Erica, que não é falar sobre a cultura do estupro ou forçá-la a denunciar, mas sugerir algo incrível; não a politizar, mas recorrer a esse imaginário absolutamente despolitizante que o dia de ontem lhes trouxe e que permite desfazer o que não tem solução. Mentir-lhe para que ela possa falar com seu futuro filho sem ter que mentir a ele. Ou para que ninguém minta. Que uma druida confirme que o fruto de seu ventre é fruto de uma imaculada concepção e que todas fiquem para sempre com a dúvida. Sente que é o que a avó teria feito, porque não é tão diferente do que fez por ela quando era criança e ouvia vozes. A realidade é maleável; há uma interpretação possível para cada corpo; e é melhor mudar a realidade do que alterar os corpos, porque são eles que acabam adoecendo. Sabe que não será simples, porque vai precisar da ajuda de Olivia. Vai precisar de um milagre para perpetrar outro. Mas coisas mais estranhas já foram vistas nesta casa.

VII
O FUTURO E A FESTA

I

— Quer dizer que é aniversário deste menino bonito? Quantos anos, querido?

— Três — mente Sebas, e mostra três dedinhos para Lavinia, a vizinha da casa verde, que é a primeira convidada a chegar. Mente porque seu aniversário é em dezembro, mas aqui no vilarejo ninguém sabe, e Lis achou que era uma boa desculpa, a melhor para convocar as nativas, com as quais nunca se relacionaram fora das festividades locais, sem que fosse muito suspeito. Lavinia foi a primeira a chegar, mas sabe que muitas outras virão. A criança foi de casa em casa distribuindo convites, e é difícil dizer não a uma criança. Elas também não têm nada melhor para fazer. Virão as que sempre vieram, as que se diziam amigas da avó e lhe traziam conservas de carne de caça e cestas de frutas em troca de ela tirar as cartas na mesa da varanda, e as que nunca falavam com ela e a chamavam de bruxa na saída da missa, especialmente essas, famintas por fofoca. Mas Lis não se importa porque também quer obter informações delas. Haverá uma troca de dados pacífica, entre aperitivos de tortilha, batatas fritas e vinho de mesa servido em copinhos de papel, sob uma guirlanda de balões e pinhas que penduram nas árvores. Passaram o dia todo trabalhando nisso.

Por alguma razão, as primas se prestaram a colaborar sem fazer muitas perguntas e com o entusiasmo dos aniversários de verdade. Olivia preparou os aperitivos e agora está ajudando Nora a montar as cadeiras dobráveis que ela resgatou dos fundos do galpão, onde quase acabou soterrada por pilhas de lenha e bicicletas infantis enferrujadas. Do depósito da família, resgatou uns brinquedos em bom estado – um trator com pedais e algumas raquetes de pingue-pongue – e os embrulhou como presente, para continuar com a farsa, enquanto piscava um olho para o menino e cantava:

— Feliz não aniversário! Feliz não aniversário pra voo-cêê!

A única que fica de fora dos festejos é Erica. Depois de se queimar esta manhã com a infusão de arruda fervente que caiu de suas mãos, depois de finalmente se afastar do fogareiro e deixar Lis tratar suas queimaduras com a pomada de cera de abelha e sabugueiro, voltou para a cama e se juntou a elas há pouco mais de dez minutos, deitando-se na rede do salgueiro em atitude vegetativa. Lis não se atreve a perturbá-la; sua intervenção anterior foi intensa e inútil, cansativa para ambas, e agradece que seja a vez de Lavinia, que ela corra os riscos. Segue a vizinha a uma distância discreta, escondida atrás de suas costas, como uma covarde.

— Você é a mais nova da Amaya, não é?

Erica está usando óculos escuros e o único movimento que faz é para arrumá-los.

— E você é a que furou a nossa caixa d'água por causa do terreno que o vovô não queria te vender, não é?

— Erica! — Lis se mete entre elas, mas Lavinia a afasta gentilmente, com um gesto conciliador, e responde:

— Ah, menina, isso faz tanto tempo. Sua avó e eu selamos um acordo de paz há muito, muito tempo, e nos amávamos como irmãs.

Erica solta uma risada sarcástica e Lis tenta levar a conversa para seu terreno.

— A sua família sempre foi daqui, não é mesmo, Lavinia?

— Sim, querida, por parte de pai, sempre daqui. Mas minha avó materna era de Cañizar. Ela foi trazida em uma carroça puxada por bois para se casar com meu avô, que era seu primo de segundo grau, e foi a única viagem que ela fez na vida, dá pra imaginar?

— Muito ecologicamente correto — diz Erica, e as duas a ignoram.

— Quantas pessoas viviam aqui no começo do século?

— Bom, poucas, mas muito mais do que agora. Havia uma professora, e uma mercearia que era uma espécie de taberna onde a associação agora se reúne, e todas as casas abandonadas da rua Caño eram ocupadas por pessoas, famílias inteiras...

— Sim, era justamente isso que eu queria te perguntar, porque o menino se meteu nas ruínas hoje e, bom... Espera, o menino mesmo pode te mostrar. Pombo! Mostra pra Lavinia as fotos que nós encontramos na casinha.

Lis se vira e o menino não está mais onde o tinha deixado, brincando com sua caixa de areia na varanda. Ela se distraiu por apenas alguns minutos, mas o suficiente para ele desaparecer de seu campo de visão. Ou ele entrou na casa ou atravessou o portão. Começa a gritar por ele e, em meio à urgência, esquece os apelidos que combinaram:

— Peter! Peter! Vocês viram o menino?

Nora e Olivia negam com a cabeça, com certa expressão de culpa, mas a única culpada aqui é ela. Como pode ter deixado isso acontecer. E como ele conseguiu ir embora desta festa que organizaram em seu nome e por seu nome. Bom, embora agora tenha lembranças de uma vida adulta, continua sendo uma criança; caprichoso, inconstante, impulsivo. Não seja injusta. Melhor se apressar.

Abre a porta da frente da casa e, com uma olhada rápida, confirma que não há ninguém no andar de baixo. Ele poderia ter subido para os quartos, mas por quê? Talvez tenha ido procurar seu bicho de pelúcia? Sim, é possível. Gosta de mostrá-lo às pessoas que acaba de conhecer. Lis pega impulso e salta pela sala, sobe correndo as escadas e, quase por superstição, verifica se ele não está escondido atrás da cortina de flores. Desta vez não teme tocá-la; teme que o menino também não esteja lá, escondido em suas sombras, e ele não está. Encontra uma nova parte descascada no papel de parede, tão recente quanto sua chegada à casa. Como qualquer lugar, este também está em declínio. Quase humano.

A última opção que lhe ocorre, a de que menos gosta porque o caminho para lá é perigoso, é que fugiu para a casa abandonada, para a sua casinha, como a chamou quando acordou, dizendo que queria ir para lá. Sim, certamente está lá porque passou o dia todo pedindo que o levassem e é tremendamente teimoso. "Sebas, ou fazemos a festa ou vamos para a casa, mas não dá pra fazer as duas coisas ao mesmo tempo", e ele cerrou os punhos. Então volta a correr, descendo as escadas, pela sala, mas desta vez não sai pela porta que dá para o jardim, mas pela porta da garagem, que é o meio mais rápido para acessar os caminhos da cidade. Atravessa a soleira bufando, com o corpo mais excessivo do que nunca, com o corpo inteiro como um enorme peito que bate e, onde menos esperava, onde se detém para respirar e continuar procurando, encontra seu filho. Encontra os dois. Seu marido e ele, ao lado do carro recém-estacionado. Jaime está tirando algumas sacolas com comida do porta-malas, como se quisesse ficar para o jantar, e o menino desembrulha um pacote, algum presente inútil que esse pai inútil e intrometido, essa vergonha de pai que ela escolheu, deve ter trazido da cidade. Lembra a angústia da irmã com a possibilidade de trazer ao mundo um filho com uma genealogia disforme, um filho sem pai, um filho sem mito, e lhe dói não poder transmitir a ela o que sabe. Que uma criança com pai é uma criança com um fardo, um futuro de discussões e chantagens, a pior das notícias. Também lhe disseram que fazer isso sozinha era impossível, e tinham razão, é impossível, porque o nível de responsabilidade e dedicação que se exige dos cuidadores hoje é uma cópia do que se exige deles, ao mesmo tempo, em suas empresas – e não tem nada a ver com a criação de subsistência praticada por suas bisavós, que levavam os filhos às lavouras todas as manhãs, confiando que os mais velhos cuidariam dos mais novos, deixando o bebê da vez sozinho no berço, com as mãozinhas amarradas para não se machucar, e era assim que seis em cada oito sobreviviam –, mas criar uma criança com um homem não é garantia de criar com companhia.

— Olá! Aí está você! Coloca isso na geladeira, anda logo, são congelados.

Lis está tão furiosa que só concebe mover-se para dar um soco, então, para evitá-lo, prefere não fazer nada, fica parada. Pela primeira vez, apenas observa. Não desvia o olhar como geralmente faz, por sobrevivência; pelo contrário, se força a olhar com atenção para o homem com quem está casada, o homem que paga as contas para que ela cuide do menino e cozinhe, o homem com quem ela ainda fazia sexo antes de ser internada, um sexo protocolar e escasso, como uma obrigação contratual, mas era sexo, afinal... E pensa: como é que você aguentou, minha amiga. Haja estômago. O que não se faz por medo. O que não se faz por um filho (que de repente decide que não é realmente seu filho; que se lembra de ser filho de outra); a capacidade de dissociação da psique. Qualquer divórcio com filhos é traumático, mas um divórcio com histórico psiquiátrico recente é morte certa, uma renúncia, e até agora essa opção não havia sido considerada, a opção de renunciar. Porque uma mãe que abandona o filho é uma mulher que falha no único teste em que o fracasso não é trágico, é monstruoso. Mas de repente, enquanto olha para o marido sob uma luz que projeta todo o ódio que vem cultivando nos últimos anos, sob essa luz que desfigura e sob a qual o monstro é sem dúvida ele, já não tem certeza de mais nada. A criança deve ficar com a mãe, é claro, mas não a qualquer preço. Não em troca de um sacrifício tão grande que, mais cedo ou mais tarde, viraria uma culpa. Além disso, se Jaime fizesse o que ameaça e lhe tomasse a guarda, o que faria com a criança depois, se nem sabe onde guardam as suas meias? Isso é o mais triste de tudo, que não seria ele quem cuidaria do menino, e sim sua mãe ou uma babá. Mas isso é o que os ricos sempre fizeram. E também as ricas. No fundo, não ser criado por alguém do seu sangue é uma espécie de privilégio. Um cordão sanitário em torno do perigo dos espelhos distorcidos.

O som do papel de embrulho sendo rasgado termina, finalmente, e Sebas grita de alegria.

— Uma escavadora! Uma escavadora! Mamãe, olha, vem com uma pá!

Lis respira fundo e vai até eles. Jaime deixou as sacolas no chão, sem prestar atenção, e o menino começa a atacá-las com seu novo brinquedo.

— Peter, faça-me o favor! Não começa, acabei de chegar.

Lis se prepara para a tragédia. Sente o cheiro da birra, da raiva da criança que não quer ser chamada de Peter e das explicações que terá que dar, por isso e pela festa de aniversário falsa que continua no jardim, com cada vez mais vozes, imparável. Há uma bomba prestes a explodir e ela precisa desarmá-la. Não pode permitir uma explosão, nem sequer uma explosão controlada, porque, para agradar o marido, para convencê-lo de que tudo ainda está sob seu controle e compreensão, teria que trair o filho, e para isso a solução é óbvia. Não há nenhum dilema. Só precisa ser contundente. Mais do que a palavra exata, um tom intransponível. Lá vai:

— Vai embora.

Faltou volume. O marido estava de costas e não a ouviu ou decidiu fingir que não ouvia. Ela pega Sebas, que está chorando, e encara Jaime a uma distância que não o deixa escapar. Então o encurrala no canto da garagem, cara a cara, e repete a ordem.

— Vai embora. Você já viu que estamos bem. Não quero você aqui.

Sabe que está usando o menino de escudo. A capacidade de contenção emocional do marido não é muito alta, mas há certos limites para o que ele pode fazer ou dizer na presença do filho, e por isso se apega a ele. Espera que a perdoe. Beija sua testa e está pronta para o contra-ataque. Mas não é preciso. Jaime começa a responder gaguejando, como sempre, e o "v" que não se concretiza em um "você" se torna crônico, angustiante, embora só para ele. Estão tão perto – nunca mais estarão tão perto, nunca mais sem o espaço de proteção que só os amantes ultrapassam – que observa ao vivo seu processo de congestão: a veia que atravessa sua têmpora, engrossando; o pescoço inchado e latejante; tudo pronto para uma descarga que não vem. Seu rosto lembra um pênis cheio de sangue, e ela se engasga, mas não afrouxa.

— Vai embora, eu já disse!

Dá um passo para trás para abrir o caminho na direção de seu carro e Jaime, com o "v" ainda preso na garganta, atrapalhado com a palavra como um pica-pau martelando o ar, finalmente vai embora, sem ter conseguido responder. É uma vitória completa. Não um corpo abatido; um corpo desmaterializado. Se o carro não tivesse cruzado com Nora, que estava na rua, só o menino e Lis saberiam dessa visita.

— Ei, não era o Jaime nesse carro que passou?

— Sim, mas já aviso que ele não vai voltar.

A prima a olha com uma expressão divertida e talvez um pouco de orgulho. A mesma expressão com que a olhou ontem, quando Lis a repreendeu por ser muito cética. Que pessoa peculiar essa Nora. Alguém que te surpreende quando você menos espera.

— Bom, em todo caso, eu e Erica vamos ficar aqui na casa por um tempo. Até vocês nos expulsarem, imagino. E seria ótimo se você e o menino ficassem também. Quer dizer, vocês não estariam sozinhos, não sei se estou sendo clara.

Está sendo clara, sim, perfeitamente. E se antecipa às decisões que Lis ainda não tomou, então sua primeira reação é de afronta: quem é você pra me dizer o que fazer; e, na sequência,

272

de vertigem: a mudança veio rápido demais, preciso desacelerar. Mas em seguida diminui a energia, o potencial de fúria e medo, e concorda que Nora analisou sua situação corretamente. Não quer voltar para a casa que está em nome do marido, e esta outra casa, esta casa que ela tanto odiou, é sua única opção, porque esta está em seu nome. Embora só um quarto lhe pertença, é um quarto próprio, e os problemas de viver ali fora da época de verão, os inconvenientes que surgem quando pensa nesta casa como um lar de longa duração, são atenuados pela presença da irmã e da prima. No inverno, sem iluminação pública ou luz solar depois das cinco da tarde, haveria vida dentro da casa. Vida e mãos. Mais ajuda do que já teve. Tem medo da solidão do vilarejo, mas é impossível estar mais sozinha do que tem estado.

— Ei, Pombo, você gostaria que a gente ficasse e morasse nesta cidade?

Sebas responde entusiasmado:

— Na casinha das pedras?

— Não, filho, nesta aqui, na da bisavó.

O menino olha para baixo e dá de ombros. Lis não se conforma com isso. Acrescenta:

— A gente dormiria nesta casa, mas brincaria na casa de pedra quando você quisesse. Podemos arrumá-la para que fique muito bonita. Para que eu também possa trabalhar lá. O que você acha?

Agora sim, o menino balança a cabeça satisfeito e começa a fazer perguntas sobre os planos de reforma.

— Vai ter sofá? Vai ter cortinas?

Enquanto isso, pega a mãe pela mão e a leva, seguindo Nora, de volta ao jardim, de volta à festa. Lis se surpreende com o grupo que se formou durante sua ausência. Há cerca de vinte pessoas; mais do que o censo oficial do vilarejo coleta. Muitas estão sentadas nas cadeiras dobráveis que as primas montaram antes porque não têm mais idade para ficar de pé e resistem à lordose imposta pelo encosto, resistem ao barulho que se acopla a seus aparelhos de ouvido e, quando veem Sebas, aplaudem.

— Você é igual à sua avó — diz a Nora uma senhora que, em pleno sol, está abrigada em um poncho de crochê. Então olha para o menino e acrescenta: — E você também me lembra muito alguém. Você não é de um dos da Carmen, não é? De quem você é?

— Claro que é da família, Hortensia. É meu sobrinho. Filho da Lis.

— Meu nome é Sebas.

— Sebas! Como meu avô! Vem aqui pra eu te ver. Vem aqui.

Lis solta o menino e chama Nora para seu lado, para que ele possa falar a sós com a senhora, sem interrupções adultas que determinem o que pode e o que não pode dizer. Na verdade, prefere não ouvi-los, não saber. A lacuna biográfica não é sua. Lembra e sempre lembrará tudo da vida do filho, cada peça, cada marco, cada aniversário comemorado e a ser comemorado; vai se lembrar desta festa pelas velas que derreteram antes de serem acesas, pelo calor em suas bochechas e pela intensidade do pôr do sol do outro lado da planície, as primeiras gotas de álcool em muitos meses, aquela euforia antes do torpor, a corrente de ar ainda quente que chegou de última hora e fez as vizinhas fugirem anunciando que o vento norte estava vindo, a risada de Olivia quando sua irmã tropeçou na moto de Sebas e caiu em uma vala recém-cavada, como um corpo em uma cova, e, finalmente, a mão ossuda de Erica em seu pescoço, acariciando sua papada, que tanto odeia, e lhe dizendo, impossível saber se a sério ou não, que, se o bebê for menino, vai chamá-lo de Peter:

— Para termos outro na família de novo.

Lis, com a língua dormente, respondendo:

— Vamos causar uma explosão demográfica. Espero que nos perdoem.

II

— Não sei, Nora, continuo achando inacreditável. Que a resposta estivesse aí, desde o começo. Lembrei que, numa das últimas vezes que a visitei, ela me perguntou sobre a doença do papai, e eu expliquei de novo, juro que expliquei bem, e por isso acho que não havia nada que pudéssemos fazer, sabe? Como um câncer já espalhado... Ela tinha sua explicação, tinha se convencido de que as coisas aconteceram por sua culpa, e não havia como tirá-la dali. Você não acha?

Nora concorda, mas mais por exaustão do que por convicção. A irmã está dando voltas no assunto há horas, e ela não acha que é algo tão importante assim. A avó estava preocupada, sentia remorso, questionava-se sobre sua responsabilidade na morte do filho, o que é bem possível, ela admite. Mas isso não significa que tenha se suicidado por causa disso. Nora não tem nenhuma ideia de por que as pessoas cometem suicídio. Estava prestes a fazer isso uma noite, no meio de um surto, por causa da droga, como sempre, e só lembra que, enquanto tentava cortar o pulso com uma faca de serra, arranhão por arranhão, perseverante, sua cabeça estava oca como quando se perde a noção do tempo olhando fixamente uma mancha na parede. Tem pouquíssimo interesse nesse dilema existencial e menos ainda na reconstrução dos últimos dias da avó, que em nada contribui com sua memória, com a maneira como se lembra dela ou com as coisas pelas quais ela quer se lembrar dela. Chega, não quer mais falar sobre isso. Quer falar de outra coisa. Da outra. Da que está viva. E, embora não saiba como colocar a questão, este é o momento perfeito para fazê-lo. Estão sozinhas, Olivia e ela, e como não costumam estar: trabalhando juntas por um objetivo comum. Tudo bem que são apenas algumas cadeiras, e no contexto de um aniversário falso, o que é bizarro, mas a atividade física, por mais discreta que seja, libera inibições. É mais fácil falar quando o foco da atenção está em outro lugar, quando a conversa é uma atividade secundária.

— Ei, desculpa mudar de assunto, mas precisamos fazer algo sobre a questão da Erica — diz, pontuando a frase com o clique do mecanismo de encaixe do encosto das cadeiras.

— Ela não parece bem mesmo.

Seus olhares se dirigem para a rede em que a prima descansa desde que chegou. Saiu da cama direto para lá, ainda de pijama. Isso lembra a Nora o que seu avô fazia em seus últimos dias, a maneira como ele passeava sua convalescença de quarto em quarto, onde quer que houvesse vozes, talvez por medo de morrer sozinho ou para que não aprendessem a viver sem ele antes da hora. O câncer havia avançado tanto que ele não conseguia mais falar, então era uma presença muda e estática no fundo de qualquer cena cotidiana. Como um relógio de parede. Como um lembrete. Erica também está aqui para lembrá-las de que existe e sofre e, pela primeira vez, Nora se recusa a ser sarcástica com isso. De repente, aprecia o exibicionismo e o drama, porque é muito melhor apontar a ferida do que aparecer sangrando sem aviso prévio na banheira.

— É por causa da gravidez? — pergunta Olivia. — Você quer que eu a examine? Tenho o estetoscópio e o monitor de pressão lá em cima.

— É por causa da gravidez, sim, mas não é isso.

A descoberta daqueles papéis que a avó sublinhou e leu antes de sua morte, a constatação de que carregava aquela imensa e absurda culpa, tão maternal e tão de mulher, absorveu tanto a atenção de Olivia que é a primeira vez que Nora tem a oportunidade de contar a ela o que aconteceu com Erica. A primeira vez que pergunta sobre ela. Abaixa a voz e lhe faz um resumo da conversa que tiveram essa manhã e da conversa que não deveria ter ouvido, mas ouviu. Para atrair seu interesse, Nora tenta narrar os acontecimentos no contexto da história que se repete: mais uma grávida na família que se martiriza, mais uma vítima do discurso misógino que nos culpa até mesmo por sermos estupradas. Veja como avançamos pouco; não me diga que não temos que fazer alguma coisa. Mas Olivia não reage como ela esperava. Na verdade, mal reage. Apenas quando a história de Nora faz alusão a alguma de suas experiências sob o efeito do estramônio, redobra seus esforços no processo de montagem; concentra-se nas cadeiras. Nora tem a impressão de que a amnésia da irmã é uma barreira emocional, um comando que se gravou em seu cérebro para que, quando alguém disser "ontem", sua consciência escape para outro lugar. Diria, na verdade, que se empenhou nos preparativos da festa justamente por isso, para se isolar na cozinha de qualquer eco que a leve para esse lugar proibido, para não ter que lembrar. Então Nora se lembra de algo, o código que elas combinaram na noite passada. Ahlitrot! Será que vai funcionar? Mas logo se dissuade. Fica quieta, idiota, isto é sério. Sem atalhos supersticiosos. Você tem que fazer isso direito. Convencê-la com argumentos.

— E então pensei que poderíamos dizer o que ela precisa ouvir. Que não se lembra de nada porque absolutamente nada aconteceu. Que talvez essa gravidez seja mágica como o que aconteceu foi mágico... — Nora censura a palavra "ontem" porque não quer perder a atenção da irmã.

— Mas você está falando sério? Ah, por favor, não seja ridícula. Como se ela fosse acreditar em você.

— Em mim, não, mas em você... Agora você é nosso oráculo!

Nora tenta dizer isso com humor, mas assim – já deveria saber – só piora as coisas com a irmã, que a empurra para o lado para chegar à última pilha de cadeiras pendentes e não volta para montá-las a seu lado. Pronto. Acabou o idílio, esses quarenta minutos durante os quais compartilharam um espaço vital estreito, quase íntimo. Pecou pelo otimismo em pensar que poderia convencê-la a fazer algo assim, tão fora da caixa, mas isso não dilui sua responsabilidade de fazer algo, de qualquer forma; dizer a Erica algo que, desta vez, a ajude. Deixa o trabalho pendente nas mãos de Olivia e se levanta para ir até a prima, em sua rede de convalescência. Então Lis a intercepta com uma cara de susto. Pergunta por Peter. Não sabe. Não o viram no gramado. Lis corre para dentro da casa e Nora percebe que este dia pode ficar ainda mais complicado, o último dia que as quatro passarão juntas antes de se dissolverem como uma daquelas raves ilegais que geram lapsos de intensidade artificial em torno de completos desconhecidos. A título de confirmação, seu celular toca. Não é a primeira ligação de Rober que recebe hoje, mas desta vez atende.

— Finalmente, mulher, já estava na hora. Estou aqui na porta da igreja. Quase fui atropelado por uma maldita colheitadeira enquanto procurava por você. Este lugar não é pra qualquer um.

Nora desliga e sai correndo como Lis acabou de fazer, de modo que as outras devem pensar que ela vai ajudar, que também vai procurar o menino, e não fazem perguntas. Ao atravessar a rua principal do vilarejo, encontra as vizinhas que estão a caminho da festa de Peter com suas roupas de domingo, sempre um pouco fúnebres, nunca veranis. A avó dizia que na infância o frio se incrustou em seus ossos e que isso não tem cura. São várias, e muito lentas, e vão na direção oposta. É difícil para Nora evitá-las e entender por que está fazendo isso, qual é o motivo desta corrida que está lhe roubando as poucas forças que seu corpo esgotado lhe destinou para hoje, para o que resta de hoje. Não sabe nem se está feliz ou irritada com a visita. Está correndo em busca de um amigo ou de uma carreira para cheirar? Está correndo para manter Rober longe de sua família ou porque é ela quem precisa fugir? Quando o encontrar vou saber, ela pensa, e então chega ao pórtico e o vê encostado na porta da igreja, sob a placa dos Caídos por Dios y por España, e sabe que algo está errado porque, em vez de pensar em uma piada, pensa na droga, no cheiro de solvente e maçã azeda, na queimação que sobe pelas narinas e atinge os neurônios que puxam suas pálpebras para cima. Não vai conseguir resistir. É fácil demais. Ei, prepara uma pra mim. Ali na esquina, no muro do cemitério. Ele não vai negar. Não vai fazer perguntas. Seria a última vez e, dali em diante, no máximo, pegaria algo com o receituário da avó. Mas não, não quer voltar ao aniversário de Peter com aquela tensão que só ajuda a competir. Não quer ceder à paranoia de que todos estão olhando para ela porque tem pó sob as narinas ou exibe um comportamento errático. Mas tem que fazer algo com essa pressão que a estrangula por dentro. É como um orgasmo que não sai. Como viver nesse estado de irresolução. E, bom, um orgasmo poderia ser útil. Ali na esquina, sob o muro do cemitério. Ele não vai negar. Fica apenas um pouco surpreso. Nora se explica:

— Olha, cara, já que você veio até aqui, faz alguma coisa.

Em algum momento, pensa se poderia fraturar o pulso dessa maneira. Também se pergunta, ou sua doença pergunta, se pode haver restos de algo bom nos dedos, e quanto tempo levariam para chegar a seu sangue. Quando finalmente goza, sente que ganhou algum tempo, um adesivo de nicotina, um reabastecimento de oxigênio. Apenas o suficiente para falar concentrada no que é importante.

— Bom, e eu?

— Você nada. — Nora se afasta do muro e caminha em direção à eira ao lado da igreja, um mirante de onde se avistam os campos de cereais como uma cena oceânica, com horizonte próprio.

— E a outra história? E a minha proposta? — Robert a alcança e examina o terreno. — O lugar é perfeito... Quer dizer, é o fim do mundo. Nem os mais perdidos chegam aqui. Enfim, você me entende. E ao mesmo tempo é muito perto. Só trinta quilômetros. Você acha que estará gentrificado dentro de alguns anos? Sim, claro, já vejo aquele curral transformado em um Starbucks. E você aqui, liderando a corja, a Rainha dos Cereais. Como em uma série da Netflix.

— O que seria e quanto?

— Dez quilos de quetamina e dez de metanfetamina.

— Não, cara, metanfetamina não. — Nora não consegue confessar que não confia em si mesma, que não quer ser o lobo que pastoreia as ovelhas, então inventa uma desculpa. — Tem que ficar na geladeira e chama muita atenção.

— Ok, então guarda a heroína pra mim. Só isso. E eu te ofereço o dobro. Dois mil por mês.

— Como assim? Desde quando você vende heroína?

— Estou ampliando o negócio. É por isso que você está fazendo falta. Te interessa?

— Não. Sinto muito, mas heroína passa do meu limite. E deveria passar do seu também, Rober. Puta merda. Pensa um pouco.

— Tá bom, se você vai me dar um sermão, estou fora daqui.

— Sim, por favor, você me pegou no meio do aniversário do meu sobrinho.

— E você não vai me convidar pra festa? Eu gostaria de conhecer a sua casa.

— Nem sonha com isso.

Nora faz o caminho de volta, radiante porque superou o desafio, porque volta de mãos vazias. Agora não precisa correr, mas corre de qualquer forma, talvez porque seja assim, correndo, que aprendeu esse caminho quando criança ou porque gosta dos golpes que o asfalto devolve, da vibração que atravessa seu corpo da sola dos pés ao pescoço. Isso também acalma a ânsia. Como o sexo. Pouco a pouco está aprendendo truques de sobrevivência. Correr sacia. E, embora tenha que parar imediatamente porque lhe falta ar, diz a si mesma que, quando se recuperar, tentará treinar, entre os campos de trigo, suando apesar da neve acumulada nas valas, perseguindo as perdizes, como um titã. Procura novas maneiras de se machucar. Socialmente aceitas, canalizáveis. É disso que precisa. Um alívio que não mate. Um alívio que não a torne cúmplice da morte dos outros. Embora dois mil euros sejam mais do que um alívio. São a folha de pagamento que nunca terá. Mas nem cogita. Sai pra lá, sai pra lá. A palavra "heroína" faz qualquer um pensar em imagens cadavéricas. Sua mão apertando com força a mão da avó quando ela ainda morava na cidade, quando a cidade ainda tinha vítimas daquilo em todo o subterrâneo. A avó em seu casaco de vison e a esmola pronta. A avó, sempre sob o efeito de alguma droga, mas implacável com os viciados em heroína, os únicos, os verdadeiros viciados. Uma senhora funcional, respeitável, altiva, que joga esmolas no chão, porque o rapaz nada mais é do que uma mancha grudada no asfalto. Não, não pode ser cúmplice de algo assim. Mais que cúmplice: facilitadora. Porque cúmplices são todos aqueles que vivem dentro do sistema, de uma forma ou de outra. É o que Erica nunca consegue entender quando discutem sobre veganismo ou mudanças climáticas ou qualquer uma dessas lutas urgentes que a prima quer resolver por meio de uma transformação coletiva nos hábitos de consumo. Faça o que fizer, compre o que comprar, está patrocinando exploração e sofrimento. Eu como queijo, mas você compra na Amazon, prima. Todas nós somos responsáveis. Não há escapatória. E, apesar de tudo, o dilema que enfrenta agora é diferente. Não é escolher um bife de carne bovina na seção de refrigerados do supermercado, mas criar gado e deixá-lo nas portas do matadouro. É diferente porque há graus de responsabilidade. A distância atenua a culpa. Olhos que não veem, mas que ainda assim sabem...

— Porra! Cuidado!

No portão da casa, um carro quase a atropela. Um carro que estava dando ré para sair da garagem e nem mesmo abaixa as janelas para se desculpar. Pega o caminho em direção à rodovia e desaparece às pressas, a uma velocidade que não é típica do interior, que despreza o interior. Babaca. Nora mal vislumbra o motorista, mas é o suficiente para saber que é Jaime, marido da prima, por causa do cabelo comprido que usa para parecer um gênio louco. Sempre teve uma preguiça infinita dele, com aquela pose de cineasta autoral, quando tudo o que faz é pedir subsídios e manter os sets abastecidos de cocaína. E isso não é nenhuma piada. Nora o encontrou uma noite em um bar clandestino onde todo mundo se drogava abertamente e, algumas semanas depois, na época em que Peter nasceu, ele lhe mandou uma mensagem pedindo o número de Rober, "alguém pra quem eu possa fazer uma encomenda grande, estamos filmando". Enfim. Nunca gostou dele, mas o que sente agora é mais do que desgosto. Agora é raiva e nojo, porque sabe que veio para controlá-las. Controlar sua mulher, em primeiro lugar, mas também o resto, a mulher que lhe disse ontem por telefone que ele precisava transformar seus ciúmes em pedras para depois enterrá-las e as outras, por precaução, caso pudessem ser uma má influência, maçãs podres de loucura.

Para não demonstrar que sabe mais do que deveria, finge surpresa diante de Lis:

— Ei, esse que passou não era o Jaime?

— Sim, mas não precisa se preocupar, não vai mais voltar.

O desprezo na voz de Lis é definitivo. Reconhece este momento porque também o protagonizou muitas vezes. Uma palavra da qual você não volta e que descobre que é irrevogável quando a pronuncia. Nora sente vontade de aplaudir, de brindar com ela pelo peso morto perdido, e então, de repente, os pontos soltos se juntam sozinhos. Finalmente entende onde estão, quem são e o que vai acontecer dali em diante. Não é o que queria, mas é a única coisa que faz sentido. Afinal, é contra o direito à herança exceto quando mitiga o violado direito à moradia. É contra casas de férias, mas não contra lares adotivos, albergues, casas de acolhimento e jardins de infância. E esta casa vai se transformar nisso tudo, porque as três vão ficar e morar nela. Erica, Lis e Nora, com a criança que já existe e com a que, espera, venha a existir. É inquestionável que as coisas vão ser assim e de nenhuma outra forma possível, a única questão é como. Porque para alimentar a tribo vão precisar de renda e, entre as três, a única coisa que acumulam são três quartos desta propriedade. Por mais que Erica tenha um plano de negócios, e mesmo supondo que fosse viável, demorariam para obter os primeiros lucros, e até lá o que fariam? A rendição mais que provável das primas, entregues de volta ao marido ou ao chefe, e a recaída de Nora com a produção à base de drogas, sessenta artigos por mês para vinte meios de comunicação diferentes porque encher o tanque com diesel não é grátis, e uma taquicardia que finalmente acaba sendo grave, perigosa, um infarto, um ataque cardíaco aos trinta e três anos e, como aconteceu com seu próprio pai, que o pronto-socorro esteja muito longe.

Não; se vai fazer aquilo a que se propõe, se vai fazer um convite a Lis, precisa de financiamento. É assim que o mundo funciona e, mesmo indo morar em suas margens desabitadas, continuarão vivendo nele. Aqui você não consegue frutas e verduras por escambo, mas por dinheiro e, com exceção da carne, tudo é mais caro do que na cidade, porque não estão em um ambiente rural onde se colhe o que se consome nem há população suficiente para comprar em grande escala ou vender a preços de grandes redes. O páramo é frio e duro. O páramo não é cultivável. Pelo páramo se paga. E talvez manter seus princípios seja um privilégio de classe pelo qual não possa pagar. É verdade que a distância mitiga a culpa. Que a vida é melhor e mais fácil longe do matadouro. Mas nem sempre é possível evitá-lo. Cada degrau de distância que nos separa do lugar onde se comete o crime é monetizado, e quem não tem capital é quem dá o tiro de misericórdia.

Nora assume sua responsabilidade e seu lugar na escada. Nora finalmente se presta a ser aquela que secretamente corta a carne para que os outros só vejam bifes rosados em sua mesa. E enquanto o faz, enquanto visualiza esse sacrifício paradoxal que está disposta a fazer pelo resto, o sacrifício de ser aquela que sacrifica, que se expõe a individualizar a culpa de um terror que todas patrocinam, sente uma descarga química de prazer. Sente-se como um cara durão, um herói do velho-oeste, com seus coldres firmes e seu peso corporal bem assentado no centro de sua pélvis. O homem na sombra que faz o que tem que ser feito para que o grupo resista. O que mata o facínora e depois foge porque assassinos como ele não têm lugar em democracias que o necessitam. Nora gostaria de não fugir, não cair, não acabar atrás das grades, mas, entre o ato e as consequências, também há elos intermediários que atenuam o pânico e dilatam o tempo. Quanto tempo será que a avó levou até perder a consciência depois de começar a sangrar? Esse lapso não é infinito? Entre o crime e a prisão se abre uma margem especulativa, um buraco de minhoca no qual cabe o resto de sua vida, e vai ser uma vida boa, minha amiga, você vai ver. Pega seu celular e manda uma mensagem a Rober. Diz: aceito a sua oferta. Contribuo com meu corpo e minha casa. Eu cuido disso. Eu vou cuidar de tudo.

III

Erica levanta da cama, sai de seu quarto, quer dizer, do quarto da avó; afasta-se daquela pintura da Virgem, alçada no cosmos por um rosário de bebês brancos e gorduchos que hoje parecem importuná-la, que querem tocá-la para tirar um pedaço de sua carne; sai dali, do refúgio da matriarca, e se junta às outras lá fora, no jardim, nos preparativos da festa. Por uma simples razão: se isolou para ficar sozinha e não se sentia sozinha. Não sabe como explicar. Não é a sensação familiar de algo à espreita em seu ponto cego, nem a inquietação de ser observada, mas o calor que se sente quando há um corpo irradiando energia perto, muito perto, talvez dentro de si mesma. Um pensamento de alívio que de repente brota no meio da superfície escura das pálpebras, a promessa de uma companhia que nada mais é do que isso, companhia crua, como aquela que as plantas ou os peixes de aquário oferecem, que simplesmente existem. Simplesmente existo. Isso é o que os ouvidos lhe sussurram, e ela não quer ouvir. Não quer pensar que não está sozinha. Não quer se apaixonar por um punhado de células mutáveis, porque, se fizer isso, se fizesse isso, desfazer-se delas seria assassinato e não haveria como voltar atrás. Mas ainda pode se apaixonar um pouco, como nos apaixonamos através dos filmes. Apaixonar-se pela ideia de. Só isso. Dizer-se, dizer-lhe: não vai ser você, mas um dia alguém vai viver onde você está, e vamos nos deitar ao sol nesta rede, sentindo-nos tão bem, tão abraçados, que não vamos precisar de nada de ninguém. Os ramos do salgueiro vão acariciar meus pés descalços e vou sentir que você gosta do que eu gosto porque você se mexe como um girino na minha barriga. Vai ser fácil e vai ser perfeito. Vai ser com outro, e não com você. Porque você é perfeito na escuridão placentária, mas me assusta na luz. Me assusta parir você e ver seus olhos. A cor dos seus olhos. Se forem muito escuros, vou pensar naquele homem que sempre me olhou como se eu fosse uma vitrine de bolos e, se forem mais claros que os meus, no peregrino sueco que me convidou para tomar um gim-tônica, ou mesmo em meu antigo patrão, que horror. Vou passar sua infância brincando de quem é quem, comparando suas feições com a recordação de um punhado de homens que vão se esfumar na minha memória porque nunca foram nada pra mim. Vou ver na sua sombra não uma sombra, mas o retrato robótico de um pai; olhando pra você, vou ver uma coisa que não será você; vai acontecer comigo o mesmo que com a minha irmã; será uma tragédia, e eu não quero isso. Não quero você. É cruel, eu sei, mas é assim que eu sou. Uma mãe cruel. Como todas as mães. Não conheci nenhuma virgem ou santa. Não serei eu a primeira.

— Você é a mais nova da Amaya, não é?

Que coincidência ouvir o nome de sua mãe neste momento.

Erica descola a papada do peito e olha para Lavinia, a vizinha intrometida. Foi ela quem ligou para a sua mãe em nome do prefeito quando encontraram o corpo da avó e quem apareceu no crematório, que não estava aberto à visitação, com a desculpa de uma torta de maçã que fedia a manteiga. Jamais esquecerá aquele cheiro repugnante de gordura animal enquanto olhava para o rosto da avó no caixão aberto, em uma vitrine através da qual logo começou a se mexer, a desaparecer, como se estivesse sobre a esteira de uma caixa registradora. Também tinha um leve cheiro de ovo. Foi nojento. E o fato é que aqui está a culpada da indecência, inclinando-se sobre Erica, pedindo dois beijos. Ao se inclinar, bate em sua barriga com sua bolsa de couro grosso. Que vontade de dizer: não toque no meu filho, senhora, ele está aqui, mesmo que você não possa vê-lo. Mas precisa se conter, principalmente para não assustar a irmã, que vem por trás.

— Meu deus, Lavinia! Como a senhora está? Continua atirando cachorrinhos mortos do desfiladeiro da colina?

Lis a repreende, envergonhada, e Erica não pede desculpas, porque a irmã merece. É inacreditável que tenha feito isso com ela no pior dia de sua vida. Encher a casa de estranhos, de conhecidas impertinentes, de gente que fez a avó cercar a propriedade com um muro mais alto que o do cemitério. É assim que as pessoas da cidade chamam esta casa: a casa do muro. A de Lavinia é a casa verde, e a da senhora que se aproxima do alpendre, recém-chegada, é a casa das framboesas. Esse sim é um nome esperançoso, que não está ao seu alcance porque, embora sua avó também as plantasse no jardim, nunca floresceram e nunca florescerão ali. Morrem congeladas por culpa do muro. Se ela e Nora vão morar ali, se vão tentar fazer a casa parecer um lar e ainda mais se vão transformá-la em um local de passagem para peregrinos, terão que batizá-la de maneira diferente. Algo sonoro, um nome que pegue. Que aluda ao território e às mulheres da casa. Datura? É feminino e soa mágico. Soa ao que Olivia experimentou ontem, mas também aos estupros com burundanga. Não, não pode ser Datura. Ninguém compraria a amnésia.

— Com licença, você sabe onde está a minha irmã?

Havia fechado os olhos e, quando os abriu, descobriu que estava sozinha com Lavinia. Do outro lado do jardim, do outro lado da longa mesa onde serviram aperitivos intermináveis que lhe dão enjoo, localiza Olivia e a chama, agitando os braços.

— Ela foi procurar a criança — responde a vizinha —, que parece que escapou dela. Mas você pode ter certeza de que aqui no vilarejo não há com o que se preocupar. Vocês já andavam sozinhas nessa idade. Lembro de vocês pintando com giz ali onde está a balança e eram tão pequenas que nem conseguiam alcançar a maçaneta da porta.

Desta vez, Erica se contém e não diz a primeira coisa que lhe vem à mente: que, se o vilarejo fosse tão seguro, um de seus filhos não teria sido morto por uma árvore que caiu sobre ele e o outro não teria ficado cego por culpa de um pedaço de palha. Felizmente não diz nada disso. Que coisa de mau gosto, Erica. Que desnecessário. Fica assustada com sua capacidade de ser cruel. Ela não é assim. Eu não sou assim. Tenho que me acalmar.

Olivia se aproxima pela direita e a analisa como uma máquina de raio X, com intensidade diagnóstica.

— Como você está se sentindo? Enjoada?

— Você está doente, menina? — pergunta outra senhora que acaba de chegar. É Hortensia, a mulher do prefeito, a do chalé junto ao vale. Está acompanhada da filha e dos dois netos.

De repente, há crianças no jardim, e nenhuma delas é Peter. Onde será que ele se meteu?

— Não, imagina, o almoço de hoje é que me caiu mal — diz, lançando a Olivia um olhar dissuasivo. Como se atreve a trazer esse assunto aqui com as vizinhas? A prima se faz de desentendida. Senta-se a seu lado na rede e continua seu exame. Checa seu pulso, temperatura e pupilas. Erica acha bom vê-la em ação, é reconfortante. Inveja a segurança que os protocolos oferecem. Viver por e para eles. Gostaria de se encostar no peito protocolar de Olivia e dormir até amanhã, mas não vão deixá-la em paz.

— Olha, para isso, para indigestão, a melhor coisa é infusão de alecrim, esse que vocês têm ali no canto, ali naquele canto que parece uma selva, você sabe de que planta estou falando?

— Sei onde fica o alecrim que cresce em nosso próprio jardim, senhora. Muito obrigada.

— Ah, menina, não fique brava, é que o pessoal da sua idade geralmente não sabe mais nada do campo. Claudia, você sabe identificar o alecrim? — Ela se vira para a filha, uma mulher de cabelos louros bem curtos que parece ter a idade de Olivia e que está de costas para elas, perto da mesa, explicando ao filho mais velho que não pode mergulhar a tortilha no copo de Coca-Cola.

— O que tem o alecrim, mãe?

— Perguntei se você sabe qual é.

— Todo mundo sabe — diz, e arranca e sacode um raminho de lavanda em flor, que prontamente seu filho mais novo, o que deve ter a idade de Peter, pega de suas mãos. Erica e Hortensia se olham e riem discretamente, sem corrigi-la. — Olha que cheiro bom. Vamos lá, agora vão brincar. — A mulher se afasta das crianças e se dirige a elas. — Olivia, me desculpa, não te cumprimentei. É que esses dois me deixam louca.

Olivia se levanta para receber dois beijos e Erica sente que chegou a hora de fazer a mesma coisa; ficar deitada só levará a mais perguntas, conselhos sobre mais remédios para uma dor de estômago que não tem. Para passar despercebida, terá que se comportar minimamente.

Assim que pisa no chão, Lavinia a envolve com suas mãos grandes e artríticas e a apresenta à sociedade, como se, na ausência de sua avó, fosse obrigada a cumprir suas funções.

— Olha, esta aqui é a Erica, você se lembra dela?

— Ah, claro que sim, esse cabelo ruivo... Você não mudou nada!

Erica não tem nenhuma lembrança da filha de Hortensia. Ela é velha demais para terem sido amigas na infância, mas sorri como se também a reconhecesse e a deixa falar:

— Não era você que nos pedia uma senha para entrar naquele carro abandonado que vocês usavam como casinha?

— Acho que essa era minha irmã Nora — diz Olivia, e olha em volta, como se tentasse localizá-la.

— Nora! É verdade. Ela está por aqui?

Olivia sussurra algo incompreensível.

— O que você disse?

— Ahlitrot. Ahlitrot era a nossa senha.

Ficam em silêncio porque Olivia falou com uma voz irreconhecível, como se de repente tivesse ficado rouca. Na verdade, lembra a voz que a possuiu ontem à tarde, aquela com a qual disse a Erica que estava vendo uma luz em seu ventre.

— Só um segundinho — diz, e corre para dentro de casa. Sua fuga coincide com a chegada de um grande grupo de convidados, tão grande e variado que inclui até homens: o primo do avô, Severino, aquele que mora sozinho na última casa do vilarejo e se limita a cumprimentar com um assobio quando as vê de longe, e Fernando, o do trator, o único jovem que vive durante o ano no vilarejo, aquele que ara, semeia, fumiga e colhe tudo o que vê. Por fim, o protagonista da festa também chega, nos braços de sua mãe e seguido por Nora. Erica pensa que é um bom momento para se dissipar como Olivia fez e segue seus passos sem que ninguém a detenha.

O interior da casa está escuro e fresco. Não há tarde de verão capaz de passar pelos poros desta casa; espera que também não haja inverno rigoroso. Erica põe as mãos na fachada de pedra e a acaricia como se fosse a garupa de um cavalo. Boa menina. Muito bem. Com as luzes da sala de jantar apagadas, demora alguns instantes para enxergar além da soleira colorida pelos vitrais da porta e avança pela sala quase às cegas, incapaz de notar que há uma forma humana sobre o tapete persa até colidir diretamente com ela.

— Meu deus do céu! Olivia! O que você está fazendo deitada aí?

A prima não se levanta. Suas mãos estão sobre sua barriga e suas pernas estão abertas em um ângulo de quarenta e cinco graus. Se não conhecesse Olivia, diria que está fazendo exercícios de meditação, mas, como a conhece, tem medo de que esteja tendo um ataque cardíaco.

— Erica, deita aqui comigo, preciso falar com você.

Não recuperou sua voz normal, a deste plano. Soa novamente como o produto de uma distorção acústica, como duas vozes, uma aguda e outra rouca, falando em uníssono. Erica se prostra com uma espécie de assombro, porque, hoje com mais clareza do que ontem, sabe que não está diante da prima, mas de alguém que sabe coisas que não se pode saber e tem a chave que atravessa a membrana para os mundos proibidos, aqueles que tanto buscou sempre, sempre com tanto esforço que é hora de aceitar que não serão revelados a ela nesta vida de forma direta. Somente através de Olivia, que por algum motivo se transforma em fechadura.

Apesar do frescor natural da sala, a prima irradia um calor que se nota a meio metro de seu corpo. Erica grita de susto quando a prima coloca as mãos em seu ventre, porque teme que a criança queime por dentro. Na verdade, pensa que Olivia está prestes a fazer por ela o que está implorando desde que acordou. Que vai libertá-la, com seus poderes de outra dimensão, daquilo de que ela não consegue se livrar. E não quer que isso aconteça. À beira do precipício, é a suicida que já não tem tanta certeza.

— Para, para, por favor... — soluça com seu canal lacrimal feito uma veia aberta.

— Não precisa ter medo, Erica, porque o bebê que você vai dar à luz não é filho de um homem, mas das estações, como os frutos das roseiras que brotam sem a ajuda do jardineiro. Uma criança que não é das plantações, mas das valetas. Uma semente que chegou a você pela força do ar. Ela será pequena e ágil e conhecerá este território como a palma da sua mão. Vai se enraizar em você para que você não vá embora e será tão seu filho quanto das outras, porque não é de ninguém.

Tira a mão de seu ventre, mas o calor persiste, como se agora irradiasse de dentro. Não está sozinha. Estou aqui. Aqui com você. Erica se deita ao lado da prima, na mesma posição aberta, como uma oferenda às dobradiças do sótão e às telhas do telhado. Como uma oferenda à casa que as rodeia. Ela também é uma casa agora. Transitória. Não um lugar para morrer, mas um lugar de passagem. Precisava ouvir essas palavras como se fosse um cofre esperando pela senha. Ouve um clique. Uma força externa abre os dedos de suas mãos em um mudra que não conhece, e pelas pontas de seus dedos as serpentes de ar escuro escapam de um fogo remoto e já esquecido.

IV

— Ahlitrot. Nossa palavra-chave era Ahlitrot.

Recordar é um golpe nas têmporas, um gongo que reverbera e vibra as articulações do corpo de cima a baixo, da base da coluna até o crânio. O instrumento finalmente afinado por um golpe, um golpe de diapasão. Um aprendizado súbito e parcial, à espera, porque não é que agora saiba tudo, mas é que tudo está nela, e precisa ir abrindo os arquivos um a um, sem saber de antemão o que eles contêm. Aprender é recordar. E recordar é entender agora o que ignorava um instante atrás. O roteiro diante de seus olhos, e tantas coisas pendentes, tanto para fazer e restaurar quando, na realidade, Olivia tem apenas algumas horas restantes. Logo, assim que o jardim estiver vazio e os sacos de lixo, atados, cheios das sobras da festa – todos os itens descartáveis, o gozo do que não transcende –, o sol começará a oxidar sobre sua tela aquosa e ela vai guardar o pouco que trouxe consigo para que as malas estejam prontas quando acordar muito cedo amanhã, para que nada a impeça de comparecer, às dez em ponto, à primeira consulta que sua secretária marcou. Quando o interfone tocar, já estará vestida de branco. Já terá estacionado o carro na garagem. Já terá se irritado com o trânsito e com os motoristas, gritando através da buzina com os lábios franzidos, e sentirá uma espécie de mal de altitude quando voltar para a cidade, que não é por culpa da altitude, mas por culpa da poluição, mas é melhor falar assim, mal de altitude, assim como é melhor dizer a Erica que seu bebê é do cosmos – Nora tinha razão –, porque às vezes a imaginação adoece e às vezes cura, e este é um daqueles casos em que o pensamento mágico corrige o que não pode ser consertado com as luvas de cirurgia esterilizadas, é preciso tirar as luvas de vez em quando, sentir pele com pele, visualizar o que está por baixo sem a ajuda de líquidos condutores, através dessa energia incandescente que nasce nos núcleos: no centro da terra e na pelve. Isso é algo que entendeu assim que lembrou, e é isso que faz a seguir:

— Erica, deita aqui comigo, preciso falar com você.

Consertar isso é simples, porque nem sequer precisa mentir. Em contato com o ventre da prima, sente a velocidade com que a mitose se prolifera e, de olhos fechados, consegue vê-la: essas formas caleidoscópicas que antes anunciavam a enxaqueca agora são células em contínua divisão e se transformam em emaranhados de raízes, neurônios e micélio através dos quais fluem os impulsos eletroquímicos. É tudo uma coisa só e a mesma coisa e a vê porque a recorda. Vê a vida que se multiplica dentro de sua prima porque foi essa vida. Foi zigoto e cogumelo e fungo e também o único pai que importa, a fonte de energia que estimula as transformações. O resto é religião, ou seja, crença, ou seja, superstição que não se contrasta com as visões. No universo do sagrado não há guardiões ou donos. Não somos feitas de genoma, mas de uma luz brilhante que está no início e no fim do ciclo, antes e depois da morte, e é a luz que desliza entre seus dedos enquanto ela toca o corpo da prima e a cura de uma maneira tão diferente de como se cura no consultório que quase ri ao pensar nisso, ao pensar em si pensando assim enquanto liga o doppler e conecta a impressora do eletro como fará pontualmente amanhã, antes das dez, para atender seu primeiro paciente. São dois mundos que não se tocam, que não podem se tocar, porque se anulam mutuamente. A cientista desmente a xamã. E vice-versa. E é por isso que ela sabe que, assim como lembrou, esquecerá de novo assim que perder a paciência no turbilhão da multidão. Há uma palavra mágica que abre o portal para a dimensão inconsciente e um barulho de buzinas e motores que o fecha. Se sair desta casa onde de repente sabe que as primas e a irmã vão ficar, se ela se afastar da soleira e ninguém estiver segurando a porta, não poderá voltar ao lugar onde está. É irremediável. Como crescer ou acordar ou morrer. Tão irremediável que já está acontecendo diante de seus olhos.

Continua deitada ao lado de Erica e, ao mesmo tempo, caminha por uma rua onde o dia está começando, move-se entre garçons que arrumam cadeiras e mesas, preparando os restaurantes, e caminhoneiros que descarregam paletes. Faz um calor de derreter, sua garganta coça e ela entra em um mercadinho para comprar uma garrafa de kombucha, que vai bebendo enquanto caminha, dando os últimos goles no elevador, que esganiça no mezanino entre o segundo e o terceiro andar, ameaçando uma pane, como se hesitasse antes de expulsá-la de volta a seu mundo, mas no final cumpre o prometido, abre suas portas e Olivia entra no consultório onde sua funcionária está trabalhando há uma hora porque é para isso que a funcionária serve, dizem bom-dia uma para a outra, como foi o final de semana no vilarejo?, e agora ela só se lembra do trânsito que havia para entrar na cidade e reclama disso, de ter precisado tomar café da manhã em pé porque quase não chega a tempo, vê o rosto de seu paciente das dez, um homem de cinquenta e poucos anos que está acima do peso e a quem vai prescrever, antes de tudo, uma dieta, responsabilizando-o por seus fatores de risco, fingindo que ele tem algum controle sobre o que o futuro reserva, fingindo que ela tem controle sobre alguma coisa. O homem relata dor intensa e sintomas consistentes com angina, mas seus exames estão perfeitos. Isso não significa que não haja nada de errado com ele. Olivia sente que ele está sofrendo de uma ferida da qual morreu muitas vezes no passado, uma ferida que provavelmente o matará nesta vida também se não conseguir se reconciliar com ela, ou seja, se não conseguir se lembrar de sua origem. Esse é seu diagnóstico, mas se limita a determinar que seu desconforto é 95% não cardíaco. Precisaria de exames de sangue para ter 100% de certeza. Pergunta se ele tem estado estressado ulti-mamente e o encaminha de volta a seu clínico geral. Como vai dizer a ele o que realmente pensa se já está começando a esquecer o motivo pelo qual pensou, o lugar de onde vem uma ocorrência semelhante.

O resto da vida de Olivia será produto de uma amnésia sele-tiva que lhe permitirá continuar seu trabalho, que é importante. Isso lhe trará alguma alegria, algum triunfo, algum sucesso. Vê uma sala cheia de pessoas que aplaudem em pé. Que a aplau-dem. E sente que seus olhos estão lacrimejando com o que está dizendo, que isso é o produto de uma vida inteira de pesquisa dedicada à memória de sua avó e a de tantas outras mulheres que a ciência deixou sozinhas com sua responsabilidade e sua culpa. Não consegue entender seu verdadeiro objeto de estudo porque logo está em outro lugar que exige toda a sua atenção, uma cama de hospital, e pode ficar tranquila porque a olha de fora, então não é ela que está acamada, que está morrendo. Mamãe agarra seu braço e o aperta como se quisesse machucá-la. Crava as unhas nela e esse é seu último gesto, a última palavra. Nora não está ali com elas. Onde está Nora? Ao seu redor, a casa começa a se transformar. O papel de parede muda, os móveis da sala desaparecem, deixando um espaço aberto no assoalho brilhante e liso como um lago congelado e sai dali aquele quadro horrível das éguas que sempre esteve sobre o sofá. Em seu lugar entra uma gigantesca tapeçaria circular sob a qual um grupo de mulheres em roupas íntimas térmicas praticam ioga. Faz frio. Olivia o sente por dentro e exala vapor. Mas elas não parecem se importar com a temperatura, movimentam-se com precisão, como um mesmo pêndulo multiplicado por vinte pernas que vão e voltam em torno do eixo, em torno da senhora ruiva que caminha entre elas e lhes corrige a postura. Erica envelheceu ao estilo das vizinhas do vilarejo. Muitas rugas ao redor dos olhos. O resto da pele, liso e translúcido. Tão magra quanto agora. Parece o cajado que se usa no páramo para afastar as cobras, mas com a capacidade e o propósito de atrair as cobras. Está, na verdade, com uma serpente azul ao redor de seu corpo, como uma roupa, e isso é impossível, então deve ser simbólico, mas Olivia não tem tempo de interpretar aquilo. Continua procurando a irmã, cada vez mais ansiosa, cada vez mais receosa, porque não só se lembra do que Nora lhe disse ontem, que corre perigo de si mesma, mas também está se lembrando de um futuro em que não está presente, e isso só pode significar uma coisa. Abre e fecha portas aleatoriamente. Em uma delas, no que hoje é um depósito sob a escada em espiral, descobre um quarto de revelação de fotografias. Sob alguns focos de luz avermelhada, penduradas por pinças, algumas impressões de neve suspensas, ou talvez sejam esporos; sim, é isso que parecem, esporos de cogumelos. À sua esquerda, no saguão contíguo ao banheiro, há um sofá de vime sobre o qual conversam duas mulheres, uma mais velha e outra muito jovem. Reconhece Lis na mulher mais velha por aquela fenda central em seu lábio e por quase nada mais. Tem longos cabelos grisalhos amarrados em uma trança na altura da cintura, e, se tivesse que escolher, diria que se parece mais com a avó do que com ela mesma. Gesticula de uma maneira que parece coreografada. Transmite precisão e calma, como se estivesse manipulando armas químicas, e a verdade é que a desconhecida com quem divide o sofá está a ponto de gritar, tensa, avermelhada, molhada, trêmula. A dor nos avisa que algo não está bem, é um alerta, não se deve bloqueá-la, mas encontrar sua origem, está dizendo à garota, e Olivia pede desculpas: desculpa, Lis, agora não estou interessada na sua trama; preciso encontrar Nora. Sabe que não podem vê-la, mas sente que, quando fala, Lis se distrai por um segundo de seu discurso; olha para os lados, como se tivesse percebido uma anomalia na configuração das correntes energéticas da casa.

Olivia sobe as escadas suavemente, como se estivesse em um skate voador. É uma pena que a preocupação não a esteja deixando aproveitar o fantástico. É sempre assim com sua irmã. Está sempre amarrada ao pau da fogueira, pedindo ajuda, enquanto ela gostaria de estar dançando ao redor do fogo. Mas desta vez nem sequer vai conseguir salvá-la de algo que provavelmente deve ter acontecido há muito tempo. Avança sem nenhum sentido, para saber o que logo esquecerá de novo, para acusar o golpe que, quando vier, talvez doa menos. No corredor onde aterrissa, livre do tapete sufocante que tanto odeia, encontra uma adolescente com um ar militar, musculosa, de cabeça raspada, e não é possível determinar seu gênero. Tem feições familiares, sim, olhos puxados e uma penugem avermelhada em torno de seu crânio e arrasta um esfregão e um balde de água com sabão para um espaço enorme com beliches que resultou da fusão do quarto das cortinas de flores com aquele que tem vista para o curral. Olivia volta um instante a seu corpo e às coordenadas que ocupa para apertar a mão de Erica.

— Eu vi seu filho, e é perfeita.

Na extremidade oposta do quarto dos beliches, ao lado do banheiro onde a avó se suicidou, Olivia é atraída por um espaço que exala calor. No meio deste inverno castelhano, o contraste de temperaturas é tão evidente que a vê, vê uma aura vermelho-alaranjada que escapa pelos interstícios do portão, como se estivesse escondendo um incêndio, mas não é isso. Do outro lado da soleira, não há incêndio, mas um punhado de aquecedores de gás butano, umidificadores gigantes e um jardim. Um jardim sem flores ou folhas, espalhado em prateleiras, e uma propriedade rabiscada com grafites. NÃO PASSARÃO, é o que se lê na porta. SÓ DROGAS XAMÂNICAS, alguém escreveu na parede principal, e outro alguém corrigiu: TODA DROGA É XAMÂNICA. Um jardim de vasos transparentes que permitem apreciar o substrato mofado, raiado de fios brancos como teias de aranha subterrâneas, e algumas cabeças de alfinetes vermelhas e marrons quase imperceptíveis; poderiam ser confundidas com pulgas, mas Olivia entende que estão cultivando cogumelos. Quer dizer: a pessoa com a roupa de proteção nuclear que irriga com borrifadores está cultivando cogumelos. Por sua estatura, parece uma mulher, mas precisa se aproximar para conferir. É mais baixa que Olivia. Mais compacta. Cheia de nódulos que transformaram suas costas em um casco de tartaruga. Sim, está encurvada e velha, seus dedos estão deformados, a artrite a corrói – talvez por isso também esteja mancando –, mas definitivamente é Nora. Sem ver seu rosto, sabe que é Nora. Ela existe e este é o seu pomar. Talvez também o seu negócio, o que sustenta a casa. Na extremidade oposta, do outro lado dos vasos, há uma mesa com uma seladora a vácuo, pilhas de sacolinhas plásticas e material para correspondência. Não pode julgar aquilo porque deu certo. O futuro só pode ser lamentado ou comemorado, e Olivia comemora que estejam todas vivas.

Estão todas vivas, mas não estão juntas, porque ela vai partir, e isso tem consequências.

— Vamos, Erica, vamos voltar pra festa — diz, e a prima se enrola junto a ela, tão jovem e ignorante que parece estar, assim como o princípio de luz que carrega em seu ventre, em plena fase embrionária.

— Está bem. Vamos ver se eu me comporto agora.

Olivia vasculha seus bolsos e pega um molho de chaves. Seu quarto herdado.

— Pega, isto aqui é seu, quer dizer, de vocês.

— Como assim?

— As casas são como a terra, são de quem trabalha nelas, e eu vou embora, então não me pertencem.

Erica ri, mas não tenta convencê-la, não reclama do presente. As duas sabem que ela está certa. Olivia não vai sofrer o inverno, as tardes infinitamente escuras e de confinamento, as desconfianças das vizinhas, que dizem que elas não vão durar ali, que essas garotas da cidade não vão aguentar o mês de janeiro, a neve que obstrui o único acesso à rodovia, sem ambulância por perto e com um parto feito à moda antiga, com medo da morte e parteiras que têm o mesmo sangue que depois esfregam. Não fará parte das decisões, não conhecerá os motivos pelos quais, de tempos em tempos, serão adotadas medidas drásticas e nem os erros trágicos que tecerão alianças e ritos entre os que ali ficarem. Vai julgá-las. Elas vão se inimizar. Vão se desentender. É o que viu, e está tudo bem. As quatro ficarão bem, e isso é tudo o que importa. Dói-lhe afastar-se do futuro que vislumbrou nesta casa, saber que está fora da trama de Nora, perder Nora, mas parece perigoso intrometer-se e impugnar algo que parecia bem-sucedido, desfazer com uma reviravolta no roteiro o que estava escrito como uma suicida em grande escala, uma suicida cósmica que destrói narrativas do futuro fazendo o que ninguém espera, o que ninguém explica. Não, Olivia não é como a avó nem como nenhuma das outras. Elas não são família em função de um genoma trágico que corre em seu sangue e as condena a uma doença compartilhada. Aqui não há ninguém doente. Nunca houve. E é por isso que precisa ir embora, com sua maleta, seus pertences e suas receitas, porque não precisam dela.

Laredo, 8 de março de 2022

AGRADECIMENTOS

Escrevi este livro ao longo de alguns anos difíceis e estranhos como poucos. Iván, Noa, agradeço por termos nos mantido em pé, umas às outras. Agradeço também a Olmos de la Picaza, o vilarejo cheio de remédios silvestres que nos abrigou em plena pandemia: a Enrique, Amalita, Rodrigo, Edu, Casiano, Mari, Marta e Alex, que nos visitou, abasteceu e abrigou quando estávamos confinados em um vilarejo sem serviços. Ao território e à casa que inspiraram esta história. A Albert Hofmann, pela tecnologia.

Ainhoa e Babette, sem vocês eu não teria aprendido a ver o mundo como o vejo agora, sempre atenta ao que as valetas e as estações jogam no meu prato e no meu corpo. Quando respiro sozinha e no escuro, sinto que respiramos em uníssono.

Todo trabalho criativo é feito a mil mãos. Desta vez, incomodei muitas pessoas talentosas e especialistas para tornar estas páginas o mais consistentes possível. O doutor Santiago de Dios, que diagnosticou o pai de Olivia e Nora; Alba Urgelés e Sara R. Gallardo, que compartilharam comigo seus conhecimentos e experiências, refinaram minhas intuições sobre o psistema e me ensinaram a nomeá-lo assim, com o p na frente e com toda a raiva; Katixa Agirre, Alejandro Morellón, Mónica Ojeda e Elisabeth Falomir, que revisaram o primeiro rascunho em um ritmo forçado e me ajudaram a poli-lo e até mesmo a compreendê-lo melhor; minha editora, Pilar Álvarez, que me acompanhou durante todo o processo, lendo e cuidando do texto como senti que cuidava de mim mesma; Ella Sher, você já sabe, minha amiga, que incrível tudo isso; e também Pablo Martínez, Peio H. Riaño, Irati Mariscal e muitos outros que, ao longo desses meses, receberam áudios intempestivos com perguntas estranhas. Obrigada demais.

FONTES
Fakt e Heldane Text

PAPEL
Avena

IMPRESSÃO
Lis Gráfica